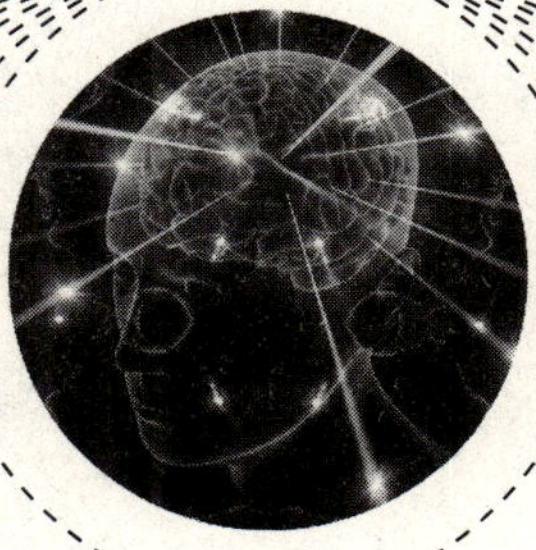

人工智能读心术

超能脑波

何大江　著

北京联合出版公司
Beijing United Publishing Co.,Ltd.

图书在版编目（CIP）数据

超能脑波 / 何大江著．—北京：北京联合出版公司，2016.9

ISBN 978-7-5502-8303-9

Ⅰ．①超… Ⅱ．①何… Ⅲ．①科学幻想小说－中国－当代 Ⅳ．①I247.5

中国版本图书馆 CIP 数据核字（2016）第 185316 号

超能脑波

作　　者：何大江
监　　制：王传先
产品经理：罗　静
责任编辑：牛炜征
特约编辑：刘青丽
封面设计：尚书堂

北京联合出版公司出版
（北京市西城区德外大街 83 号楼 9 层　100088）
三河市冀华印务有限公司　新华书店经销
字数 219 千字　700 毫米 ×980 毫米　1/16　15.5 印张
2016 年 9 月第 1 版　2016 年 9 月第 1 次印刷
ISBN 978-7-5502-8303-9
定价：38.00 元

目录

CONTENTS

CONTENTS

引子

读心第一定律

读心如读书。**——司空炬**

读心补充定律

读心如读书，但人是活的。**——桑中平**

读心第二定律

无障碍的读心，是灾难性的。就像互联网上的电脑，若无防护程序，将很快因病毒入侵而瘫痪。故人心不可窥测，人性不可考验。**——王是非**

读心第三定律

读心平台必须有防护机制，读心术只能用于造福世界。**——王是非**

上卷

超能脑波

第一章

▼

赌　局

蜀都市城南，高档中式别墅区水木坊的如炬精神分析所内，坐在办公室大班桌前的分析所创始人兼首席精神分析师司空炬博士，正在回味着发生在半个月前的那场传奇战役。这是让人扬名立万的一战，被媒体称作“林那事件”，但林那不过是一个配角，真正的主角或者说英雄是司空炬——如果用英文的 Hero 来表述的话，便可二者兼顾。

一战成名的司空炬，被冠以“催眠大师”的称号。事件的种种细节，被各种文章津津乐道，人们疯狂地在微博和微信朋友圈中刷屏，司空炬长期霸占微博“热门话题”的头条位置。十来天里，如炬精神分析所公众号的订阅者从 350 人涨到了 4500 多人；而司空炬原本只有 8 万多粉丝的个人微博，经此一役，暴涨到了 987 万——这是微博大 V 薛蛮子曾经引以为自豪、对守门保安夸耀的数字。

此时，司空炬右手点着鼠标，刷新着微博，翻阅着粉丝的留言；左手从一旁的工夫茶具上端起了女助理小青刚泡好的金骏眉，抿了一口那金黄色的茶汤，品味其喉韵，眼前似乎浮现出了茂密的高山野生茶树林。

突然，司空炬被电脑屏幕右上角新跳出的一个微博转发提醒吸引了目光。他自从出名之后，每天一打开微博，右上角的消息通知便会不断提示，又有了多少增长的粉丝、点赞、评论和转发。司空炬新鲜了几天之后就不胜其烦，把批阅微博的事交给了小青，自己不过闲暇时浏览一下，体味一下突然间名满天下的感觉。

这一天，他为什么要点开那条微博，并且很冲动地回复？多年以后，当司空炬回忆起这一刻时，曾用过诸如“手欠”“天意”“缘分”等一类词来形容。他也有一种自以为比较客观的说法：作为一个名声上的暴发户，自己当时还不知道怎么当名人。

挑战来自一个名为“格格”的微博账号，那是一条长微博：

司空博士，我是因为“林那事件”才开始关注您的。听说过您的传奇故事后，才知道您是全中国最为出名的催眠大师。听说没有您催眠不了的人，也没有您治不了的心理病症。但以我的经验来看，凡是红到极致、被吹到天上的，很有可能是假冒伪劣货。比如2012年在微博上被揭穿的那个天才作家——他曾经是几乎所有中国人的宠儿，被不少媒体和大V捧为“最大的希望”“最后的王牌”。但是，当方舟子说出“这个皇帝其实并没穿衣服”之后，人们才发现，不仅这个“天才”是傻×，把他捧上神坛的媒体和大V也都变成了傻×。

因为有这样的经验，请容许我对您的神奇给予合理的怀疑。为了让我的怀疑更为合理，我愿意投下1000万元人民币的赌注设下一个赌局。

特别注明：这场赌局不是对等的，您不必付出1000万，只需要押上一元即可。我甚至也不要求您取下“催眠大师”的称号，如果您失败的话，您可以继续按自己原来的轨迹生活，继续享受粉丝的膜拜，并赚取高额的咨询费。我只是想知道，您那种奇异的能力到底是不是真的，只是想知道，您到底敢不敢接受挑战。

如果您愿意，我们可以指定共同认可的中间人，将双方的款项转于其账户，并由其判定胜负，同时在微博或微信朋友圈直播对赌现场的视频。

您不用怀疑我的真诚，这不是一场恶作剧，绝对不是！如果您接受挑战，我会将自己的身份证扫描件通过私信的方式发给您。

还没读完这封挑战信，司空炬就觉得一股怒气在丹田聚集，膨胀，上蹿至心头，直冲脑门，化作一道灼热的气体从鼻腔冲了出来。他没有跟任何人商量，立即转发，并写下了回复：

> 我接受你的挑战。尽管我和你在财富上的差距，可能如你和我在智商上的差距那样大，但我愿意在对等的条件下跟你赌。我拿不出 1000 万现金，赌 100 万吧。再附加一条：若我输，如炬精神分析所即日起关门，我退出精神分析这个行业。而你，只需要在公众面前公布真实身份即可。这样很公平吧，你敢不敢跟？！

司空炬没有丝毫的犹豫，微博写完之后略作修改，就立即按下了发送键。在电脑旁发了半个小时的呆，他突然心念一动：这个人居心叵测，而且是男是女我都不知道，我跟他或者她较什么劲啊？哪怕只是逗我玩儿，我这么容易动怒，不是显得很没有风度吗？

他动了动鼠标，唤醒了已经休眠的屏幕，想删除那条斗气的微博。但是，已经晚了。挑战者格格干脆地回应了一个字：“跟！”更有数百条转发、两千多条评论。评论多是表达“围观”之意，或以文字，或以表情；也有质疑“林那事件”真实性的人，或者支持司空炬的，大致各占五分之一；然而，不少的评论里有三个字让他无可抵赖、毫无退路，那三个字是——已截图。

第二章

▼

林那事件

一张宽大的躺椅上铺着一整张北极熊皮，躺椅由一个斜面和一个平面构成。斜面是靠背，平面部分则很长，那意思似乎是：如果躺着不自在的话，也可以缩下身子平睡在上面。

坐在上面的年轻女子是典型的职业女性打扮：一件蕾丝 Peplum 上衣，配条五彩胶印半裙，身旁放着乌木色帆布 GG 面料的圆筒包，明眼人一眼就能看出是 Gucci 的 Lady Web 女包。她皮肤白皙，长发披肩，额前刘海整整齐齐，大眼睛炯炯有神。非要说美中不足的话，就是她的肤色白得近乎透明，似乎透出一层淡淡的青色，这让她看上去弱不禁风。

“你用让自己最舒适的方式躺下来就行了。在整个过程中，随时可以调整姿势。”说话的，是坐在她身后几米远的精神分析师司空炬。

女子一躺上去，躺椅的天鹅绒表面立即随着身体的曲线微微下陷，下陷之中却又略有反弹。“这种椅子叫弗洛伊德榻。你躺的这一张具有感应功能，会根据人体曲线自动调节表面曲度。”司空炬解释道，“你左手边是一个全自动控制台，你可以根据自己的需求调节椅位。总之，你感觉放松、舒适就好。”

是的，很放松，很舒适。深绿色的窗帘遮住了室外的强光，一盏光线柔和的落地台灯，营造出十分静谧的气氛。此时，女子已深陷在北极熊那浓密又柔软的长毛中了。

司空炬坐在她身后，这也是刻意安排的——避免目光的对视，以减轻来访者的压力。精神分析师最主要的治疗手段是诉说与倾听，让患者毫无保留地说出心中闪现的每一丝念头，好让分析师捕捉、解剖其内心隐秘，而不少患者却会因为对视着分析师的眼睛，有些话说不出口。

“先讲讲你的困扰。不要急，慢慢来。”司空炬的声调很舒缓，“在这个过程中，如果你想说点其他的，也随时可以，无论什么内容。”

司空炬瞄了一眼助理小青递来的预诊资料，大致了解了一些情况：来访者叫林那，主要症状是失眠，哪怕吃两颗思诺思，每晚也只能睡上两三个小时；每天凌晨两三点睡，五六点就醒了，哪怕把绵羊都数成了羊肉串或烤全羊，还是不能再次入睡。

司空炬摊开了手中的文件夹，拿起了一支深蓝色的毕加索钢笔。他不喜欢用笔记本。因为，每次见了来访者之后，都要把会见时的记录取下来，单独为每一个来访者存档。用普通笔记本，也要把那几页撕下来。即便是用活页本，印在纸上的那一道道横杠也不适合他鬼画桃符的风格。因为，他记下来的并非是整句整句的话，而是通往来访者心结的几个关键词，或者是只有分析师自己才能看懂的符号，甚至是一团乱麻般的线条。

每次一进入工作状态，司空炬都会按下办公桌桌面下的按钮，打开隐藏在吊灯里的摄像头全程录像。视频会保存下来，以预防可能出现的纠纷，偶尔也会撷取一两段作为内部研讨的资料。这些虽然可以让助理将视频整理成文字，以减少分析师的工作量，但司空炬几乎从来不利用视频复盘，他觉得纸和笔更能保留来访者内心的情绪或意象。他的习惯是：文件夹里夹着一小叠 A4 打印纸，每次用过之后取下那几页即可。

“我每天吃几片安眠药，好不容易睡着了，也睡得很浅，几个小时后就醒了。”那年轻女子柔声说道，仅从声调中司空炬听不出任何焦虑，“我时常怀疑自己整夜未睡，只有做了梦，我才能证明自己睡着了。”

“能睡，还是失眠，都不必过分关注，更没有必要去证明。”

“可是我就是忍不住。”

“身体上，还有其他症状吗？”

“有。我的腿废掉了。”

“怎么废掉了？”

“腿软，没有力气，麻木。大腿以下，好像都不是自己的了。”

“什么时候开始有这种症状的？”

“一两年前。”

“有什么不同寻常的事情发生吗？我是说，当你发现自己腿软的那段时间，有没有感受到特别的压力？工作上的，或者感情上的？”

“没有，一切都很顺利。”

“你不是自己走进来的吗？”

“是的。我不仅能走，还能跑，也能打网球，一样能够快速移动。但是，激烈的对抗结束后，回到家里，两条腿似乎又瘫了。”

司空炬明白，来访者应该并没有什么实质性的病变，而是心理机制出了问题。“那我们再往前追溯，在这之前发生过什么让你痛苦的事情吗？”

“追溯到什么时候呢？”

“任何时候。一直到你的童年，到你刚刚开始记事的时候。”

“那太多了，比如说小时候妈妈没给我买漂亮的文具盒。”

墙角传来了轻轻的笑声，是留下来做记录的小青发出的。靠，没控制住局面，笑场了。司空炬心里暗骂一声，却不动声色地挥挥手，示意小青离开。“当然不是那些。我指的是，能够让你回忆时觉得痛苦的，不愿意去面对的。”

“既然是我想逃避的，我肯定也回忆不起来。”

是个难缠的患者，她在商业谈判中，也一定是个厉害角色吧。司空炬的脸轻轻抽搐了一下，右颊上那道一寸多长的疤痕在暗淡的光线里跳了一下。

“没关系，像你这样的来访者数量并不少。你要放松，要把自己打开，我们才能继续。不知你缴费时有没有注意到单据上面的一句话：医生有权决定该次来访的结束时间。”司空炬暗暗用左手的拇指掐着中指，又深深地吸了一口气，“这样吧，本次来访不收费，我在收据上签个字，等会儿你可以拿到前台退费。”

威胁显然起了作用，女子沉默了一小会儿，声音变得怯怯的：“那我放松吧，您不要赶我走。这些日子，我过得实在是生不如死。”

“那我们回到你的梦吧。”司空炬沉吟了一阵，才又开口，“你不是说，要做了梦才能证明自己睡着了吗？能不能告诉我，你做了些什么样的梦？”

“我总是在梦里被凄厉的叫声吓醒。”

“是谁的叫声？”

“不知道，我看不见。”

“梦里有什么画面呢？”

“看不见。”

“情节呢？”

“不记得了。”女子略作停顿，“我想睡着，可又怕睡着。”

“那是因为你在梦中见到了让你害怕的东西。”司空炬说，“现在，我要试着对你进行催眠。你不必说话，当然，如果实在想说也可以。”

“嗯。”

“现在，你闭上眼睛，感觉自己已经陷进身下的沙发中，与它融为一体了。

“你已经调匀了自己的呼吸，你的头皮开始放松。

“你的脖子是不是很僵硬？现在它也放松了。

“你的肩……

“现在，这种舒适、温暖的感觉漫过你的胸、你的腹，到达了你的腿部，像一道缓缓流动的光。

“这道光已经到了你的腿部，你一直很沉重的腿，开始变轻松了——

“睡意来袭了，你的眼皮越来越沉重，已经睁不开了。”坐在一把布面转椅上的司空炬，轻轻移动到了弗洛伊德榻前，他双手合抱成球，似在发功，“现在，想象你站了起来，脚步轻盈地走了出去。”

“你推开门，向右走过楼道，下了楼，来到大厅，再来到大街上。”司空炬继续道，“现在，告诉我，你看到了什么？”

“雾蒙……蒙的，看不太清……楚……”女子的声音时断时续。她本来声音就小，现在更是气若游丝了。

“再仔细看一看。”

“黑白的……房子……树……都是黑白的……”

“没有人吗？”

“没……有……有了。”女子道，“人也是黑白的。”

“有多少人？”

“有一些小的……只有一个是大的……”

“男的，还是女的？”

“女……不……脸在变……变成了……男……男的。”

“怎么变的？”

“扭……扭动……”

“像一幅会动的画？”

女子没有接话，喉咙里却发出了咕咕的声响，手和脚开始小幅度抽搐，眼睛依然闭着。

“不用害怕，在大街上，你是安全的。”

“河……”

“街上有河水吗？”

“是。街变成了一条河，夹杂着冰块。”

“河两边还有楼房吗？”

“没有……全是冰块……楼房都变成冰块了。”

“什么样子的冰块？”

“三角形……全是锐角……”

“锐角？”

“是……尖……尖的……”女子不安地扭动了一下身体。

“能描述得更详细些吗？”

“冰变成了红色的、房子一样大的冰块，像刀、像锥子。”司空炬的手轻轻地抖了一下，只听得女子继续说道，“河水也是红色的。”女子胸脯急剧起伏，眼睛依然紧闭，却大声喊了起来，“妈妈——”

“见到妈妈了？”司空炬问道。

“妈——妈——”女子哭了，喊妈妈的声音却略带稚嫩，这似乎提醒了司空炬什么，他用笔在活页夹上写下了“少女期”几个字。

“妈妈是什么样子的，很年轻吗？”

“年轻。大波浪……很漂亮……”女子开始猛烈地扭动起来，大口喘气，似乎在睡梦中跟人厮打着，“妈妈不见了……河里有东西……”

“河里是妈妈吗？”

“妈妈不见了，河里是个男人……有……胡子……”女子喘不过气来，在床上挣扎着，发出“嗯……嗯……”的声音，似乎被人掐住了脖子。能够自动感应，随人体姿势调节的躺椅，此时也不知所措，倾斜的靠背时而上、时而下，缓慢地移动着。

“还看到了什么吗？”

女子不回答，只是挣扎着。司空炬察觉到有些不对劲了，连忙说道：“你掉转头，往回走。

“回到大厅，再顺着扶梯走上二楼。

“你推开门，回到躺椅上。我数到一，你就会醒来。

“三——二——”司空炬一拍手掌，“一。”

女子停止了扭动。司空炬站起来，伸手拍拍她的肩，想让她醒来，却看到两行泪从女子的眼角淌了出来，顺着脸颊，滴在北极熊的厚皮上。他重新坐下，说道：“现在，你可以睡了。你会睡上一个很好的觉。当你醒来的时候，你会觉得精力充沛，有勇气去迎接新的一天。”

司空炬将本来已经很微弱的灯光调得更暗了些，走到隔壁房间，对将近一个小时前被他赶出分析室的小青说道:“去陪着她，当心点。等她睡醒了，来叫我。”

五个半小时后，女子醒来了。她坐在弗洛伊德榻上，头发凌乱，脸上的薄妆被泪痕冲得沟壑阑干，显然有过一场痛哭。小青走过来，把一杯水递给她。

“谢谢。”女子很有礼貌地点点头，她抿了口水，抬头看到司空炬站在前面几米处，于是又说道，“司空博士，谢谢您，我很多年没有睡得这么好了。”

“很好。现在，我们来做一个小小的心理测试游戏。”司空炬按了一下手中的遥控器，房间另一角的屋顶射出一道雪亮的灯光，照在一张铺着厚实绿布的餐台上。餐台上很简单，摆着一套不锈钢西餐具——刀、叉和勺子，另有一双银制的筷子，搭在雪白的盘子边缘。盘子中央，放着一个法式小面包；盘子旁边的高脚杯里盛着暗红色的葡萄酒。

“现在，你去把刀拿起来，刺进面包里，把它切开。”

女子站了起来，正要朝餐桌走去，却看到了什么，“啊——”的一声惊叫，又跌回到躺椅上。

“有什么问题吗？”司空炬俯下身，问道。

“刀——不——”女子立即控制住了自己的惊惶，沉默着，进入了发呆的状态。

“司空博士，您让我想起了一些往事。”女子怔怔地坐了半晌，终于，很镇定地说道，“现在，请您再帮我一个忙，替我报一下警，我要自首。”又顿了顿，“我——杀——过——人。”

一旁的小青把眼睛瞪得几乎和嘴巴一样圆，司空炬却淡淡地挥了下手:“我知道。不要急，警察已经在赶来的路上了。”

【自首书】

自首人: 林那

出生日期: 1977 年 6 月 30 日

情况自述: 我叫林那，深圳林那广告公司执行董事。我原名林娜，出生在四川省一个叫黑羊的小镇上。那件事发生后，我为自己改了名。

我本已经忘了这件事，以为它从来不曾存在过。但由于常年的精神困扰，我在向精神分析师司空炬寻求治疗的过程中，恢复了记忆。我不愿意再在心中背负此事，现将此事叙述如下，并向公安机关自首。

我的父亲是一名边防战士，母亲是镇卫生院的医生。我五岁那年，父亲在执行任务时遭遇雪崩，尸骨无存，从此我跟母亲一起生活。母亲丧偶之后不久，就有人给她介绍对象，她也有过一些交往。但母亲不愿意让我受委屈，一直未能再婚。

在我十五岁的时候，母亲结识了镇上税务所一个姓甘的干部。此人经济条件很好，而且头脑活络，很会讨女人欢心。母亲幻想他能够给予我们母女俩保护，因此在众多的追求者中，对甘情有独钟。

那件事情发生的具体日期我不记得了，但可以确定是在我十六岁时，因为事发后我昏迷了，而我昏迷的事发生在高中一年级。

那天下午，甘到我家的院子里来找母亲，但她不在家，只有我一个人在温习功课。甘坐在椅子上不起身，东拉西扯地跟我闲聊。我有些不耐烦，嫌他耽误了我的时间，却又不知道怎样打发他走。就在我站起身去找复习资料时，甘从背后扑倒我，把我拖到床上，强奸了。

我拼命挣扎，但我家的院子建在河边，跟其他住户最近也有百多米，没人知道发生了什么。当时，我心中充满了恐惧、愤怒和仇恨，恨甘的无耻，恨妈妈眼瞎看上了这么个畜生，更恨自己无力反抗。

甘完事后，安抚了一会儿倒在床上痛哭的我，就向外走去。我从厨房里抓起一把尖刀，追了上去。他还没走出院子，我就追上了。在甘转过身来的瞬间，我把刀捅入了他的腹中。甘歪歪斜斜地倒进了黑羊河中。河水冲走了他，也冲走了我的耻辱和愤恨。我昏倒在地上。

母亲回家，把我弄到了床上。在我醒来后，问发生了什么事，但我什么也记不得了。几天后，镇上贴出了有关甘失踪的悬赏找人告示，但我并不知道这跟我有关。

我醒来后大病一场，病好后不愿意再回到学校。母亲也没有办法，只得同意我南下深圳打工。这二十多年里，我每年都会回家看望母亲，但她从来没有跟我谈起过甘。三年前，母亲死于癌症。我不知道她对甘失踪这件事有没有怀疑过我。

我长期受到身心疾病的困扰。在此次回乡参加同学会时，在朋友的推荐下找到司空炬博士。经过治疗，我恢复了记忆，想起了这一段旧事。

我确认姓甘的是我杀的，特此自首。

林那

2014年10月7日

林那投案自首后，蜀都市委机关报跑政法口的记者偶然见到了这份自首书，就据此编发了一条小稿子，告知21年前黑羊镇税务所干部失踪的案件已告破。这条新闻没有什么反响，仅仅是同步到了电子版，甚至没有出现在该报自己的移动客户端上。

过了几周，同城一家都市报的记者了解到线索，改换角度重新写了一篇特稿，把聚光灯打到了司空炬身上，讲述了一个少女刺杀强奸犯后失忆21年，经过精神分析治疗后恢复记忆的故事。

在报道中，催眠大师司空炬是一个能看到心灵世界的人。林那被催眠时提到的各种各样带锐角的锋利冰块，在他看来是刀，是刺杀的工具；变成冰块的房子，是隐藏在她记忆深处的案发地点；而红色的河水，是死者流出的血；她口中喊着“妈妈”，是绝望时无助的呼叫。催眠大师说，患者的“超我”让她忘记了这段旧事，司空炬则借助催眠术，让她回到了“本我”。

尽管有些“超我”“本我”等艰深的术语，但这篇报道还是一下子火了。稿件见报的第二日，在该报的微博账号以长微博形式发布后，又被微博编辑的慧眼发现，将它放上了热门话题。17：01发的微博，到了18：39，转发达到1112次，被评论 3246 次，收获点赞 18 327 个。

对于杀人者林那，公众普遍给予了同情，纷纷呼吁法院轻判。几位著名的维权律师组团来到了蜀都，称要为林那免费辩护，竭尽全力保障她的合法权益。舆情之下，该市政法机关也坐不住了，报道刊发数日之后，公安局宣传处主任、新闻发言人出来表态说："21 年前，黑羊镇的确有一名姓甘的税务干部失踪，但一直未找到尸体。目前刑侦人员正在全力侦破案件，寻找证据。林那在羁押过程中会得到人道对待，相关进程也会及时向公众通报。"

第三章

大师养成记

司空炬本来也算得上行业翘楚，不过名气仅限于小圈子内。林那事件，则让他彻底红了。

几乎所有的名声，最终皆会变现，哪怕曾经披上过理想主义的光环，也不过是为了卖一个更好的价钱而已。这一定律，在新晋催眠大师司空炬这儿得到了充分论证。走红之后，如炬精神分析所门诊量猛增，聘请的三位分析师接诊费从每小时 300 元升到了 500 元；而首席精神分析师司空炬本人的诊费则从 500 元升到了 3000 元，而且一号难求。造成这种局面固然是因为需求太旺，但也跟催眠大师司空炬成名后花了大量时间接待各路记者，时间不足有关。

如炬精神分析所坐落在中式别墅群水木坊内，长长的白色围墙，顶着淡青色的琉璃瓦，犹如一部线装古书。别墅区内，青石板铺就的道路，两旁则是矮墙围成的独门独院，门口摆放着一对石鼓。其中的一个院落，石鼓背后的墙上镶着铝制铭牌，铭牌上用宋体镌刻着“如炬精神分析所”几个字。分析所除了接待厅，其他房间的门上分别挂着“催眠室”“沙盘室”“α 室”“β 室”“δ 室”和“θ 室”等铭牌。α 室本是司空炬的工作室，因为蜂拥而至的记者大多提出要参观一下这个神秘的场所，后来便把采访也安排于此。

翻遍了“林那事件”的旮旯角落，记者们又开始从司空炬的个人生平、求学经历入手，力图再挖掘些传奇事件。

司空炬是在法国读的心理学，导师构菲教授是拉康的得意弟子——而拉康有着“法国弗洛伊德”之称，所以他也勉强算得上弗洛伊德的曾徒孙。取得博士学位和精神分析执业资格后，司空炬回到蜀都，创立了如炬精神分析所。给分析所取名颇费了一些心思，最终定为“如炬”，一是跟创始人的姓名相关；二是意指目光如炬，可以看清世人灵魂上的纹路。

有记者问他：“心理治疗这么冷僻的东西，在蜀都这个内陆城市有市场吗？”

“首先厘清一下概念，我搞的不是心理咨询，而是精神分析。我也不是心理咨询师，而是精神分析家。”司空炬回答问题的语气，带着些掩盖不住的不屑，“心理咨询师遍地都是，而中国目前的精神分析家加起来不超过二十人。按照国际标准，执业者要接受五年以上的精神分析，才有可能成为一个精神分析家，还不算理论学习和临床经验养成。这五年，指的不是接受分析训练，而是说，自己得让别人分析五年，以完善人格。只有这样，分析师将来面对来访者时，才能正确处理随时会产生的移情和逆移情等问题。”

“至于市场，你们可以看看我这里的预约情况。”司空炬从 iPad 上调出安排表给记者看，的确已经预约到了下月下旬，“现今中国人的精神世界，我概括成‘两鸡理论’——鸡血和鸡汤。整个社会高速运转，不知歇息地狂奔。为了追求财富，每个人都像打了鸡血般亢奋，在职场和商场上血腥厮杀；精疲力竭和挫折沮丧时，又得用心灵鸡汤来提供动力。但是，鸡汤跟信仰不一样。信仰是药，鸡汤却最多让病人回光返照，不能起死回生。所以，中国这些年来有数千万的抑郁症患者，一点都不奇怪。在 20 世纪 80 年代的法国，就有 11% 的人做过精神分析，而蜀都人口几百上千万，哪怕有千分之一的人要做，也是个大得不得了的市场。”

司空炬没有学过传播学，但关于这些他却无师自通，洞悉媒体及其受众的癖好。他尽量不使用艰深术语，而是把接受精神分析和催眠的养成经历焙制成馅美皮脆的小故事，像喂小鸟一般投进那些嗷嗷待哺的记者嘴中。

在心理咨询与治疗的历史中，精神分析法是第一个正式的流派，其基石是西格蒙德·弗洛伊德提出的“潜意识——前意识——意识”理论。精神分析理论的治疗原理，是走进人的内心世界，借助过失分析、释梦、催眠和自由联想等手段寻找病因，帮助患者认识自己，重新构建人格。

作为“法国弗洛伊德”拉康的再传弟子，司空炬接受的是巴黎弗洛伊德学派的学术训练，其特点是重视言说，并不看重催眠术的临床使用。不过司空炬认为：弗洛伊德这样做，是因为他并非优秀的催眠师（弗洛伊德早年也曾使用过催眠术，但效果却不好，后来便主要采用自由联想的方式进行治疗）；而自己正相反，第一次接触到催眠术就极感兴趣，后来愈钻愈深，现在已经离不开这件治疗利器了。

司空炬告诉记者，时隔多年，他还记得第一次做“铜棒敏感性试验”时的震撼。

在催眠老师的指引下，司空炬放松全身，轻轻地握着两根直径约半厘米的铜棒。铜棒长90厘米，但是，被折成了一个90度的角，一端30厘米，另一端60厘米。此时司空炬握着的，是短的那一部分。与地面平行的长端，沉甸甸的，稍不注意，短的那部分就会在手掌中转动，让长端在空中画出一个与地面平行的扇形来。

“不用死死地攥着，轻轻地，铜棒不动就行了。”催眠老师帮助司空炬调整好姿势，让他闭上眼睛，“现在，你已经放松了。你会感觉到两根铜棒之间有一块磁铁，正在慢慢地把两根铜棒吸引在一起。”

“是的，两根铜棒的前端已经在互相靠拢。”催眠老师继续道，声音有一种蛊惑力。

“它们越靠越拢，越靠越拢，越靠越拢……”他的语速也越来越快，“越靠越拢，越靠越拢，越靠越拢。”

“当——”两根铜棒碰撞在一起，发出清脆的声音。司空炬一惊，两根铜棒掉在地上。

“这么神奇？！我并没有感觉到铜棒在动啊。”司空炬吃惊地问道，“难道铜棒听得懂人话，还是法语？”

“当然不是，催眠术是科学。”老师神秘一笑，“能告诉你铜棒听不懂法语，便是我们催眠师与你们中国某些气功大师的差别。”

下课后，司空炬仔细体味“铜棒听话”的原理。铜棒与地面平行的部分，重量是握在手里那部分的两倍，重心在前者——如此一来，握在手里的部分稍有转动，与地面平行部分则会出现大幅度的移动。“原来不是铜棒会听话，而是我在听催眠老师的话。我受到老师那有蛊惑力的暗示，手掌的肌肉不自觉地用力，就造成了铜棒的移动。”

司空炬的导师构菲也精通催眠术。构菲虽然出身名门正派，暗地里却颇有些实用主义，只要能治好患者，他也并不排斥使用一些被视为旁门左道的方法。构菲对司空炬说过，弗洛伊德之所以放弃了催眠术的临床使用，是因为他并不擅长。弗洛伊德在治疗一个鼻子里老有布丁味幻觉的家庭女教师露西时，对方就不能进入催眠状态。因此，他很无助地说：“如果我对一个患者三次实施催眠而不成功的话，我就没有诱导催眠的招术了。”

构菲认为，精神分析的实践中，过失分析、释梦和自由联想等方式固然都能打开潜意识的大门，而催眠术却是通向黑暗深处最为直接的隐秘小径。

司空炬曾经跟随构菲一起对一个下肢瘫痪的男人进行催眠。

“外科医生检查过，他的生理系统没有问题，致病的根本原因埋藏在内心深处，连他自己也不知道——将他催眠正是为了找到致病原因。”构菲转过头去，让患者凝视着那枚在细绳上来回摆动的不锈钢球，“看着这个不锈钢球，试着让你的目光进入它的内部——现在，你已经进入内部了——你和它已融为一体了……”

等到患者全身都放松后，构菲让他闭上眼睛，开始数数。

“一，放松；

“二，越来越放松；

“三，进入更深的状态；

“四，再深一点……”

才数到十八，患者的头就耷拉下来，眼神变得越来越迷茫——司空炬入门后才知道，此时这个患者已经进入中层催眠状态。对脑电波理论感兴趣之后，他更明白了，此时患者大脑发射的是 θ 波，频率在 4~7Hz。

构菲拿出一张彩色的图片，放在患者眼前。画面上，浅绿色的窗帘半掩，窗户下放着原木桌子和两把椅子，旁边有一架黑铁木床，床上的枕头和被子都很显眼——蓝色的底子衬着黄色的星与月。

“木床是原木色的，还是深红色的？”构菲向患者问道。

“原木色的。”患者的话含混如同梦呓，但传达的意思却是清晰的。

“答得对，很好。那么枕头是绿色的还是红色的？”

“绿色的。”

司空炬顿时目瞪口呆。床是铁床，而且是黑色的，枕头明明是蓝色的，这患者不是睁着眼睛说瞎话吗？司空炬特意观察了患者的眼睛，的确是睁着的，尽管很蒙眬。

构菲对司空炬说：“人们通常都相信眼见为实，但这个世界上眼睛看不见却实实在在存在的东西也是数不胜数的。比如说电波，人的眼睛就看不见，但它能够传递声音和图像。古人不知道有电波的存在，所以如果他们来到今天，一定会觉得电话和电视都是神迹。氧气和一氧化碳都是看不见的，但一个可以活人，一个可以杀人。催眠术也是这样，眼睛看不见，但它却可以控制身体——这就是当年梅斯梅尔博士的伟大发现。”

18 世纪末期，德国医生弗郎兹 · 安东 · 梅斯梅尔最初用人工磁石为人治病，良好的治疗效果引来了成群结队的患者。到后来，他完全抛开了磁石，仅仅用手对病灶进行抚摸，患者就会神经抽搐。梅斯梅尔说，他的手有一种“动物的”磁性，跟磁石吸铁一样，都有看不见的效能。

“所谓神秘，不过是凡眼看不到这世界隐秘的规律。”构菲这句话，给司空炬的求学生涯打上了很深的烙印。有这样一个故事，说一个没有宗教信仰的宇航员宣称：“我到了太空，却没有看见上帝。”而给他动手术的脑外科医生却反驳道：

“我打开了你的脑袋，却没有看到思想。”司空炬听到这个故事，最先想到的就是构菲的那句话。

“这钢球只是一个道具，让患者忘掉羁绊重重的现实回到自身灵魂的道具。如果你的技能炉火纯青，即使什么道具也不用，也能够给人治病，就像梅尔梅斯一样。”在患者离开之后，构菲对司空炬说，“人的内心愿望往往要与现实世界发生冲突，愿望得不到实现，就会在内心留下创伤。沮丧感可以通过意志克服，但是病源不消除，总有一天会反弹。一个人内心的愿望越强烈，受到挫折时的反弹也就越强烈。这种反弹最终会侵入身体的神经系统，形成病因。这位患者的真正病因，是他在证券市场上输得倾家荡产。不仅仅是损失了财产，而是他追跌杀涨，高买低卖，被市场左一个耳光、右一个耳光扇得晕头转向，自己觉得颜面尽失。而且，家人的抱怨，也是他瘫痪的重要原因。在他破产之后，他太太抱着儿子离开了他。”

最初，司空炬觉得老头子讲得有些玄乎。不久后，他看到那个男人只是经过和构菲的十数次谈话之后就站直了，终于对老头子佩服得五体投地。而构菲不拘流派所限、博采众家之长的治疗思路，也影响了司空炬归国后的执业风格。

构菲对催眠术的力挺，其实也源于精神分析学的理论原点——潜意识深藏于意识之后，是人类行为背后的内驱力。所谓释梦、言说、分析口误和笔误等，无非是捕捉患者潜意识的工具。在构菲看来，在所有的工具中，催眠术是最直接的。催眠的要素是暗示，而暗示，则是经过巧妙伪装的说服。说服，作用于人的意识，而暗示却直接作用于人的潜意识。说服，徘徊在意识的正门，一定会被守门人拦住，仔细盘查；暗示，却另辟蹊径，从旁门进入人的大脑。

对于构菲的这套说辞，司空炬甚为信服。人的大脑是一个黑匣子，其运作方式难以为人真正了解，传统的心理治疗术皆是向其输入信息，再根据反馈来进行研究。在各种各样的反馈方式中，无疑，对催眠术暗示的运用是独具效果的。但随着学业的长进，司空炬也认识到其局限。无论是精神分析、行为主义、人本主义还是催眠术，都是采用间接的方式来了解患者——对于患者的反馈，不同的研究者会有不同的理解，难免“差之毫厘，谬以千里”；而且，如果它根本不反馈又怎么办呢?

司空炬曾向构菲提出过一种新的构想：跟脑外科手术配合，把电极直接插在人脑的神经元上，通过记录、分析人的脑电波来了解其内心世界。然而，就是这件事，直接导致了司空炬与构菲在学术道路上的分道扬镳。本来，构菲是非常赏识司空炬的，认为他在心理学研究上特别有天赋，但司空炬的建议，却把构菲彻底激怒了。他不能容忍用打开大脑这么直接、粗暴的方式来对待精神分析这么优雅的科学。

后来回想起构菲，司空炬眼前总会浮现出这样的画面——先是老头子和善的笑容和镜片后面睿智的眼神，突然之间就变成了因愤怒而散乱的银发和歇斯底里的咆哮："人的脑袋有22块骨头，其中8块大片骨头严丝合缝地组成了一个椭圆形的球体来保护大脑。这么精巧的结构，只有上帝才设计得出来，你竟然……"

记者们捞到了足够的料之后，在结束采访之前，总会提出那个最核心的问题："对于即将到来的挑战，你有信心吗？"

"你说呢？"司空炬总是微笑着反问，"林那案件，你当然可以看作个例，看作偶然事件。我想说的是，偶然之后往往有必然。我毕业于巴黎笛卡尔大学，我的师祖是拉康，被称作法国的'弗洛伊德'。笛卡尔大学是欧洲精神分析学的发源地，它的心理学学院，至少在欧洲算得上Top One。我在那里接受了最专业的心理学教育，拿到了临床心理学与病理学的博士学位。学成之后，我回国执业，治愈过近千名心理患者，执行过数百次催眠，几乎无一失手。所以，我想问你：你觉得我会输吗？"

成名之后，找司空炬的人多起来了，除了患者、记者，还有不少已在记忆里尘封的旧友、旧同事。这些人带着各式各样的目的出现，其中，在国内医学院读本科时的同学陈亦然诉求最直接，他是来向司空炬讨一个饭碗的。

司空炬从小县城的中学毕业，刚考进医学院时，对眼前崭新的世界既好奇，又带着几分怯生生的畏惧，跟睡在他上铺的陈亦然反差甚大。陈亦然算得上世家子，父母都是医学院的教授，他从小就在医学院的附属幼儿园、小学和中学读书，里面都是熟人。读本科时，好些老师都是他父母的同事或者学生，他也就直接称他们为叔叔或者阿姨而不是老师。在这种情况下，陈亦然做起事来，比如组织活动、拉赞助什么的，简直是要风得风，要雨得雨；说起话来，自然也是挥洒自如，有时也难免带点目空一切的神情。

虽然两人反差很大，但陈亦然对司空炬还是相当不错的。比如说周末经常带司空炬到家里改善伙食，平时宿舍里的同学要看个球赛什么的也都到他家，他父母很热情，又是让座又是倒茶，有时还要开上几瓶啤酒，这些都让当时非常自卑的司空炬很感动。也因为这个原因，陈亦然说话时那种略带种俯视的公子哥儿气，司空炬并不是特别在意。大学毕业后，陈亦然留在广州，进了一家生物计算机研究所，司空炬则回到蜀都，一边工作一边读硕士。在那个没有手机更没有 QQ 等社交软件，甚至连座机也很稀少的年代，两人渐渐就失联了。

这一次，陈亦然是在媒体上看到对“林那事件”的报道，打电话到报社要司空炬的联系方式未果，就直接坐火车到蜀都找上门来了。当小青前来通报，有一个叫陈亦然的他的大学同学要见他时，司空炬正在办公室里研究患者的资料，听说后立即让小青把人带进来。

出现在面前的陈亦然比二十多年前整整胖了一圈，那张胖圆脸上胡子拉碴，颇有些不修边幅，但司空炬还是一眼就认出他来了。

坐下来聊了一阵，司空炬就听出来了，陈亦然过得并不太好。在 20 世纪 90 年代的下海大潮中，陈亦然也留职停薪，后来跟人合伙开了个公司，做电子元器件贸易。几年之后，因为合伙人之间的矛盾公司倒闭了，他钱没赚到反而欠了一屁股债，又只好回去上班。没多久他对那种死寂的生活不耐烦了，加之跟领导关系不好，干脆彻底辞职，后来就不断地在一家又一家公司流浪。见到司空炬之前三个月，他还在一家研发可穿戴设备的创业公司搞技术，也还是时不时跟上司和同事发生点矛盾。更倒霉的是，这家公司因为产品不被市场接受，两轮融资的钱花完后没有找到新的风投，于前段时间倒闭了。他研发的技术没有市场，年龄又大了，几个月竟然都没能找到工作，不得已只好来投奔老同学。

“我就开门见山。”陈亦然那副懒洋洋的、对什么都不在乎的神情，这些年一直没变，“这次来，就是想请老同学赏碗饭吃。”

“你想干些什么呢？”司空炬问，“我这里目前没做可穿戴设备，可能没有适合你的职位。”

“随便，不饿死就行了。扫地、倒水什么的，都行。”

“哪能让你挨饿？我当年在你家里吃了那么多饭，这我还记得。”司空炬想了想道，“要不你花上几年时间，考个证，学着当精神分析师？没有正式执业之前，可以先给我做助理。生活花销你不要愁，就从我的收入里面分。”

“行啊。”陈亦然一口答应，“反正我一个人吃饱全家不饿，不用养房、养车，花不了多少钱。有点散碎银子喝酒、泡妞、打牌就行了。”

司空炬这才知道，陈亦然这些年也没成家，跟自己一样。不过，他有个当着单亲妈妈的女朋友，还留在广州。我没成家，是因为想成就一番功名，他又是为啥呢？老同学的潦倒，让司空炬暗自唏嘘。在他眼中，陈亦然比自己更有天分，但高智商人士往往在管控情绪方面有些缺陷。这家伙爱酒、爱女人、爱赌博，如果没有这些毛病，到这个年龄多少也该有些成就了。

“那你就先安顿下来。我对你搞的那块技术倒很感兴趣，是脑电波运用吧？”司空炬打开抽屉，拿出一沓百元钞票递过去，“不过这几天没空，有人要砸我的场子。等这事过了，我们好好聊一聊。”

“是脑电波运用。我说个大话，这方面的研究，国内目前超过我的还不多。不过，又有什么用呢？”陈亦然接过钱来，没有道谢，而是叹息道，“唉。我们一起学法语那时我就知道，你小子将来会有大出息。”

陈亦然口中的“一起学法语”，是司空炬当年做过的让他和其他同学都深为震惊的一件事。本来司空炬的英语并不太好，语法、词汇还过得去，但口语和听力几乎就是零基础了。到了毕业之际，这小子不知哪根神经发病了，也不看看自己的家庭条件和语言基础，居然想去法国留学——对心理学深感兴趣的司空炬那时就知道了构菲的大名，一心想拜在其门下。而选择法国的公立大学，则是因为可以全免学费。

司空炬撺掇陈亦然一起到法语联盟（Alliance Francaise）报了名，那时，离法盟在广州建立中国第一家法语培训中心还没有几年。法盟是全法语授课，头几堂课几乎所有人都在“坐飞机”，听得云里雾里。英语听力好的人，还可以利用英、法两种语言的相似性连蒙带猜，司空炬这种级别的就一点儿办法也没有了。

接连睡了三堂课，陈亦然不再坚持，权当把学费丢到水里了。他并无学好法语的真正动力，不过是在司空炬的劝说下一时冲动报了名而已。虽然他也同意司空炬的说法，学好法语之后，碰到漂亮的法国妞就容易搭讪了，就算不想泡法国妞，有晚会的时候朗诵首法语诗也很出风头，但法语那么难，那种锦上添花的愿望不实现也罢了。司空炬不一样，学费是他大半个学期挣的，不像陈亦然一样可以向父母伸手；此外，他是真的觉得留学可以改变贫穷的命运。

司空炬坚持下来了。第一学期结束，参加 TCF（法语知识测试）考试，只考了个最初级的 A1。他并没跟坚持下来的同学一道，读晋阶班，而是又读了一个初级周末班。

学校附近有一家名叫“左岸”的咖啡馆，是一个嫁了中国人的法国女郎开的。每天夜晚都有很多法国人在此消费。司空炬知道这一消息后，去咖啡馆免费打了一年的工。在咖啡馆里，他不仅练了口语和听力，还有意结识了好些法国人——其中就包括后来他留学的担保人。

司空炬后来又学了强化班、特色班，整整凑足了上千个学时。最终考出了 C1 的次高等级，拿到了巴黎第五大学（笛卡尔大学）的录取通知书和法领馆的签证。他甚至有些遗憾没能考到 C2 这一最高等级。陈亦然却说：“得了吧，你该满足了。C2 差不多接近母语水平了，等你到了法国，再待上十年，能考出 C2 就很不错了。”就是从那个时候开始，陈亦然才觉得自己看走了眼，他以前太小瞧这个小县城里来的孩子了。

第四章

▼

星星的孩子

司空炬和格格的决战在一个月后举行。

蜀都市心理学会会长史长城应邀作为本次决战的公证人。在史长城的监督下，双方各自的100万押金打到了心理学会的账户上。作为市心理学会的委员，司空炬跟史长城打过不少交道，对这个公证人倒是没有异议的。只是，公证人是格格邀请的，这让司空炬不由得感慨对手的人脉广、能量大。

面对媒体，司空炬表现得漫不经心，却在暗里做了好些准备工作。他通过心理学界的朋友从史长城那里打听到，格格真名叫颜安格，还不到三十岁，是本地颇有实力的房地产公司中正地产董事长桑中平的第二任妻子。

心理治疗技术层面的事，倒不用多操心，司空炬更关注自己的临战状态。决战前十天，他就闭门谢客，整天只做两件事：吃好，睡好。他知道自己不能输，数以百万计的网民的情绪已被调动起来，何况还有那么多家传统媒体和新兴互联网媒体正虎视眈眈。他们正唯恐没有新闻发生哩。

离约定的10：00还有五分钟，司空炬驾着路虎揽胜运动版到达约定地点——颜安格的家，那是一个由两米高墙围起来的独家院落，据说叫作流花溪。黑铁门外，已等候着一大群记者，他们扛着摄像机，挂着照相机，捏着话筒和录音笔——本地几家主要的报纸和电视台都接到邀请，在向大众报道的同时，也将作为此次对决的见证人。

从那群人中，司空炬一眼就看到了史长城那发亮的秃脑门，他旁边还站着一个身材高挑的女人。这就是那位格格吧。司空炬带着助手小青下了车，史长城带着那女人迎上来，介绍道："这位是颜安格。你们在微博上已经认识了。"

女人二十五六岁，穿条波希米亚式长裙，裙下大长腿的轮廓若隐若现。她化着很浓的烟熏妆，似要掩盖那颇有些憔悴的脸色。卷曲的长头发两旁，挂着对由蓝黄两色小石头串成的直径五厘米的大耳环。"就叫我格格好了。"女人面带微笑，伸出了右手，"司空博士，劳你大驾了。"

手倒挺软的，亲和力也还不错，可惜是个对手。司空炬一边走，一边挡开伸过来的话筒。

黑铁大门打开，碧绿如洗的草坪展现在眼前，一栋弗吉尼亚式小楼直立在草坪中央。小楼呈淡黄色，三层。只听见有记者发出了惊叹声。司空炬没理睬提问的记者，面无表情地跟着格格和史长城朝小楼走去。高墙之下，一条小河延伸进来，切过草坪，如在浅绿色的地毯上抠出了一条半透明的玉带。河两岸，是白的梨花和红的桃花。一阵柔风吹过，花瓣掉落下来，再随着水流漂到高墙之外。这就是众人津津乐道的从天然河道分流出来的流花溪。

小楼左侧十丈左右，有一棵顶着巨大冠盖虬枝盘结的树，覆盖出数十平方米的阴凉来。格格边走边介绍说，这就是被佛教视作"神圣之树"的菩提树，她丈夫桑中平因为是虔诚的佛教徒，在府邸落成之时，特地从恒河流域热带原始丛林中移植来了这棵野生的阿摩洛迦树——原产于印度的菩提树。"菩提树有很多变种，而野生菩提树与变种的最大差别是，只有前者才会结出千眼菩提子。你看，就是我手上这种。"格格伸出手腕，露出一段白净的手臂来，上面一串手珠，手珠的每一颗的底色都莹白如玉，又生着众多小斑点，像无数只眼睛一样，"野生阿摩洛迦树开花 40 年才能结果，果实又叫'千手千眼菩提'，象征观音菩萨的千手千眼，是制作佛教法器的上乘佳品。"

司空炬看到的这棵菩提，一人勉勉强强能够合抱，气根从树枝下垂下，长入地里，就如笔直的手臂。此时，阳光通过波状的圆形树冠透射下来，会让人产生不知身处何时何地的虚幻感。他突然感觉到了一丝怯意，连忙深呼吸了两口气，稳了稳神，道："这样，我先介绍一下治疗的手段。作为一个精神分析家，我跟医院的心理医生有共同点也有不同点。相同点是，我们都要解除来访者心理上的困扰。不同的是，他们用药，而我用谈话的方式——用术语来说，叫'言说'。简单地说，你坐在那边的一把椅子上，放松心情，展开自由联想……"

格格嫣然一笑："司空博士，我知道哩，我对你很了解。"

说话之间，众人已经来到了小楼前。所有的记者以及司空炬的助手小青都被留在宽大的客厅里，格格带着史长城和司空炬上了二楼。一上楼，司空炬就看到墙上镶嵌着一块青黑色的大玻璃，玻璃高一米，宽约三米。"这块玻璃是单向可视的，外面能看到里面。"格格说，"你在里面对患者进行治疗，我和史会长在玻璃外面。"

玻璃外面……难道她不是患者？司空炬心里一咯噔，转头向室内看去，却看到柔和的光线中，摆着一张跟他分析室里同款的弗洛伊德榻，窗帘也是相同的墨绿色。甚至，弗洛伊德榻上也摆着一张北极熊皮。唯一的差别，是榻旁那排镂空成云头纹的屏风隔断。在分析室里，金属材质的屏风漆成淡淡的米色，略带信息时代的科技感；而这间屋子里的屏风却是小叶紫檀雕制的，沉静又典雅。室内飘出来的音乐，竟然是安东尼奥·维瓦尔第小提琴协奏曲《四季》中的《秋》，而这种能激发患者大脑中 α 波让人变得愉悦的巴洛克音乐，正是如炬精神分析所里必备的乐曲之一。

知彼知己啊。司空炬正忐忑之际，却看见格格拿起手机："桂姐，把弟弟带上来吧。"

一会儿，楼道上响起了脚步声。一个四十来岁的保姆领着一个皮肤黝黑、个头瘦小的男孩走上楼来。天哪，患者是这个孩子，这个看上去只有七八岁的孩子？精神分析恐怕不能用了，试试催眠吧。当司空炬用充满威慑力的眼光扫过去的时候，却扑了个空。孩子的眼中，没有愤怒，也没有羞怯，目光空洞，没有任何内容。

“弟弟，”他想起了格格在电话里的称呼，尽量把语调放得柔和些，“来，到叔叔这边来，别紧张。今年多大了？”

效果并不好，显然他不太习惯逗小孩子。男孩没动，也没有说话。

“你喜欢《X 战警》里的狼獾吧？哦，后来译成金刚狼了。”

男孩还是没动，也没有说话。

“那你一定是喜欢奥特曼了？”司空炬走到弟弟身边，蹲了下来，视线跟孩子的一般高。

“蝙蝠侠？”

“喜羊羊呢？”这一刻，司空炬心中快速掠过自己当小男孩时着迷过的卡通形象——变形金刚、铁臂阿童木、葫芦娃，甚至大闹天宫的孙悟空。

还是让人尴尬的沉默。

“我没想到是这样的病人。”司空炬的语气中，已经带上了一丝焦灼，“我们搞精神分析的，主要是听，听来访者说，毫无保留地说出自己脑子里面浮现出的东西。分析师再根据说出来的，去寻找他们儿时的创伤、内心的恐惧，以及被压抑的无意识。”看到史长城在点头，他受到了鼓励，“甚至在外人看来，患者才是主角，因为他们比我们说得还多，多得多。而现在的问题是——”司空炬停顿了一下，语气变得又硬又直，“他什么也不说！”

“所以我们才找你来。”格格似乎对司空炬的抱怨早有准备，“你是博士。”

“博士也有解决不了的问题。”

“你留过洋的。”

“留过洋算什么？就是我的老师构菲，老师的老师拉康，甚至心理治疗这一行的祖师爷弗洛伊德，也有治不好的……”话没说完，司空炬就后悔了，这不是在宣布认输了吗？他把头转向格格，“他多大了？”

“两个月前刚满十岁。”

十岁？司空炬想，这孩子的发育明显有问题，看上去最多不过八岁的样子。又矮又瘦，完全不像一个养尊处优的富二代。

尽管孩子不是精神分析的目标客户群，但有心理问题的孩子司空炬多少也见过一些。他们的共同特点是：敏感，害羞，目光生怯，几乎不跟陌生人交流。通常，这些孩子的智商并不低，只要你不注意，他们的眼睛就会滴溜溜乱转。但这个孩子不一样，他的目光是浑浊的，像一个老年痴呆症患者，又像尚处于蒙昧时期的人类。脸上的颧骨也有些突出，仿佛饱经沧桑的中年人。

“那么……就是自闭症了？”司空炬似在问，又在答。

“能治吗？”颜安格小心翼翼地问道。

“自闭症的治愈率在千分之一左右，几乎是不可能治的。”司空炬无奈地歪歪嘴角，“一个以倾听为主要工作手段的精神分析师，面对一个什么声音都不发出的患者，能怎么办？”这一刻，他的心中充满了愤怒。把这样一个打死都不出声的儿童交给精神分析师，却不事先说明，反而挑起数额巨大且事关声名的对赌，这不是一个卑鄙的圈套又是什么？！不，不能愤怒！不能以血食喂饱楼下那群扛着摄像机拿着话筒的秃鹫！！！

“桂姐，把弟弟带到房间里，让司空博士给看看吧。”

“不，不用了。自闭症儿童被称作‘星星的孩子’，我只能治地球上的人，哪能治得了星星上来的人？”司空炬自顾自地说着，语气颓然，“我……输了……”

是的，输得很惨，连特意布置的分析室也没进去，就输了。他没有理睬格格，也没同史长城道别，摇摇摆摆地扶着楼梯，朝楼下走去。

第五章

▼

墙　画

一切如常。

媒体上并没有出现司空炬对赌失败的消息。当天来到现场的传媒机构，无一例外地选择了不发声，任凭网友追问结果，在微博账号上如何艾特，也都装作没看见。

如炬精神分析所照常营业。唯一的变化是，司空炬本人没有接诊。他依旧每天按时到分析所，不过只是把自己关在办公室里，拉上窗帘，在黑暗中呆坐。吃午饭的时候也不出来，而是由助理小青点了外卖，再端进去。一个小时过去后，小青去收餐具，发现司空炬只是胡乱地吃了几口，基本都剩着。这期间，连会计去告诉司空炬，对赌的 100 万保证金已经原封不动地从市心理学会的账户上退了回来，司空炬还是没有任何反应。

老大这般要死不活的状态，免不了让全所上下窃窃私语，各种猜测。

第四天上午，小青接到一个电话，说要来拜访司空博士。小青犹豫了一下，说道："博士近期很忙，没时间会见客人。如果您需要进行治疗的话，我们这里也有其他很优秀的精神分析师，我可以为您安排。"

"我叫颜安格。"

难怪，声音这么熟悉。小青拿着话筒的手抖了一下，说道："那……那我去问问。"

“博士不在办公室。”短暂的等待后，传来了小青的最终答复，颜安格没有多说，道谢后挂了电话。

快到傍晚七点，司空炬走出了办公室。分析所里的人都走得差不多了，而小青因为要锁门，一直在等着司空炬。这时，她惊异地发现：司空炬已一改这几天邋里邋遢、萎靡不振、要死不活的状态，胡须剃了，头发梳得整整齐齐，焕然一新地向她道别。

司空炬步履轻快地下了楼，打开停车房的自动卷帘门，上了自己的路虎极光。车子开到一家健身房的楼下，将车钥匙交给了门口泊车的小弟，径直上了楼梯。他没有注意到，身后几十米，一辆奔驰 Smart 始终跟在后面，不疾不徐。

司空炬进了健身房，立即投入了器械练习中。过了一会儿，一个女子婷婷袅袅地上了楼。她着高跟鞋，旗袍裹身，很明显不是来锻炼的——这个女子正是颜安格。她站在司空炬背后数米，悄悄观察着正抓住龙门架把手做引体向上的司空炬。

司空炬背部，两块背阔肌从腰间斜着向外上方延伸，呈现出一个倒三角形。此刻，他双腿交叉向后弯曲，吊在龙门架上的身体一上一下。随着身体向上，肩胛骨收缩，背上顺着脊柱一线，出现一道深槽。

“身体还略有点摆动。”教练走过来，轻轻拍了一下司空炬的腰侧，“注意，必须完全垂直上下，不能借力，背阔肌才能得到最好的练习。”说着，看着颜安格，发出了似有深意的一笑，又走向下一个学员。

做完一组 50 个引体向上，司空炬落地，转身，六块腹肌映入颜安格的眼帘。她突然觉得有些眼花，对面那个只穿着健身短裤、肌肉紧绷的男人散发出的气息扑面而来，让她有些站立不稳。

“你是来督促我关掉分析所的吧？”司空炬也发现了她，有些吃惊。

“不。”颜安格有些发窘，摸了摸自己略略有些发烫的脸颊，“我是来道歉的，司空博士。”

“道歉？你不是在嘲弄我吧？”司空炬满腹狐疑，随手从一旁抓过一条毛巾，擦着汗，“你赢了，我输了，就这么简单。愿赌服输。”

“不，博士，千万不要这样想。”颜安格道，“我是很真诚地来道歉的，我不该无端地打搅你，把你拖进这一场莫名其妙的对赌中来。”

“这么说，那100万保证金是你让退回来的？”

“是。”

“记者没有报道，也是你安排的？”

“是。”

“你在发微博挑战之前，很仔细地对我摸过底？”

“是。”

“你跟我有仇？”

“没有。”

“那这样子戏弄我，又是为了什么？”

“其实，我是来求助的。”

司空炬露出了诧异的神情，随即说道：“要不我们到休息室坐一坐？”

“司空博士，你不愿意见我，但有些误会必须当面才能向你解释清楚，”落座后，颜安格说，“所以我不得已跟踪到了这里。请你谅解。”

司空炬摆了摆手，意思是挑重要的话说。

“我家里的弟弟，哦，我的继子，已经看了无数个名医，但毫无作用。我想，人治不好他，只能找神了。看到媒体上对于催眠大师的报道，我心动了，希望你能治好弟弟的病。但又担心你太忙，接诊太多，不能全副精力为弟弟治病，便安排了这样一场赌局。”颜安格又歉意地笑了笑，“我太急了，所以有些不择手段，在这里我真诚地向你道歉，我愿意赔偿你的一切损失。”

按照颜安格的说法，弟弟的生母五年前车祸去世。三年前，颜安格嫁给他的父亲桑中平，当了后妈。丈夫事业发展顺利，这个儿子却成了他最大的心病。颜安格想生一个女儿，桑中平却想再要个儿子，他说：“没有儿子，我的事业谁来继承？弟弟又是这个样子。”这个时候，颜安格总要笑他土，说外面都称他儒商、开拓型企业家，谁知骨子里却这样守旧。不过玩笑归玩笑，他们却既没要成儿子，也没要成女儿。在一起两年了，颜安格的肚子一点儿也没有变化的迹象。“一定不会是我的问题，”颜安格很有些不服气，“我这么优秀的遗传基因难道会有问题？”

好不容易抽出时间，二人一起到医院检查，果然是桑中平的问题。医生说精子活力不够，很可能是过度劳累造成的。桑中平则这样劝慰颜安格：“再过两年吧，等玉泉山项目完工我就轻松了。好好休息一下，我们再来造个孩子，反正你还年轻。”

“如果说每个家庭都有不足为外人道的难处，没有一个健康的孩子，就是我们这个家的心病，我老公的心病，我的心病。这个家太冷清，太缺乏活力了。老桑常年在外，投怀送抱的女人不知有多少，一个人守着这个家，说真话，我也很没有安全感。如果能治好弟弟的病，他一定会感激我的。所以，为了挽救这个家，我下了决心，不管有多难，花多少钱，都一定得把弟弟治好。”颜安格眼眶泛起了泪水，随即点起了一支烟，“司空博士，我知道自己安排这样的赌局很无聊。我有错在先，所以说，是我输了。我的那 100 万保证金也归你，这是你应该得的，希望你不要推辞。”

司空炬摆摆手，似乎不愿意谈钱。“这些天，我把自己关在屋子里，一直在想，这个案例该如何治疗，从传统的心理治疗方法来说，首先是考虑精神分析法，第二步是催眠。但是，他不说话，这两步就都走不通。”司空炬无奈地摊开手，“他是任何信息都不反馈啊！”

“信息反馈？”颜安格也似乎想起了什么，“对了，他画画哩。能不能从他的画里面看出些什么？”

司空炬努了努嘴，没有发出声音来。

“博士，你一定要来看看。弟弟的爸爸一直在外地搞开发，很少回来。给我配的司机也是个哑巴。家里两个男的，一大一小都不说话，我都要疯了。”颜安格说道，把脸扭向了一侧，似乎是想掩饰落下的泪。

不知是颜安格那倒给出的100万的许诺，还是她那张漂亮脸蛋上的泪水起了作用，抑或是司空炬面对这个案例产生了不服输的欲望。总之，他在颜安格再三请求之后，说愿意考虑一下是否再次进入流花溪，看一看弟弟的画。

“我就知道你会来。”见到司空炬，颜安格心眼俱开，笑得很好看，“我给你泡一壶大红袍吧，这茶醇厚，暖胃。”

“不必了。”司空炬还是一副不冷不热的表情，“看画吧。”

颜安格让桂姐带着弟弟到楼下专门配备的儿童游乐空间去玩沙，然后带了司空炬走进弟弟的房间。一进门，司空炬就被墙上的画震撼了。

米黄色的墙纸上，只有红与黑两种颜色的线条，从材料上看，多是水彩笔、油画棒留下的。这些线条构成了人体的一个个器官，单独的手，单独的脚，单独的眼、耳、口、鼻、舌，却没有一个成形的人，或者动物或者植物或者任意的物体。似乎有点毕加索的风格。

最完整的是一个脑袋，但也许算不上一个脑袋吧。粗看是一截拇指，再看便会在指头上部看见两排共四道黑色的笔画，哦，那是人的眉与眼了。指头中部那个口子，自然是嘴，一张巨大的嘴。最奇的是，拇指不是线条勾勒出来的，而是在一块墙面上涂了一大片红色，里面又留下一块，形成了这截手指头——或者说这个脑袋。

司空炬左手托着右肘，右掌托腮，站在这幅画前思忖良久，转头对颜安格说道：“墙上这个人正在怒吼。”

“啊！原来是个人，”颜安格吃惊地说，“你不说我还真没看出来。你一说到这是人在怒吼，我就想到了蒙克的《呐喊》。”

“那是什么？”

“是挪威画家爱德华·蒙克的经典之作。2012年5月，在纽约苏富比印象派及现代艺术专场拍卖会上，以1.199亿美元的成交价，创下了艺术品公开拍卖的最高纪录。”

“我对这幅画一无所知。”司空炬问道，“它是什么样子的呢？”

“一个变了形的人，在桥上捧着自己的头，大声尖叫。蒙克是在和朋友散步时得到这幅图的灵感的。那时，朋友们都走到前面去了，他一个人落在后面，突然发现天空像血一样红。一瞬间他浑身战栗，感受到了巨大的孤独，似乎独自面对着来自宇宙最深处的无名恐惧。”

“对。扭曲，痛苦，愤怒，弟弟的画也完全是那种感受。”司空炬道，“我不明白，他的这种心态缘何而起，按理说，富家公子到了青春期，有些无病呻吟很正常。不过，画里的那种痛苦，不是无关痛痒的感伤。很明显，他虽然不说话，内心隐藏的情绪却非常强烈。可是，在这么富足、温馨的家庭里，他怎么会有这种情绪？何况，他也并没有到青春期。”

“你听说过白痴天才这种说法吗？”司空炬突然问道。

“白痴……天才……”颜安格摇摇头。

“看过电影《雨人》吗？”

“看过，一个傻子，但是记忆力很强。”

“电影里的雷蒙，智力低下，行为刻板重复，却过目不忘，历史上每一次航空灾难，他都能报出班次来。一盒牙签掉在地板上，他仅凭肉眼就能快速数出有多少根。”司空炬继续道，“这部电影是根据真人真事改编的。据说现实生活中的那个雨人，记忆智商达到220，虽然他的总体智商在正常人的90之下。”

“啊？！”颜安格大吃一惊，“你是说，弟弟也是这样的白痴天才？如果弟弟真是个天才，那对他爸爸可是个安慰，就算他不能像正常人那样生活自理。”

“只是有这种可能。他到底是不是自闭症患者，是不是白痴天才，都还得经过专业机构确认。”司空炬终于笑了笑，“当然，最终还得靠媒体加冕。”

“我知道。”颜安格略有点不好意思，“不过有希望总是好的。下一步，我该怎么做呢？”

“就让他多画画吧，提供条件，多引导。比如说，把笔和纸摆在他手边。”司空炬道，“画画，能够安抚他的情绪，而且说不定就透露出了什么信息，能让分析师对他有更多了解。”

“对了，说到情绪，我觉得你那里的音乐好像对他有些作用。他听了之后，发脾气砸东西的时候少了。”

“我那里的音乐？”

“就是分析所大厅里放的。”颜安格又不好意思地笑了，“我当时为了布置一个跟分析室完全相同的环境，让人到你那里踩了点。”

司空炬记起来了，他第一次到流花溪来，就听到了维瓦尔第的小提琴协奏曲《秋》：“那种音乐是比较独特。一般的心理诊所爱播放轻音乐，比如理查德的钢琴曲等，但我不播那种东西。你剽窃的那首……不好意思，我这个词没用对。”

“没关系。”颜安格笑吟吟道，“我感觉，它的确跟轻音乐不一样，有点接近宗教音乐，旋律并不平滑，似乎有些小突起……我不知道这样的表述对不对。”

“你很敏锐。学过音乐？”

“没有。我是学美术的，可能有些通感吧。”

“的确跟轻音乐不太一样。这种曲子叫巴洛克音乐，特点是比较恢宏、华丽。一个对旋律比较敏感的人，会发现它的曲调不是那么流畅，但是，当你习惯以后，就会觉得它非常好听。你开始提到的不平滑，也是它显得比较庄严的原因之一。值得一提的是，维瓦尔第为这套曲子的每部作品都配上了一首十四行诗——”

大地丰收啊，
农人痛饮美酒。
载歌载舞啊，
竞相欢娱。
玉液琼浆啊，
送我入梦乡。

歌舞止息啊，
大地静谧。
万物相伴啊，
伴我沉沉睡去。

司空炬旁若无人地背诵了两段。

“没想到司空博士还是文艺男。”颜安格道。

“哪里哪里，我是个标准的宅男。”司空炬可能意识到刚开始的激情澎湃有些不合时宜，“我觉得现存的译诗译得不好，在法国读书的时候，有时闲得无聊，便自己译了一篇。因为法语水平不高，要反复斟酌，所以记得比较牢。”

“你也很喜欢古典音乐吗？”

“有时也听听，谈不上特别痴迷。为了证明我并不文艺，不妨多说几句。在前厅里播放巴洛克音乐，是特意选择的。因为巴洛克音乐的节拍跟人的脉搏、呼吸频率和某种脑电波频率都非常接近，每分钟大致是60到70拍。这种低振幅，可以促发并增强来客大脑中的α波，分泌更多的吗啡，从而让人进入一种愉悦状态。所以说，实际上，在来访者还坐在前厅里候诊时，我们的服务或者说治疗就已开始了。除了维瓦尔第的《四季》，播放的乐曲还有巴赫的管弦乐组曲《勃兰登堡协奏曲》、亨德尔的《水上音乐》《弥赛亚》等。”

“还跟脑电波有关？”颜安格道，“这也太高端、大气、上档次了吧。”

“脑电波分为四种，α波、β波、δ波、θ波。我们有四个分析室，所以正好用这四种脑电波来命名。它们各有特点，比如开始说到的α波，是在人比较放松、舒适的时候发出的；人在清醒状态下，心情紧张时，大脑会发出β波；进入深度睡眠状态时，大脑会发射δ波；而θ波，则是在人的睡意来袭，半醒半睡时是发出的。”司空炬继续道，“其实，人的大脑无时无刻不在向外发射脑电波，哪怕是睡着了，甚至昏迷了。如果有一天停止发射，那就说明生命也结束了。”

“那弟弟的大脑也在不停地发射脑电波啊，你为什么不研究一下呢？”颜安格问道。

司空炬沉默了。一直到告别离开，都没怎么再说话，始终一副心不在焉的样子，搞得颜安格很有些诚惶诚恐，担心他还在记仇。然而，她不知道的是，司空炬已经被她那个问题占据了全副身心：为什么不研究下脑电波呢？

第六章

幻　声

虽然是继母，但颜安格明白弟弟对于丈夫的重要性，自从嫁进桑家，她就告诫自己：要把弟弟当成亲生儿子。刚进门那段时间，只要桑中平不在家，颜安格每天晚上都要到弟弟房间里待上半个小时，拿些儿童绘本念给他听，尽管她不知道他听懂没有。弟弟睡觉有保姆照料，但有时颜安格还是不放心，还要到他房间里掖掖被子。时间长了，看着孩子毫无改变，拒绝做出任何交流——哪怕是一个眼神。她也变得十分沮丧，渐渐地也不怎么管弟弟了，彻底把他交给了桂姐和曾姐。

初婚生活令颜安格眩晕。财务自由、丈夫体贴，桑中平还把公司事务抛开，专心陪她度蜜月，有什么可以抱怨的呢？而且，成熟男人对性的把握绝非只知猛冲猛撞的愣头青可比，这是颜安格暗自把桑中平和以前谈过的那两三个男友比较后的结论。一场场激烈的床上风暴，常常让她心醉神迷。然而才半年左右，颜安格就开始感受到生活的无聊、无趣和无可奈何了。随着业务扩展，桑中平在外地的时间越来越多，在床上的表现也大不如以前。有时，即使回到了蜀都，也往往开会开到半夜。“生命是一团欲望，欲望不能满足便痛苦，满足便无聊，人生就在痛苦和无聊之间摇摆。”叔本华写在《悲观论集卷》的这句话，颜安格算是有了切身体验。

颜安格是黑龙江人，在蜀都上完大学后留在了这座城市，工作不久就嫁给桑中平，因此除了同学并没有什么朋友。闲暇时间多，家务又有桂姐和曾姐两个保姆操持，她是学美术的，就靠画画来打发时光。不过，由于没有什么艺术追求，又不耐烦吃苦，她时常画几笔就扔下了，大半年也画不完一幅油画。

家里还养着一个姓侯的司机，是个哑巴。他时常穿着一身黑色的对襟衫，身材瘦削，颧骨高耸，两颊深陷，脸上的线条又硬又直，像是刀砍出来的——这让颜安格想起农村里专门从事丧葬业的阴人。不过，据曾姐说，哑巴并非生下来就哑了，他曾经是个枪法精准、有一身功夫的军人，在越南战场上被弹片击中昏倒，救醒后就再也不能说话了。桑中平和侯师傅是发小，从玩尿泥到初中毕业都在一起，发达之后就聘请了他，给着很高的薪水。说是做颜安格的司机兼保镖，其实也没多少事，就算是白养着。既然老公重情重义，颜安格也就顺着，像他们这种家庭用下人，放心最重要，司机能否说话倒也不是什么大问题；况且，身边有一个不会开口的人，倒少了许多是非。不过，很多时候颜安格嫌交流不方便，宁愿自己开车出去。

艺术上的事，桂姐和曾姐不懂，家务颜安格又不感兴趣，彼此间实在没有什么好谈的。哑巴和弟弟，更是自她进门后就没说过一句话，因此这个家里除了高级音响放出的音乐，整天都是静悄悄的。在颜安格眼中，这座环境幽雅、设施高档的院落，已从刚进来时的阳光明媚、色彩怡人变得阴气沉沉、暗云密布。不过一年多的时间，颜安格就有了多种自主神经系统紊乱症状，整日都昏昏沉沉，躺在床上却又睡不着；茶饭不思，以至于曾姐多次小心翼翼地问，是不是饭菜不可口；觉得自己毫无用处，帮不上丈夫的忙；毫无缘由就想死，又怕父母心痛。颜安格在网络上下载了一张《抑郁症自测量表》，一测，果然在轻度和中度之间。

倒是前段时间调遣桑中平公司里的人，排布下和司空炬的对局，让她觉得还有些意思。她也恢复了对弟弟的关心，甚至隔几天也要到弟弟房间里去看一下。

这天晚上，颜安格又来到了弟弟的房间。他熟睡的时候，和正常的儿童没有两样，白日的忧郁和阴沉都不见了，只有平稳而满足的呼吸声。弟弟白天很可怜，夜间倒还挺可爱的。颜安格坐在床旁的一张椅子上，不知为何就想起了米兰·昆德拉在《不能承受的生命之轻》开头，讨论的轮回问题。

“轮回之说从反面肯定了生命一旦永远消逝，便不再回复，似影子一般，了无分量，未灭先亡，即使它是残酷、美丽，或是绚烂的，这份残酷、美丽和绚烂也都没有任何意义。我们对它不必太在意，它就像14世纪非洲部落之间的一次战争，尽管这期间有三十万黑人在难以描绘的凄惨中死去，也丝毫改变不了世界的面目。

“若14世纪这两个非洲部落之间的战争永恒轮回，无数次地重复，那么战争本身是否会有所改变?

“会的，因为它将成为一个突出的硬疣，永远存在……一个在历史上只出现一次的罗伯斯庇尔和一位反复轮回、不断来砍法国人头颅的罗伯斯庇尔之间，有着无限差别。”

颜安格每次打开这本书，最先想到的不是萨比娜，不是托马斯，而是开篇那几大段关于“硬疣”的讨论。在她的生活中也有着这样一个不可承受的“硬疣”，那就是身边这个不会发声的孩子。

颜安格最初了解到老板有这样一个自闭的儿子时，并没有想到会跟自己产生什么关联。那时，颜安格还是桑中平公司里的一个新员工。她想起了第一次见到桑中平，是在中正地产的新员工培训会上。

“佛堂里，地面上的一块大理石抬起头问佛像：‘我们来自同一块山体，但你高高在上，万人膜拜；我却匍匐在地，万人践踏。请问，公平何在？’佛像回答道：‘不错，我们是来自同一块山体。但我经过了千锤万凿，加在我身上的刀斧，是你的一万倍，这就是原因。’”台上，人力资源经理用柔和的语调讲完了故事，又激情澎湃地鼓动道，“压力，让平庸者溃退，而让追求成功的人迸发出内在的生命力，产生出历经千辛万苦也要征服它的欲望。”

“我就知道，他又要给我们灌鸡汤了。”台下，颜安格撇着嘴，小声地对身边的女伴说道。刚刚走出校门的颜安格，显得有些土气，身上那件大衣样式过时，有着好几圈的近视眼镜，更让她显得老气横秋。但如果不为这些所迷惑，再仔细一点，就会发现眼镜下面的眼睛里有些不安分的东西。托着眼镜的鼻梁很挺，鼻梁下面的嘴也很小巧。如果懂得打扮的话，这个女孩其实一点儿都不难看。

就在颜安格和身边的女子你一句我一句开着小会的时候，人力资源部经理已经结束了辞藻丰富、理论深奥、节奏铿锵的演讲，该新员工一个个上台做自我介绍了。而公司的董事长、总经理以及一干副总、总监级别的高管坐在最后一排观望，对每一个未来的员工进行掂量，希望从中发现可为己用的人才。

“什么，轮到我了？”颜安格一下子跳了起来，连椅子也弄翻在地。在众人的哄笑声中上了台，她的第一句话是，“能够进入中正这样有实力的公司，我心里特别激动。”其实这句话根本不必说，因为激动就写在她脸上，“我叫颜安格，今年刚从蜀都美术学院油画系毕业。这次到中正应聘的是公关策划部主管，虽然最终没能当上主管，但我并不气馁，我相信自己有一天会当上主管，然后是经理。因为我很聪明，而且会努力……”

颜安格一口气说了这么多，台下的人早已笑得东倒西歪，她自己也在台上傻笑着。而坐在最后一排的一个男人没笑，也没说一句话。这个男人四十五六岁，额宽颏阔，戴着副黑边粗框眼镜。观其气质，既有实干者的精明，也有思想者的深邃和学者的儒雅。他就是中正地产董事长兼总裁桑中平。

第一次听到桑中平的声音是在董事长办公室。颜安格进来的时候觉得有些目眩，办公室不算特别豪华，但非常有特点，就一个字：大。不光是屋大，屋里的每一件物什都很大。沙发大，茶几大，茶几上的瓷杯也很大，那张大班桌宽得像一张床一样，足足能睡下两个人。桌子上面的文件凌乱地堆着，就像桑中平头顶的发型。桌子后面，是占了一整面墙壁的书柜，里面堆着些厚厚的精装大部头。当时，颜安格傻呆呆地站着，直到桑中平和颜悦色地招呼她坐下。

“喝水吗？”桑中平站起身来，要拿杯子。

“我自己来。桑总，找我来有什么事？”坐在宽大的沙发上，颜安格觉得自己的心脏都要跳出来了。

“其实也没其他什么特别的事。作为公司的董事长，每次招聘了新员工，我都会选一些来聊聊。”桑中平笑起来显得很宽厚，“那天我坐在大厅的最后面，听了你的自我介绍，觉得很有意思。”

颜安格羞赧地笑了：“我正后悔呢，觉得自己特别幼稚。”

“我很欣赏这种态度。如果一个人在你这种年龄都没有锐气，那什么时候能有锐气？”桑中平的语调极其柔和，大大地缓解了颜安格的紧张，“不过，人生的道路很漫长，现实未必都跟自己的理想一致。人一辈子也许会受许多委屈，受到许多不公正的待遇。我希望你能够明白这些。”

“是的，桑总，我记住了。”

“你是美术学院毕业的？”

“嗯。学油画的。”

“公司当然不会让你画油画，但是，你的专业在公关策划部是有用武之地的。当然，也有很多工作与美术无关，不要因为自己在大学没学过就不干。你刚刚说过，自己还没有什么社会经验，社会经验从何而来呢，就是从具体的工作中而来。在具体的工作中，也许你会有怀才不遇的感觉，但你要相信一句老话：是金子总会发光。努力耕耘，将来自然会有收获。一个人，如果短时间怀才不遇，可能是环境的问题，但永远怀才不遇，那就应该找找自己的问题了。”

从办公室里出来，颜安格有些晕晕乎乎。就办公室内所见，桑中平是个简朴、平和的人，但仍然给她带来了强烈的震撼。他那不紧不慢的语调透出成熟男人独有的稳重和沉静，他说的那些话看似平常，却出自肺腑，是经历过人生的风风雨雨之后才提炼出来的睿智。

就是那一次，在桑中平的办公室桌上，颜安格见到了弟弟的照片，那是一张全家福。照片上，女人不过三十出头的样子，脸稍微有些胖，倒显出十分风韵来。桑中平俯下身来亲儿子，弟弟则把两只手向后伸去，反手抱住老爸的脖子，父子俩都笑得很开心。

“桑总，您真幸福，太太这么漂亮，标准的白富美，儿子也这么可爱。”

“是的。”桑中平很平静地回答。颜安格后来才知道，照片上的其乐融融，那时其实已经面目全非。颜安格碰上桑中平的时候，他正处在人生低潮期——太太不幸遭遇车祸，儿子不能开口说话，也不能上学。

颜安格后来知道了这事，一方面对自己那天的话深感歉意，另一方面也对桑中平的镇定、喜怒不形于色十分佩服。那个时候，她突然有了一种预感，自己一定会和这个男人、这个孩子产生联系。但她不会想到的是，这个孩子会像米兰·昆德拉笔下的“硬疣”一样，扎在她的生活中。

正在胡思乱想之际，静谧被一个声音打断了。

“大法师，我恨你。”凭空响起的声音，吓得颜安格打了一个激灵，一股凉气顺着背脊蹿上了后颈。

“是谁？”她强作镇静厉声问道，但是没有任何回答。

颜安格壮起胆子，回过头看了看，也没见到任何东西，这让她心里稍稍安稳。难道是幻觉？她站起来将屋里的灯全部打开，但还是什么也没看见。弟弟正睡在床上，呼吸均匀，表情安详。跟白天那副人不人鬼不鬼的样子相比，此时的他倒很像一个正常的孩童。颜安格再四下瞧瞧，房间里并没有能藏下一个人的空间，只怕真的是幻觉。

突然又是一声：“我不吃饭，那饭是红色的。”

颜安格一下子被吓得跳了起来，又听见“哇”一声尖叫。落到地上的时候，颜安格才发现，那声尖叫是从自己嘴里发出来的。

不是幻觉，这一次绝对不是幻觉！她匆匆蹿回自己的房间，关死了门，瘫倒在床上。

这一夜，颜安格没有一刻闭上眼。如果不能搞清楚这声音究竟从何发出，就算被吓死了，她也会死不瞑目。这声音究竟是从何而来？她翻来覆去地推算：首先，不会是弟弟发出来的。他是一个不会说话的孩子，自进入这栋别墅，就从来没有听到过他的声音。其次，不会有外人进入流花溪，八个红外线探头两两相对，分别立在四面高墙，有猫翻过也会发会警报——哑巴保镖会立即起身察看。此外，每个方向都有摄像头，摄下的图像会同步传送到保安公司——有任何风吹草动，急救人员会在五分钟内赶到。再次，所有的房间都经过了隔音处理，就算有人骗过安保系统翻进了别墅，在屋外大声呼叫的声音也不可能传入屋内，否则自己那一声大叫也应该惊动保姆和哑巴保镖了。

算来算去，都只有两种可能。一是自己的确出现了幻觉；二是这栋别墅阴气太盛，闹鬼了——会不会是桑中平已经死去的前妻想回来看看自己的丈夫、儿子和家业？

就这样睁着眼睛熬到快天明的时候，颜安格给司空炬拨了个电话。家里没有男人——不会说话的哑巴不算——就好像少了顶梁柱，颜安格觉得自己有些像在水里挣扎，哪怕是一根稻草，也要紧紧抓住。

“怎么啦？”司空炬有些诧异。

“我遇到了怪事，很吓人。”

“要我马上过来吗？”

“不用了，也没出事，我只是想见见你。”颜安格说，“这样吧，晚上我请你喝咖啡吧，白天我不想打扰你的工作。”

“没关系。你付了我那么多钱，就是我的 VIP 客户了。我基本上可以做到随叫随到。”司空炬说这话，是因为颜安格的那 100 万保证金，已经从市心理学会转到了如炬精神分析所的账户上——虽然在对赌中失败，但他不仅挽回了损失，还赚了整整 100 万。

“别，你还在计较那事儿啊。”颜安格道，“难道没把我当成你的朋友？”

“我是说，作为你的朋友，我基本上可以做到随叫随到。”

“还是你工作结束后来吧，我可不想给人一个事儿多的印象。”颜安格咯咯地笑了。或许，在她的潜意识里，晚上比白天更需要人陪。

颜安格来到咖啡馆的时候，司空炬已经坐在那儿好一会儿了。晚上的颜安格抹了口红画了眼线，跟第一次在诊所里见面的时候相比，少了些矜持，多了份妩媚。夜晚真好，掩盖了她天然的“烟熏妆”，看不到她眼睛下方的黑色阴影，挺拔的侧脸轮廓非常养眼。就在司空炬这样胡思乱想的时候，颜安格已经款款入座。

“弟弟这几天又画了些啥？”替颜安格叫来侍者，点了饮品之后，司空炬问道。

“没……应该没有。我倒是另外有个问题想请教。”颜安格表情郑重，“我的问题是：是否任意一句话，都可以通过精神分析法进行分析？”

“怎么探讨起这么学术的问题，”司空炬笑道，“莫非你想收购我的分析所？”

“别开玩笑，你直接回答我。”

“首先，我要知道这句话的来源。比如说，是梦话，还是领导在大会上的讲话——二者在心理分析学上的价值不可同日而语。简言之，精神分析师让来访者自由联想得到的话语，具有更高的价值。”

“可是我这句话没有来源。”

“没有来源？”司空炬有些不解，却也没有多问，“那你想从中知道什么？”

“任何可能知道的东西。”

“那我试一试。”

“听好了，第一句话是：大法师，我恨你。”

“嗯……把它当成某一个病人的心理活动吧，这样我才能继续下去。大法师并不是真正的大法师，他只是一个象征……代表着邪恶……权威或者权力。说话者和他之间一定有着非常剧烈的冲突，却因为害怕而不敢表达，只能把这种巨大的恐惧藏在心里。”

“现在请听第二句话：我不吃饭，那饭是红色的。”

“这倒像一个梦境，心理障碍者非常典型的梦境。”

“如果不是呢？”

“红色是一种非常鲜明的色彩，它象征着精力充沛，具有侵略性。所以，西班牙斗牛士手里的红布，既可以激怒公牛，又能让观众兴奋。不过，红色的饭显然跟这种激情四溢的画面扯不上关系，依然只能回到心理病人的梦境，才有可能继续推测。”

“继续。”

“红色，在很多病人的心中往往象征着恐怖。为什么呢？因为那是血的颜色。”

“难怪！我小的时候住在黑龙江黑河一所中学，我父亲是那里的教师。有一年，好像是我小学毕业的那年，”颜安格陷入了回忆，“为了迎接什么全国卫生检查，学校把所有建筑无一例外都粉刷成了红色，包括医院在内。让人感到特别恐怖，虽然只是浅红色。从此，我特别怕进医院。”颜安格恍然大悟，“你说了我才知道，原来是因为红色容易让人联想到血。”

“是的。回到你开始提的问题，可以这样认为，这个病人一定受到过非常血腥的刺激。请原谅，我总是想象这是一个心理病人说出的话。”司空炬补充道，“我想知道，这句话是谁说的？他的背景资料，我知道得越多越好。”

“可是，这就是凭空跳出来的一个声音。”

“嗯……你可能是状态不太好。”司空炬想起了颜安格开始说的，这句话没有来源。

“我知道你不会相信的。”

“作为一个受过专业训练的心理学家，我相信，人心理上所感受到的一切都是有原因的。”

“你这话怎么这么难懂……你是说，我有幻听？”

“现在还不敢确认，但你的状态不好是真的。需不需要我也为你治疗一下啊？”

“就是弟弟！就是桑中平那个不会说话的儿子！不用找了，我告诉你吧，就是他！”颜安格突然歇斯底里地叫了起来。邻座的人被吓了一大跳，暂停了幽暗灯光下的窃窃私语，吧台里的调酒师也踮起脚尖、斜伸着颈子望过来。过了好一会儿，确认没发生什么事，调酒师才把脑袋收回去，邻座的低声喁语又开始重新响起。

“你看，我不是开个玩笑吗，你咋这么激动？”司空炬轻声道。

“对不起。”颜安格的声调已经恢复正常，“我是真的需要你的治疗了。”见司空炬没接茬，又继续道，“那房子里的人，要不就是哑巴，要不就是自闭症，整天没一个能说话的人，我能不疯吗？”

“如果那几句话真是从弟弟嘴里出来的，那他就不是自闭症。自闭症是染色体异常造成的，是先天性的。”司空炬建议道，“你可以调查一下，看他幼年时能不能跟人沟通。”

“真他妈的邪门！”颜安格低声爆了句粗口，“如果不是生在一个科技发达的时代，我恐怕真会找几个和尚道士来家里念经作法，看看是不是弟弟的亲妈在作怪。”

“肯定不是。最大的可能……是……弟弟受过什么精神上的创伤。”司空炬道，“不过，不管是自闭症，还是精神创伤，像他这种情况，心理医生都无从下手。”

“我像是住在一个黑匣子里，什么都看不见，”颜安格继续抱怨道，“弄得自己也像个黑瞎子。”

对啊，弟弟不就是一个根本不进行反馈的黑匣子吗？司空炬一下子从深陷沙发的状态坐直了，双手也从环抱在胸前变成了撑在大腿上，他身子前倾，似乎想说什么，却半天没发声。

人的大脑是个黑匣子，精神分析法、催眠术都是发明出来解读这个黑匣子的方法。但是，有些黑匣子靠传统方法是解读不了的，比如“星星的孩子”，比如哑巴，比如弟弟，无论你输入什么样的信息，他就是不输出，又能奈他何？干脆，还有的人一出生就是聋子，如果只通过谈话的方式，你根本不能输入，还谈何输出？

让构菲把我视为“闯入精神分析圣殿的公牛”吧。其实这话本是分析心理学的创立者荣格形容弗洛伊德的，原话是——冲进人类文明花园的一头野猪。的确，弗洛伊德提出的力比多，那种把性欲视为高于一切、决定一切因素的泛性论，在那个时代的人看来，何尝不是野蛮人才说得出口的粗俗言论呢？可是，人家弗洛伊德就闯了，这个世界还不是一样把他奉为神明？弟弟这个病例，我真的很想和构菲谈谈。

“我被这样的生活窒息了，觉得像是脸上蒙了个塑料袋，能呼吸的空气越来越少。”耳旁继续传来颜安格喋喋不休的抱怨，“最初嫁给他的时候，连我自己都羡慕自己。刚结婚的时候，我整天傻乐，心情就像一句歌词所说的那样——确认过眼神，我遇到了对的人。现在呢，我不知道自己缺了什么，物质条件不用说，他也是个标准的好丈夫。如果说我是缺少爱的话，为什么他在外面的时候还好一些，我会很想他，而他偶尔回到家里，我和他肌肤相亲的时候，却反而觉得他十分陌生？好像什么都不是真的，这具身体都不是真的，而是塑料的一样。”

但是，这些话司空炬似乎都听不到了，或者说进了耳朵，却没进到心里。

在没有给出建设性意见的情况下，司空炬辞别了颜安格。他没有回家，而是直接到了分析所，坐到沙发上整理思路。

几天的经历，头绪纷乱，又有些惊心动魄。对林那完美的催眠，如侦探小说一般扣人心弦；突然间暴得大名，却又被卷入一场莫名其妙的对赌；被人布局，对赌失败，然而不仅没有损失金钱，反而又莫名其妙赚了一百万；富豪之家，一个寂寞又美丽的阔太太，一个哑巴司机，一个不会说话的孩子，满墙让人震撼的画……这所宅子里，又藏着些什么样的秘密呢？

为什么不研究下脑电波呢？颜安格前些天的那句话，像蜜蜂一样，不停地在他的头顶旋转，嗡嗡作响。

一个人，自负到了一定程度，往往就会觉得自己身上背负着或大或小的天命，甚至感受到那副担子的重量。此刻，司空炬正处于这种状态。

如果不是天命，我一个催眠师怎么会破获一起21年前的杀人案？如果不是天命，我怎么会在输掉赌局之后，安然无恙，甚至反败为胜？如果不是天命，上天为何会把弟弟这样的患者当作考验赐给我？如果不是天命，陈亦然这种级别的脑电波专家，为何会在失联多年以后，突然出现在我眼前？

那么，脑电波是不是打开这个谜题的钥匙呢？

第七章

脑电波史

“当你的思想专注于某一领域的时候，相关的各种资源就会被你吸引而来。这句话就是传说中的吸引定律。”司空炬放下手里的百威啤酒，“我正需要一个生物计算机工程的顶级高手，你就出现了。”

“我可还没答应跟着你干，”陈亦然用手轻敲着桌面，“因为不知道有多少成算。”

“你最终会答应的。不过，还是先谈谈你对我这个想法的评估吧。”

“先打击你一下。把人的颅腔打开，在大脑上置入电极，再通过神经元采集脑电波信号，并非是你独有的天才想法。”陈亦然那种见惯不惊的模样，带着公子哥儿气的慵懒，许多年前就一直让司空炬自惭形秽。现在虽然两个人的境遇颠倒，但心理上的优劣却并没有易势，“在人脑袋上开创口，有相当大的风险，脑电波试验，还涉及医学伦理问题。你的想法，不仅有人搞过，而且已经被淘汰了。”

“你是说，我的想法已经被实践证明毫无价值？”司空炬有些不甘心。

“也不能这么说。实际上，目前 BCI 的研制已经有了很大进展，而且几乎都是无创系统。”陈亦然所说的 BCI，指的是脑机接口技术，是 Brain-Computer Interface 的英文首字母简称，能让大脑直接跟计算机交换信息，“老同学，看来你那点医学基础都忘光了，我得从脑电学最基础的知识给你补起。”

卤水点豆腐，一物降一物。平时桀骜不驯的司空炬，在陈亦然面前却显得很是大度，甚至有几分窝囊。接下来，几乎是陈亦然关于脑电波史的专场演说。

对脑电的研究，要追溯到两千多年以前。那时古人就发现有些动物身上带电，最有代表性的当然是海里的电鳗。但对动物电的研究，几千年的时间却一直处于停滞状态，因为当时还缺乏对电这一物理现象的基本研究，电子、电荷、电压、电流和电阻等概念还都没有出现。人们只知道电鳗跟天上的雷电有相同的能力——都能产生一种让人又麻又痛的感觉。

直到 18 世纪末，意大利人伽伐尼一次偶然的发现才打开了局面。伽伐尼在做实验时，手术刀不慎碰到青蛙的腿，看到被剥皮的蛙腿抽动了一下。是不是蛙腿被手术刀推着而动呢？经过多次重复的实验，答案都是否定的。伽伐尼推测，这种推动可能是因为青蛙的肌肉和外周神经都带有电荷。这个时代，因为有了云中取电的富兰克林等先驱者，人们对电已经有了新的认识。

伽伐尼家族可能基因里有科学研究的遗传，或许说这个家族跟脑电学有缘。伽伐尼的侄子进一步推测，人的大脑可能也会产生电流。于是他做了件比较大胆的事：犯人刚刚被处决，他就把电极放上去进行测试。

“这种事我可不会做，”陈亦然说，“给再多的钱我也不干。”

“但是，他能够成为人类历史上第一个测到脑电的人，这是多少钱也买不来的荣誉。”司空炬说。

“但是，他没有测到。”陈亦然立马打断了司空炬，“当然不怪他，毕竟脑电流太微弱了，是以百万分之一伏特级为计量单位的。”

又过了 50 年，随着电生理仪器的改进，一个叫卡顿的医学院助教才在兔脑上测到了脑电流。

到了 1924 年，德国精神病科医生伯格以他儿子为试验品，获得了第一张脑电图。脑电学作为一门学科，应该是从这个时候才开始算起的。

“然后，就开始走上了康庄大道，直到我提出了新的问题？”司空炬插话道。

“不，又是几十年没有大的进展。原因是，对脑电波的辨析处理难度相当高。比如说刺激试验者的皮肤，可引起脑电波偏离，这就是传说中的脑诱发电位。而且，我们的生活空间里充满了各种各样的电波，要从形形色色的电波中把这种从大脑发射出的电波辨认出来，非常困难，就像……”陈亦然环视四周，“就像这个酒馆里，这么吵，我们俩却把头凑在一起，讲着绵绵情话，而旁边一桌的人想听清楚一样。”

“谁跟你讲情话？”司空炬笑道，“我们又不是基友。”

“就是悄悄话嘛，我不过是打个比方。”陈亦然不愿意在无关紧要之处纠缠，“脑电技术得到发展，跟电脑的广泛运用是分不开的。科学家发明了很多种方法来对采集到的脑电波进行分析，比如说消除心电法、面积法、平均电压法、组织法等。但是，不管用什么方法，都涉及海量计算，而这是人力不可能完成的。在电脑得到广泛运用之前，要进行这样的计算是不可想象的。电脑技术的提高，让不可能变成了可能，所以说，计算机才是这一阶段脑电技术发展的真正主角。”

“也正因为电脑登上这一领域的历史舞台，BCI 技术才有了发展的先决条件。”陈亦然差点被自己的侃侃而谈打动了。他想，如果科普演讲能够成为一种职业的话，自己在这一行的影响力一定会超过 21 世纪头 20 年最著名的科普作家方舟子，也绝不可能失业，更不至于要在以前还不太打得上眼的老同学面前故作深沉，遵循“说大人则藐之”的古训，看似神情潇洒毫不在意，实则战战兢兢如履薄冰，以求谋一个饭碗。

“那么，现在脑机接口技术发展到什么程度了？”司空炬问道，“我这些年忙于开诊所，对前沿技术没怎么关注。”

“已经可以用意念操控物体了。前些年，清华大学的一个课题组搞了一场足球比赛，就是用脑电波控制两条机器狗来踢的。”

“天哪，这么神奇，这不是武侠小说中的隔空取物吗？”司空炬瞠目结舌，就像他第一次见识催眠术一样。

“对行内人士来说，这一点儿也不稀奇了。你觉得神奇是因为你不了解。”陈亦然对司空炬的吃惊一点儿也不吃惊，他喜欢司空炬这种没见过世面的样子。

此时，司空炬则再一次想到了构菲的名言：“所谓神秘，不过是普通人的眼睛看不到世界隐秘的规律，感受不到被皮肤包裹着的那颗跳动的心。”随即，他产生了深深的幻灭感，一下子竖直身子，将两只手撑在桌子边缘，“这么说，我的设想早就实现了，但我怎么没听说过读心这种技术的应用呢？”

“不。一般人认为，隔空取物比读心难，但这是个天大的误解。真相是，读心比隔空取物难多了。”陈亦然再一次深深陶醉于智力上的优越感，“想想这个道理：要想靠脑电波了解一个人内心的想法，是通过图像还是通过语言呢？如果通过语言，那么是通过汉语还是通过英语呢？脑电波要转换成语言，或者图像，至今还是人类没有掌握的技术。不仅没有掌握，而且根本不知道从何着手。所以，你的设想如果搞成了，绝对是轰动科技界的大事。”

听到陈亦然最后一句话，司空炬觉得自己已经提到嗓子眼的那口气，又慢慢退回了肺部——科学史还给自己留有机遇。

“又得用打比方来说事了，我最爱用人脑和电脑来相互比拟。记得还在上高中的时候，有人问我硬件和软件的区别，我说你的大脑就是硬件，你脑袋里装的知识就是软件，你通过读一本书学习知识就是用磁盘把软件拷进硬盘里。哦，扯远了……言归正传，目前用科学仪器监测人脑电波，就像用电压表和电流表来监测电脑一样。你可以查到它是否在开机运行，可以查到它的电能消耗，甚至可以通过运行负荷大致猜到它在运行哪一类程序。但是，你能够通过监测电脑所消耗的电流量，来推算出电脑的程序源代码吗？”陈亦然在擅长的领域喋喋不休，司空炬却觉得眼前似有一块红布在飘动，自己仿佛成了斗牛场上那头被挑逗的、肾上腺素正在井喷的公牛。

“对了，你到底成不成立公司来搞这个脑电波读心术？”陈亦然突然问道，“如果不搞，我就回广州了，我女人想我了，让我回去。”

“不能走！当然要搞，绝对要搞！我请你当 CTO，主管技术开发。”其实，在这句话脱口而出之前，司空炬并没有拿定主意。尽管不能捕捉自己的潜意识，但作为一个心理学家，司空炬对潜意识的把握却是非常出众的。在与陈亦然交流的过程中，司空炬看清楚了，对于读心术的研究，自己其实是非常期待的——在听说脑电波已经能操控机器狗踢足球，以为读心问题已经解决时，那种功不在己的深深失望不是很能说明问题吗?

“我说了这么多，现在该你来说说了，为什么要搞脑电波读心术？”陈亦然道。

“自然是为了解决执业时遇到的难题……你知道，我刚输了一场赌局，对一个死活不肯开口的小孩束手无策。”司空炬表情略有些不自然，“我想扳回一局。”

“我不相信这件事会有这么大的动力。”陈亦然那张已经修葺一新的圆脸上露出诡秘的笑，“其实，通过电脑来阅读人的内心，跟你的专业是完全相悖的。脑电波读心技术越发展，就越影响你的精神分析业务。从潜意识层面来说，如果仅仅是学术上的原因，你是不会有这么强烈的冲动的。”

司空炬沉默了。

“尽管我好多年没见到过你，这些年你阅历多了，也出人头地了，但大学期间是一个人的思维方式和行为模式定型的时期，这些最根本的东西是不会改变的。根据对青年时期的你的了解，我判断：能够让你产生这种冲动的唯一原因就是，女人。”陈亦然道，“弗洛伊德怎么说的，力比多是人类社会发展的原动力？”

司空炬继续沉默不语。

“按你的性格，沉默就是承认。”陈亦然步步紧逼，“那么告诉我，她是个什么样的女人？”

“现在什么都谈不上，她有老公，而且是个地产大亨。”司空炬无处可退，却也不愿彻底缴械，“我跟她，可能不会有任何进展。所以说，我研究读心术无非还想给自己内心一个交代而已。”

“老同学，你真是个至情至性之人。这么说的话，我帮你帮定了。”陈亦然把手中 330ml 的小啤酒瓶子举了起来，“来，先敬我将来的东家一杯。这种酒吧太装，喝不尽兴，我们埋单吧。然后，找个苍蝇馆子，弄个干煸肥肠，好好喝几碗。”

司空炬和陈亦然分手后回到家中，尽管喝得有七分醉，躺在床上却越来越清醒。激情一过，该考虑现实问题了。这问题说起来复杂，其实也简单，归结到一个字：钱。

启动资金倒不是没有，关键是能撑到什么时候。司空炬在心里盘算：水木坊四百多平方米的中式别墅，买的时候六千多一平方米，现在单价已经是五万了；那辆新款的路虎揽胜顶配运动版，还是九成九新，折现的话一百五十万应该没问题；证券市场上还有些股票，反正市道也要死不活的，看样子也可以抛了；先把团队搭起来，多少出些成果，再包装一下，不愁找不到风险投资……

能够在纷乱的头绪中迅速抓住核心问题，看清问题之后能够采取让他人看来匪夷所思的行动，能够破釜沉舟并最终赢得巨额回报——这是司空炬对自己的评价。

那自己能得到什么呢？科学史上留名，像乔布斯那样；抑或将研发结果市场化，赚上数不清的钱，然后像少年轻狂时开的玩笑一样，把整个蜀都买下来，房子全拆了，还原为农田；还是格格……颜安格……那个让人又恨又爱的女人？可是，难道就不想想失败了怎么办？可是，会失败吗……不会的，我司空炬的字典里就没有“失败”这两个字。在陈亦然看来，一切都可能失败，正如卡……卡夫卡，他说他的手杖上写着：“一切障碍都在粉碎我。”我……我……我是巴尔扎克，我的手杖上写着：“我在粉碎一切障碍。”

第八章

视　频

司空炬固然是个行动力超强的人，但是，如果没有那个视频的突然出现，并将他逼入绝境的话，要让他抛弃目前富足的生活，一心去研发脑电波读心术，能否下这个决定，还真是很难说。

“你会感到睡意来袭，眼皮越来越沉重，已经睁不开了。”坐在床边一张仿古红木圆凳上的司空炬，轻声说道，“现在，你可以睡了。你会睡上一个很好的觉。当你醒来的时候，你会觉得精力充沛，信心十足。”

司空炬静静地看着床上的颜安格，直到她发出了轻微的鼾声，才起身离去。他拉开虚掩的门，对在门外等候的曾姐说道：“格格已经入睡，你可以去干你的事了，过上两小时再来看看就行。”

曾姐探头朝室内看了看，满心欢喜地说道：“哎呀，博士你真有本事。格格吃了那么多药，一点效果也没有。你说上几句话就治好了她的病，真是了不起！”

“只能说是初见成效。”司空炬淡然一笑，“彻底治愈还需要一段时间，以后我过几天就来一次。”

“不管怎么说，桑总在外面忙，格格病好了，他也会放心些。我们当保姆的，也少挨几句骂。”

“桑总会骂你们吗？”

“哪里，桑总可和善了，从来不骂人。不过要是没把格格照顾好，我比挨了骂还难受。不像那个哑巴，啥都不操心，一天除了吃饭只晓得睡觉。说是当司机，格格平时都是自己开车出去，一个月他开几回？上次我想去看下我侄儿，喊他送一下，那个龟儿子硬是不动。”曾姐一边数落，一边请司空炬到客厅里喝茶，“博士，你辛苦了。我已经泡好了你爱喝的金骏眉，你喝一口嘛。”

“曾姐，我还要去办点事。”

“那我叫哑巴送你。”

“不用了，没多远，走路就可以过去。”一个小时前，司空炬是哑巴接到流花溪来的。跟这个人待在车子狭小的空间里，让他觉得有些不适，所以他宁愿自己走着回去。

颜安格的抑郁趋向已经越来越严重，基本上到了每天只能睡一两个小时的地步，有时甚至会冒出自杀的念头，但是她拒绝了医生让她吃百优解等抗抑郁药的建议，说她见到过那些一直靠吃药抗抑郁的闺密过的是什么日子，真要那样过，还不如自杀算了。她请司空炬用催眠术为自己调整睡眠，司空炬一口应下。通过这段时间的交往，他俩已经从最初的赌局对手，变成了朋友。对于颜安格的放水，司空炬很记情，连她最初的挑事设局也不再计较了，还开玩笑说“感谢格格不杀之恩”。

至于诊费，颜安格说按分析所的最高标准，不少一分，先款后诊，而且事后还有年酬，司空炬却一笑拒之：“格格赏的那100万，一辈子的出诊费都够了。万一有一天我破产了，还得求格格帮忙在‘贝勒’那里谋个职位哩，哪里还敢收钱？”

司空炬走出流花溪，看表已近下午七点，他决定沿溪走上一两个小时，到雨林小区去吃晚饭。

雨林小区在20世纪90年代曾是蜀都市最成熟的社区。如今时过境迁，高档楼盘如过江之鲫，要论品位、格调这儿是排不上号了。不过，要说繁华热闹，有人间烟火味，这里依然是一等一的去处。一家接一家的火锅店、川菜馆里人声鼎沸、觥筹交错。四川人吃饭喜欢一边喝酒，一边划拳，气氛起来了，食欲也不会差。酒拳有多种口诀，常见的无非“独一根，二红喜，三桃园，四季财，五魁首，六六顺，七巧妹，八匹马，九长寿”；也有走悲情路线的，“舞都跳不来，留也留不住，妻子也跟人跑”，分别代表数字五六七；最妙的是，酒客还可以即兴发挥，现场编出酒诀，跟壮族对歌一样，只要对方听得懂就行了。在酒桌的旁边，或许还看得见助兴的小提琴手，侧着头压住肩上的琴，沉浸在自己弄出来的咿咿呀呀声中，尽管这声音与周围的喧嚣不太合拍。

这种吆五喝六拳来掌往的场面，最对司空炬的胃口。作为一个精神分析师，他接受了太多情绪垃圾的倾倒，这里能够让他得到最大的放松。在铺着白净桌布的饭店吃饭，需要面带适度的微笑，绷直背脊正襟危坐，好像把自己的隐私全部暴露给了侍立一旁的服务员。他宁愿去那些铺面狭窄、环境肮脏的苍蝇馆子——也正因为环境不好，老板才肯在味道上下功夫。

司空炬选了家卖煎蛋面的小馆子，让店家在人行道上搭了张小方桌，自己动手搬了个小木凳坐下。不到一分钟，两瓶冰镇啤酒就打开了；五分钟之内，撒有辣椒粉的卤鸡肫也端来了。司空炬呷了一口啤酒，那种又冰又爽的感觉顺着食道直接刺到胃里。

心里面的感觉跟胃里面一样舒坦。是的，还有什么不满足吗？那么文艺范儿的格格，桀骜不驯得像匹野马的女人，不也很依赖我了吗？司空炬前些时候就发现，不经意间，他和颜安格已经进入了典型的“移情”与“逆移情”情境。

移情是精神分析学术语，指来访者将对过去生活中某些重要人物的情感投射到分析师身上；逆移情，则是说分析师对来访者产生了同样的感情。简言之，病人爱上了医生，医生也爱上了病人。

学心理学的学生，一部必看的电影叫《意乱情迷》，在中国更为人所知的名字是《爱德华医生》。在这部电影里，英格丽 · 褒曼演的女心理医生爱上了格里高里 · 派克演的帅气男病人。心理医生爱上病人，是违反职业准则的，但褒曼聪明地解开了这个死结，她对已经痊愈的派克说：“我现在已不是你的医生了。”

或许，我有一天也会像褒曼一样，说出那句话的。但现在还不是时候，颜安格还需要治疗。

一大碗番茄煎蛋面也端了上来，按司空炬的要求，另外加了两个煎蛋。正吸溜吸溜地吃着，微信提示音接连响起，司空炬没理睬，又挑了一块鸡肫送进嘴里。跟着电话响了，司空炬接起来，是小青的声音，非常急促："博士，您看到视频没有？"

"什么视频？"司空炬丈二和尚摸不着头脑。

"您在流花溪二楼的视频，现在网络上已经传遍了，您赶快到微博或者微信上看一下。"小青似乎想起了什么，"不多说了，我马上去找公关公司删帖。您授个权吧，多少金额之内的钱我可以动用？"

"所里账面上所有的钱，不惜代价。"司空炬咬牙说完这句话，觉得背脊上一阵阵发冷。难道格格如此阴毒，竟然在卧室里安放了摄像机？可这又是为什么呢？他掏出一张百元钞票，压在酒杯下，站起身来，走到数米外的一棵大树下，打开微博，看到右上角已经有了无数条关于评论、转发和私信的通知。他急忙找到视频，用哆哆嗦嗦的手点开。

画面出现了。

司空炬蹲在弟弟的身边，说："那你一定是喜欢奥特曼了。"

"蝙蝠侠……喜羊羊哩？"没有任何回应，催眠大师的表情显得十分尴尬，"我没想到是这样的病人。"

"所以我们才找你来。"格格那颀长的身影出现在视频里。

"我……输了……"司空炬摇摇摆摆地扶着楼梯，朝楼下走去。

司空炬看完视频，发现自己腿已经软了。他不用再去一页页翻看那些评论，就知道网友会说什么，"骗子"的头衔一定是少不了的，"催眠大师"已经变成了"吹牛大师"，甚至被称为"催奶大师""催尿大师"也很有可能。一大群段子手正在赶来的路上，最迟到明天上午就会编出海量喜闻乐见的段子，而这些段子也将立即被各种营销号采用，频频刷新微博和朋友圈。至于如炬精神分析所的命运，简直就不敢去想了，也不用想了。

司空炬全身发软，再也站立不住，顺着大树向地面滑去，耳旁却清晰地传来酒客划拳的声音……

中卷

超能脑波

第九章

▼

狮身之蚤

流花溪大院里，打坐的蒲团已经很久没有摆到菩提树下了。桑中平这段时间实在太忙，不停地飞来飞去，巡视分布在全国各地的地产项目。昨天早上，他坐红眼航班回到蜀都，跟颜安格和弟弟待了半天，晚上又到了玉泉山项目所在的江西省琴州市。

此时的桑中平，站立在琴州市一栋甲级写字楼第 76 层一间办公室的窗边，正眺望着远处的一块空地，那就是玉泉山项目——中正地产公司将在这块开发面积达 6000 亩的土地上完成本地第一个高尔夫别墅项目。目前塔吊已经竖起来了，工地上一派繁忙景象。

中正地产的员工都知道，老板最大的爱好便是登高望远，心情好的时候要望，不好的时候更要望。因此，他的办公室差不多总是所在城市最高楼层且拥有最好视野的房间。员工间也流传着一个故事：桑中平能拥有今天的一切，都源自于他登高望远的爱好。

桑中平学历不高，财经学校毕业，不过在高考录取率只有 4% 的 20 世纪 80 年代，中专生也算得上是社会上的佼佼者了。他毕业之后，到一家国营建筑公司当了七八年会计，在上下游都积累了一些人脉后，辞职成立了自己的园林公司，专为新建的房地产项目提供绿化。桑中平把一个在老家县城跑保险业务的高中同学拉了出来，专门跑销售，把重要的客户资源都交给了他。

头几年生意还不错，赚了些小钱，但同学心里觉得功劳都是自己的，慢慢有些自大起来。尽管收入不低，但不平衡感却在渐渐积累。毕竟，薪水和提成再高，跟自己当老板都是不能相比的。终于，有一次这位同学在收了客户 18 万元工程款后，并没有交给公司，而是自己带着钱跑了。

这个本来被寄予了盈利期望值的工程，不仅没挣到钱，还倒贴了一笔。桑中平的公司本小利薄，一下子资金链就断了。再加上销售经理带走了主要的客户关系，公司倒闭了。有人劝桑中平去起诉那个同学，或者找黑道要钱，桑中平却说："他这些年为公司赚的钱，有十个 18 万了。就当我还他吧，现在谁也不欠谁了。"

桑中平又到一家大型园林公司谋职，在财务部经理和销售人员两个职位之间，桑中平选择了后者。这些年打工和经营小公司的经历，让他明白了一个道理：只有掌握销售渠道才能赢取财富。

桑中平不擅辞令，但诚恳勤奋，也肯动脑筋。那个年代信息不发达，桑中平手绘的"作战地图"成了他业绩超群的独家秘籍。他登上了蜀都市一座又一座的高楼，极目远眺，却不是为了像后来当上大老板时那样高屋建瓴，而是在寻找视野里的塔吊。他的理论是：有塔吊的地方就有工地，有工地就会需要绿化。有些区域没有高楼，抑或进不去，他干脆就爬上塔吊，去寻找另外的塔吊。凭借独辟蹊径的"塔吊观察法"，桑中平一时间成为圈子内的销售传奇人物。

然而，桑中平此刻的登高望远，却是为了一件烦心事。

这天一大早，桑中平一进办公室，玉泉山项目的总经理老邓就推门进来，向他汇报："玉泉山项目一期下一年度的推广计划我已经签字了，在新媒体和传统纸媒上的费用共计 2263 万，包括各类公关活动。"

"好。"

"活动的档次还是比较高，请了好几个明星，像'我是歌手'第三季的几个人气歌手。"

"好。"邓总说一句，桑中平就点一下头。

“又来了一拨记者。”邓总汇报完毕，看看四下，虽然无人，还是凑了上来，在桑中平耳边一阵低语。

“又是说高尔夫球场的事？”桑中平脸拉下来了，“公关经理出面，给个红包就是了，何必又来跟我说？”

“这次必须请示，提的要求太高了。”邓总嗫嚅了半天才把数字说出来，“要50万。”

这下桑中平踌躇了。玉泉山是城郊的一个高尔夫别墅项目，总共占地6000亩其中3000亩的标准18洞高尔夫球场和独栋别墅，都是国家明令禁止的用地项目。公司在前期的推广已经做得非常小心了，对外的口径都统一到邓总。因为采用的是“化整为零”的拿地方式，“6000亩”字样绝对禁止出现，“独栋”“别墅”也是禁词，甚至连“豪宅”也用“华宅”代替，“顶级”也用“鼎级”代替，“真品”也用“臻品”代替。“高尔夫”一词自然不能用，但为了让客户对项目属性心知肚明，所有组团全部以全球顶级高尔夫球场的名字命名，如圣安德鲁斯、松树谷、皇家乡村和拉巴斯等，以期产生强烈的暗示。

然而，国家对高尔夫球场及别墅有着严格的用地禁令。在中国地产界，一直有着“18亿亩耕地红线”的说法。这种观点认为：为了保证粮食供应的基本自给，耕地保有数量不能低于18亿亩。桑中平对此却并不认同。在他看来，有了土地利用效率提高和粮食市场全球化这两个前提，所谓“红线”根本就是一个伪命题。在一场题为“耕地保护与土地资源的合理利用”的研讨会上，桑中平曾经跟中国社会科学院的一位研究员发生了激烈争吵，一向好脾气的他最终愤怒地拂袖而去。拂袖归拂袖，在现实面前却不能不低头。

旺盛的高档别墅购买力和匮乏的土地供应，始终是地产市场的矛盾。广阔的市场前景和巨大的利润使不少开发商前赴后继地钻监管的漏洞，用各种方式造假拿地。要想做些事，就得背负上原罪——每思及此，桑中平总是摇头苦笑。

对这个项目，桑中平下了很大功夫。他花了一年的时间，带着团队在全球考察，从美国比弗利山庄到迪拜帆船酒店再到南非太阳城皇宫酒店……一处一处体验着顶级居住形态的精髓：从总规划到建筑设计再到景观设计，他都在全球范围挑选了最好的设计师事务所，不计成本。

目前，一切进展都非常顺利。低丘环抱之中，标准的18洞高尔夫球场及附属设置已经建好，并开始接待客人——这些人也是项目销售中心早就瞄准的潜在业主。能够提供高档雪茄和红酒享受的商务会所也修建起来了，目前暂时用作售楼部，非常大气、上档次。

做到目前这个局面，除了设计、建材和建筑施工等费用，还有青苗补偿、五通一平、广告推广、办公等费用，以及不能入账却不可忽略的公关方面的开销……简单地说，十多个亿已经花出去了。

半年前，不知从何处得到了风声，就不时有记者前来骚扰，以负面报道相威胁。对付这些人本来也不用董事长出面，甚至也用不着几个副总，一般是公关经理出面，给个两千块钱的红包就摆平了。但麻烦的是，类似的记者越来越多，而且大多是来自外地不知名的小报。这些人也不知是真记者还是假记者，有的是已经把负面报道的稿子写好了，直接传真到公司——如果在报刊上投入广告，就不会刊发稿件；也有的直接就开口谈广告，甚至要钱。公关部分析，可能有记者拿到红包后，又把信息透漏给同行——相当于地产公司登记了客户的资料之后，转手就卖给了装修公司，要让产业链上的每一个环节都赚到钱。

按说，已经花了这么多钱，再花50万来摆平一个前来敲诈的记者，也不算什么。但怕就怕闸门打开挡不住水，过高的回报反而会引来源源不断的“敲诈型记者”。如果内情见诸报端，用地被清理，高尔夫球场退耕，建了一小半并且已经在售的独栋别墅停售，已经收到账户上的钱退出去——那真是不堪设想。

狮身之蚤，年轻时爱下围棋的桑中平想到了这个术语。在围棋上，指的是那种看似不起眼的，却让对手难以应对的小招术。一只小小的跳蚤，足以让一头威武无比的狮子疯狂——这很切合桑中平现在的状态。

“整天都被这些破事缠着，我还搞不搞公司，修不修房子了？”桑中平差点想把手中握着的紫砂壶狠狠地砸在地上，但他终于忍住了，思考了片刻，问道，“邓总，这种事以前是怎么处理的？找过宣传部没有？”

“一般我们自己就处理了。公关经理去谈，在他职权范围内他就批了，都到不了我这里……但是这次……市委宣传部已经去问了，说不是本市的记者，不归他们管。”

“什么刊物？”

“外省的，叫什么公……公平……对了，是《正义》。那记者看样子是个老手，行踪很诡秘，派车送他回宾馆也不干，不敢让我们知道他住的地方。”

“我想，我们在外面做事，还是要多结善缘，少结恶缘。”桑中平沉吟了好一阵子，才说道，“钱多花点就多花点，你定了就是了。关键是，你要想到根治的法子，不要让这类事情一再发生。”

“好，我下去再研究……研究。”

“对了，要把他的来历查清楚。”

“好，我让公关经理给钱时把他拍下来，拿照片去查。”

“这事是个小事，但你不要掉以轻心。对了，资助100名山区贫困学子上大学的公益活动，进行得怎么样了？”

“已经征集到了七十多名贫困学生，我们在按标准筛选，同时还在继续征集，制造声势。”

“这件事情，我会全力支持。我本身就是从农村出来的，知道想读书却没有条件读的痛苦。作为一家负责任的企业，我们赚了钱，也要回报社会。”桑中平转头对坐在对面一张办公桌旁的女秘书说道，“冰冰，帮我安排件私事。这里的荔枝已经熟了，找个快递公司，送两箱到我家里去。我太太很喜欢吃荔枝。”

“我马上就办。”那个被唤作冰冰的女秘书笑吟吟地答道，“颜总真幸福，桑总真是个好男人。”

冰冰是桑中平从蜀都带来的贴身秘书，跟随他已经有五六年了。民谣说，“到了四川才知结婚太早”，因此邓总又忍不住多看了一眼。真是个万里挑一的美女啊，只是太低调了。冰冰身材玲珑有致，却总是穿着一套黑色的职业西装，配一件白色丝绸衬衫；长着一双杏仁般的大眼，黑白分明，睫毛又长又密，却从来不画眼线、不刷睫毛膏；嘴唇棱角分明，从来不抹口红却鲜亮润泽，笑起来像两瓣石榴花一样，露出贝壳一般的牙齿，略带点调皮的味道抵消了职业精英的犀利。

“桑总，那我先去办这事。”邓总又转头向冰冰笑了一笑，退出去了。

第十章

星月在天

视频在网上出现的当天，司空炬就消失了。电话已变成空号，微博、微信账户也都注销了，颜安格打电话给他的助手小青，说是所长已经不在蜀都了，此外不透露任何信息。如果不是桌子上摆着他手写的那首名为《星月在天》的诗，颜安格甚至会怀疑，这个人是否真的存在过。

星月在天
如调色板上涂抹
灰与蓝

光影笼罩、山峦
勾勒高树、水仙
捕捉柔风轻寒
纯白画布
顿时色彩斑斓

花儿燃烧，火
紫霭卷舒，烟

星月在天
是你眼中瓷蓝

星月在天
那岁月磨损的脸
因画者妙手
青春重现
滑如丝缎

星月在天
籍籍无名的墙上
那无框的肖像
无人喝彩，无人观赏
如同莹白雪地上
血红色的玫瑰
银刺折断，花瓣摧残

星月在天
你收回生命
灵魂不再挣扎
世间无可流连
看
繁星流转冲撞月亮
就要溢出画面

这首诗，不是司空炬的原创，而是译自著名民谣歌手唐 · 麦克莱恩演唱的 *Vincent*。

这是一首向印象派画家凡·高致敬的歌曲，在荷兰阿姆斯特丹的凡·高纪念馆前一遍一遍地放着。在颜安格画室里看画的那个下午，听说颜安格喜欢这首歌好多年，当晚司空炬就翻译出来了。

颜安格没有想到，一个理科生竟如此文采斐然。此前，司空炬吟诵自己译的维瓦尔第十四行诗《秋》，就已经让她很吃惊了，但这首译诗更是惊艳，而且完全跳出了英文歌词的局限，极富文采和想象力。如果不是见到过司空炬在自己的画室里连凡·高的名字也说不全，仅从这首诗判断的话，颜安格一定会认为译者是个凡·高研究者，一个懂得艺术真谛的人。

颜安格是学油画的，但她从来没有将专业当作谋生手段，即便是刚刚大学毕业那段时间也没有。她喜欢自己的专业，但是，她总认为琐碎的现实生活对艺术灵感而言简直是谋杀。嫁入豪门之后，颜安格有了自己的画室。尽管衣食无忧、闲暇甚多，但从来也并未把太多心力用到绘画上，她很明白：自己的画，哄哄小清新还可以，但再往深里钻研，天赋就实在不够了。

画室同时也是收藏室，错落有致地挂着大小不一的油画，只有几幅名画真品，更多的是复制品，都是颜安格特别喜欢的。还有些是她自己的画作或临摹之作，基本上都是半成品。

那天，应邀到流花溪来做诊疗，并顺带品茶、观画的司空炬，站在颜安格临摹的《星月夜》前，指着画，满腹狐疑地问道："这是你画的？"

"当然是。"颜安格努力压住了想笑的神情，"要不你先分析分析我吧，就从你面前的这幅画开始。"

"我不太懂画，随便说说吧。这是星星吧？"司空炬指着画上的天空问道，"画的星芒很独特，像一朵朵花儿。"

"谁说你不懂画？"颜安格略略有些吃惊，"我看你很懂。然后呢？"

"你画这幅画的时候，内心一定充满了宁静吧？"虽然用的是问句，但司空炬的语气还是很肯定的，"你看这墙的黄色，很亮，像是透明的一样。"

"不是照着墙本来的颜色画吗？"颜安格似乎不愿意承认。

"真实的墙不可能有这么亮。这样使用颜色，一定反映了画者的心理活动。"司空炬很肯定，"从色彩心理学的角度来说，黄色是一种刺激神经的色彩，但跟红色的激烈相比，它又显得相对柔和。这堵墙用明黄色，暗示出了你在画这幅画时，渴望突破陈腐的现状，然而内心却很宁静平和。"

颜安格沉默了，像是不相信他的话，却又不愿意跟他辩论一样，走到了另一幅画面前："这幅呢。"

"这幅画让我想起了一张照片。"司空炬沉吟了一小会儿后说道，"一个摄影师在澳大利亚本迪戈艾佩洛克湖拍摄星空，采用了超长曝光的方式。他一直守在湖边，胶片整整曝光了15个小时。照片出来的效果很奇怪，拍下了恒星运动的轨迹，一条条线组成了一个个同心圆。"

"这幅画很抽象，但把它跟我提到的照片相比，就不难看懂了。"司空炬继续道，"你看这幅画，星星都有运动的轨迹，或呈螺旋状或是同心圆。星空在上方，将近占据了画面的三分之二，而山坡、城镇的房屋和高塔却很局促地被压缩在下方——这说明什么，说明作者的情绪被压抑得很严重。"

他又指着画面左侧一株黑色的植物说："这一簇草还是灌木什么的，却顶天立地，占据了整个画面，显示了作者内心强烈的不安，尤其是不甘心。"

"冲突，一切都是冲突。"司空炬几乎是嚷了起来，"星空压着地面是冲突，草丛刺破夜空是冲突，繁星旋转着似乎要去冲撞月亮，也是冲突。"

司空炬这一番连珠炮似的话，把颜安格打蒙了。这能叫不懂画吗？简直就跟美术评论家一样专业。不，职业的评论家往往是用大话唬人，用术语压人，而这位心理学家，却用另一种方式准确地理解了绘画和画家。有人说，艺术从本质上来说，都是给外行看的——就司空炬的评论而言，此话绝对正确。

"这是你画的吗？"司空炬突然问道。

"怎么啦？"

"我觉得你画不出来……"

"哈哈哈，不好意思，跟你开了个玩笑。"颜安格爽朗地笑了起来，在司空炬的记忆中，她是第一次笑得这样开心，“这是我的仿作，原作者是我最崇拜的画家凡·高，所以既可以说是我画的也可以说不是。你前面看到的那一幅，叫《夜间的露天咖啡座》，后面那幅叫《星月夜》。”

“被骗了。”司空炬做出了一个用手在额头抹汗的动作，“胡乱说的，不算数。幸好我多少还有点警觉，太离谱的还没敢说。”

“说得很靠谱。”颜安格露出赞许的目光。

“凡·高是勾引了人家的女人，跑到塔希提岛上去的哪个？”

“那是一个叫高更的画家，他跟凡·高是好朋友。凡·高曾经在法国南部小镇阿尔租下了房子，高更也前来同住，两人因为艺术见解不同时常争吵，凡·高则因此发狂——割下了自己的耳朵。《夜间的露天咖啡座》那幅画，就是在阿尔时创作的。所以，要说这幅画主要表达内心的安详，我是有一点点不同意的。”

“这不矛盾，内心的安详可以理解成画家的追求。”司空炬说，“而且，从心理学的角度来说，疯狂的发泄之后，反而可以获得宁静。甚至不排除，这幅画就是他割掉耳朵之后画的。”

颜安格沉默了，为自己对艺术的肤浅理解而深深自惭。她抬头朝司空炬望过去，只见他的脸一半在阳光下一半在阴影里，自然卷曲的头发之下眼窝深陷，面部轮廓分明——光影如此组合，让眼前的画面成了一幅人像艺术照。而左脸颊那道一指长的刀疤，刺破了眼前的柔和氤氲。啊，颜安格猛然一惊，自己什么时候开始注意他的相貌了呢。

Starry starry night

Paint your palette blue and grey

Look out on a summer's day

With eyes that know the darkness in my soul

颜安格哼唱了起来。

“这歌叫什么？”司空炬问道，“旋律很好听。”

“*Vincent*，是为纪念凡·高而作的，我很喜欢这首歌。凡·高是我最喜欢的画家，他一生经历过那样多的苦难，心中却始终怀着希望。在他的笔下，静物也有生命力。”

司空炬回去以后，立即就在网上找到了这首歌，放来听了几个小时，在唐·麦克莱恩的歌声中把歌词译成了一首诗。下一次做治疗时，司空炬把那首《星月在天》送了过来，看着誊抄在一张A4纸上的黑色钢笔字，颜安格既震撼又感动。她拿着纸，没有说话，呆呆地站立着，旗袍下的胸脯却急剧起伏着。

终于，颜安格定了定心，说道：“我去给你泡一壶铁观音吧。”然后转身，准备走向画室一端一张摆着精致青瓷茶具的桌子。突然，颜安格觉得自己的胳膊被拉了一下，回过头来，正对上司空炬的目光。窗边的那层纱帘是拉上的，室内的光线有些暗，似乎衬出了司空炬眼中跳跃的火苗。在颜安格看来，那火苗倏忽又变成了两匹奔跑的小狼，她脚下一软，跌倒在司空炬的怀里……

过了好一阵子，如果是喝铁观音的话，也差不多三泡了，二人才从那电光火石般突然袭来的激情中回过神来。颜安格抱住司空炬，一个翻身，把他压在身下。凝视了好一会儿，再用手去轻轻抚摸着他脸上那道长疤，问道：“这是怎么来的？”

“上初中时，被镇上几个小痞子砍的。”

“你就是从那时被人欺负了才开始健身的？”

“不是，没几个人敢欺负我，那次我就打断了一个家伙的鼻梁骨。”司空炬道，“农村里长大的孩子，平时要帮家里干农活。周末走几十里路回家，然后还要背几十斤米走回去，根本不需要额外的锻炼。倒是上了大学后，骨头闲得发痒，我才开始健身的。”

“你真是一头狼。”颜安格拉开司空炬的衬衣，在他的胸脯上狠狠咬了一口，“刚才也是。”

等到站起身来，整理好自己的旗袍和头发后，颜安格突然觉得有些不知所措，甚至连手脚放哪儿都不知道了。

“今天不用给你催眠了，你一定睡得很好。”还是司空炬打破了沉默，但颜安格还未答话，他却又把食指竖在嘴前，示意不要发声。颜安格小声问他：“怎么了？”司空炬指指窗外，颜安格拉开窗帘，推开窗，却什么也没有看见。

后来，司空炬说，当时他看到纱帘的背后，有一个黑黢黢的东西，像是人的脑袋。颜安格则说多半是他看花眼了，又劝慰他：“没事，被人看到也没关系。曾姐和桂姐都跟我是一伙儿的，嘴紧得很，哑巴和弟弟又都不会说话。”

这话说了没多久，颜安格就被打脸了——司空炬面对沉默的弟弟无计可施、在对赌现场认输的视频，就是桂姐偷偷藏着用微型摄像机录下的，随后卖给了一家视频网站。而在视频发布的头一天，桂姐就请假离开，说老公突然病重，要回老家一趟。

三年前，颜安格刚进门时，流花溪只有曾姐一个保姆。去家政公司再找一个，提的条件就是一定要忠诚可靠，钱多给一些没关系。家政公司推荐了四五个，颜安格左看右看，最终挑上了四十多岁、收拾得干干净净却有些木讷的桂姐。平时对她那么好，除了工资比一般的保姆高出一大截，还不时给钱给东西，就是想买个忠心，谁知却出了这档子事，这才是知人知面不知心哩。

目前，颜安格最焦虑的是，不知如何向司空炬交代。他该不会以为又是我设的局吧，这下真是说不清楚了。稀奇的是，竟然再也联系不上司空炬了，他好像突然从人间消失了。到如炬精神分析所去找他，大门紧闭。再过半个月去，竟然发现已经换了主人，变成了一家对外籍在华人士提供基本医疗服务和体检的高档诊所。一问，说是刚买下的房子。

他是在躲我，还是真的被这场意外击垮了？他一定恨死我了，也许我这一辈子永远没有机会向他解释清楚了。在颜安格看来，司空炬就像是她生命中的一阵微风，在她的湖面吹起了一圈涟漪，又飘走了。剩下她，只好继续活死人一般住在豪华“大墓”里无聊地生活。

第十一章

山　中

从颜安格视野里消失的司空炬，其实离她并不远，他就和他的团队隐居在蜀都西面六七十千米外以幽深著名的青池山。团队共有六个成员，除了司空炬和陈亦然之外，还有三个做程序的和一个搞硬件的。行政、后勤、管理的事司空炬则自己承担了起来。当然，做饭、打扫等家务活儿，都是在当地请的山民。

团队的目标，是研发能够对人的大脑进行直接阅读的读心术——根据其实现路径，产品被定名为“脑电波阅读器”。

司空炬选定这个地方，是因为其清幽无比。他明白自己要搞的事非同寻常，在蜀都这样一个紫陌红尘之地是干不出来的，非得让心完全静下来不可。这座名为青池的大山，峭壁悬岩，一路飞瀑流泉。司空炬上大学时，曾来这里旅游过，印象极为深刻。站在飞湍的瀑布旁边，水珠溅落在脸上，烟雨溟蒙于山树之间，顿觉心空神清。所谓“鸢飞戾天者，望峰息心；经纶世务者，窥谷忘返”，司空炬当时就想到：若有一天自己想要脱离尘世的诱惑纷扰，此处即为绝佳之地。不过，他那时以为会在老年时才定居于此，好好写几部精神分析的专著，做出一番事业，并没有想到这么早就来了，而且做的事跟写书毫无关系。

项目组租用了山腰间一个精致的四合小院，七八间房，十来张床铺。小院原本是修来用作客栈的，不料这青池山倒是清幽过头了，管它什么黄金周不黄金周的，就是热不起来。这四合小院在司空炬租用之前已经锁闭两三年了。好在它水、电、气、网等都齐全，司空炬买了几车舒适的家具拖进山来，稍微布置一下就可以使用了。

司空炬最喜欢此地之处，除了难得的清静，就是下山不易。他给团队成员立了个规矩：不允许自己带车来，也不能搭过路的顺风车，要下山的话自己走路。违规一次，扣月薪的三分之一。一次进县城的话，得先花一个半小时走到山脚的镇上才有车可赶，回蜀都就更麻烦了。甚至，这儿连手机信号也特别微弱，要打电话，得到屋顶的露台上去。因此，在天气晴好的日子便可见到这样的奇观：屋顶露台的水泥护栏上，齐齐地放着数部手机，偶尔有一部响起，便会有人冲上来。

这样一来，这群家伙没有别的娱乐，便个个把工作放在第一位。用陈亦然的话来说，就是“这狗日的真狠”。不过，这也正是他佩服司空炬的地方。这家伙当年要不是有那狠劲，怎么可能到法国留学？以他的家庭背景，要留在大城市谋生，要不是狠，恐怕现在还在生存线上苦苦挣扎。

就说司空炬这次展现出来的狠劲，陈亦然无论如何也是拿不出来的——好家伙，居然把豪宅和豪车都卖了。用他自己的说法，真要把读心术研究出来了，还愁没有别墅和豪车？要是研究不出来，他司空炬就留在山上不下去了。

陈亦然不知道的是，司空炬能最终迈出这一步，他在巴黎笛卡尔大学的导师构菲还是起了些推动作用的。司空炬和陈亦然聊了一宿之后，整理了谈话内容和自己的打算，给构菲发了个长邮件。一周后，构菲回信了，他说之所以没有立即回复，是因为在南亚一带旅行。

构菲并不隐瞒，自己依然有着医学伦理上的忧虑。但让司空炬惊奇的是，构菲居然没有再次痛骂他，而是说自从司空炬离开之后，他也有过反思，认为自己之前可能太武断了，如今司空炬愿意在弗洛伊德停止的地方再往前走一步，无论成败都是值得鼓励的。构菲在信的结尾说，旅途中不便细谈，也许有一天他会专程到中国来旅游，届时再细细交流。

在司空炬看来，构菲的变化是因为他已经站在心理学的顶端，看到了这个领域浓雾紧锁的迷途。也许，他需要一个像司空炬这样不知危险的孩子，冲进去探出一条路出来。

司空炬就这样上路了。

技术上的事都交给了陈亦然。首先是建立数学模型，再按部就班地构建信号采集系统、信号处理系统和模式识别系统。一般情况下，采集大脑信号主要是靠脑电图（EEG）。然而，这一次有些不计成本的意思，陈亦然把脑磁图（MEG）、正电子发射型计算机断层显像（PET）、功能性磁共振成像（FMRI）和功能性近红外谱技术（fNIRS）等方法都用上了。

采集到信号后，还要经过放大、滤波、模数转换等进行预处理，然后再传送到计算机进行非常复杂的信号处理，以便从纷乱繁复的信号中提取出信号特征最初量。

深山的空间，本来就极少受到外界各种电波的干扰，但司空炬觉得还不够，专门开辟了一个房间作为脑电波扫描室。墙壁上和门背后，细金属铜丝密密地编成一张网，以隔离信号。站在房间内四下望去，就如同站在一个庞大的金属笼子中。

筹备工作正在紧锣密鼓之际。这天晚上十点多，司空炬走进陈亦然的房间，想说说设备调试的事，却没找到人。楼上楼下找遍了，也没发现踪迹。这家伙，多半是勾搭上了附近哪个农妇，猫改不了偷腥。司空炬没有回自己的房间，而是倒在陈亦然的床上，和衣睡下。

天蒙蒙亮的时候，陈亦然蹑手蹑脚地推开了房门。一开灯，却发现司空炬正斜靠在自己的床上，眼睛盯着自己。

“你……”陈亦然尴尬地笑笑，“我……”

“抓紧时间休息一下吧。”司空炬还是面无表情，“早上十点钟开个会。”

会议几乎是司空炬一个人的独家演说。

我知道，这些日子里大家心里都有些想法。这地方远离城市，条件艰苦不用说了。跟着我做这个项目，目前也没有什么收益。你们一定在想，说到股权，项目能不能成功还是个问题。

你们中也一定有人在想，即使要做这样的项目，也应该由国家立项，或者是有跨国公司的资金支持。没有钱，怎么能够聚集优秀的人才？没有钱，谈什么项目呢？

我不否认，谁若有这些想法，很可能有道理，如果按常规思维的话。但我想问你们，如果没有试过，你们怎么能够知道自己不是最优秀的人才？

马云最初做阿里巴巴时，有18个合伙人，这些人后来何等风光，不用多说了。我想问大家一个问题：世界上就有这么巧的事，在马云创业之初，老天就为他凑齐了这么多优秀的伙伴吗？而且不多不少，刚好18个，可以叫作“十八罗汉”？

不是！而是他们有一个伟大的领头人，他们因为跟随了这个人，才将自己的潜能发挥到了极限。在创业的过程中，马云曾经招纳过很多当时社会上公认的优秀人才，但这些人先后都离开了，没能成为顶级精英。

我一直有一个理念：最优秀的人才，不是读书读出来的，更不是考试考出来的，而是自己拼出来的。

回到我们这个项目，脑电波读心术，或者说脑电波阅读器，如果成功了，它必将在人工智能领域、神经领域和心理学领域开辟一条新路。不！岂止是一条新路，完全是一片新天地。建立在这片新天地基础上的商业应用，可以说是源源不断。

这个项目的本质是什么？是破译人类思维的密码，是读心，是通过人的脑电波读到人的内心世界。

读心难吗？对我这样一个心理学家来说，读心也许是世界上最难的事。人的心思是看不到的，打开大脑也看不到。通常，我们只能通过人的行为方式，或者言语倾诉，来判断其内心的想法。但是对于有些人，比如哑巴，比如自闭症患者，现代的心理学就无能为力了。

既然这么难，为什么我们还要做这件事？那是因为从另一个角度来说，读心也很简单。读心，就如同读书。

司空炬说着，拿起油性笔，转身在白板上写下了一行字——

读心第一定律：读心如读书。

读书怎么读，可以反推一下。文章由段落组成，段落由句子组成，句子由单词组成。我们现阶段要做的事，就是读心的基础工作，把人类思维的单词找出来。具体地说，就是通过对脑电波的观测，找出语言里的单词与脑电波信号的一一对应。我们所做的，其实就是在编一本《脑电波词典》。

如果人类语言中的每一个单词，都能找到一种脑电波的表现形式，那么《脑电波词典》就不难编出来了。而如果这本词典编出来了，那么读心还难吗？

脑电波单词，以何种方式来呈现？首先是一段电子脉冲。然后，再翻译成某种常人都能看懂的形式。这种大家都能懂得的形式，是图像，还是模拟的人声——这就是在座诸位的工作了。

“做一部关于脑电波的词典，真是一个伟大的构思！”司空炬说到这里，陈亦然终于忍不住了，高声叫道。此时，包括司空炬在内，在座每个人的眼里都闪着光，甚至是晶莹的泪光。

“你是我见过的第二聪明的人。”陈亦然模仿着粉丝对明星的举动，站起来握着司空炬的双手。这个滑稽的动作引来了众人的哄笑。“我一直知道，你是第一聪明的。”司空炬抽出一只手来，拍拍陈亦然的肩膀，表示对他的自夸并不介意。

设备已经到位并全部调试好了。但在正式运作，编制《脑电波词典》之前，还有一件事必须做，那就是要找到愿意配合脑电波提取实验的志愿者。这件事看似简单，不需要头上开洞，对接受实验的人没有什么损害，似乎人人都可成为志愿者。甚至，就在这个团队中随便找一个人都行。但实际上，真要做起来就完全是另外一回事了。首先，为了数据的恒定，在团队中找人的想法被排除了。此外，还要满足其他一些条件，比如说：这个人必须是可靠的，能长时间保守秘密；虽然会有一些报酬，但低得可以忽略不计，更不能因日后出现后遗症而纠缠不休；还得跟团队一道，忍受隐居生活的寂寞和旷日持久——不过，倒不必像团队那样承受可能失败的压力。

购置调试设备的时期，问题还不突出，但马上要开工了，志愿者却还没有确定，这让司空炬有些上火。这时，陈亦然提出了一个人选：他在广州的女朋友但蒙。但蒙是个三十出头的离异女人，带着一个五岁的女儿。她目前的职位是办公室文员，离开工作岗位不需要付出什么机会成本，项目组只要付出普通文员的薪水就可以了，甚至她还能帮着做些杂务。

陈亦然一提出来，司空炬就知道，这家伙有自己的小算盘：山上的生活异常单调，跟在都市里那种莺歌燕舞的生活绝缘了。“这家伙，离了女人就没办法活。”司空炬在心中恨恨地骂了一声。不过骂归骂，还是采纳了陈亦然的提议，司空炬的考虑是：但蒙和陈亦然利益一致，保密性不用担心；而且，山上多了一个女人，气氛会好一些，多少能够化解些研发的压力，调节一下这群光棍儿之中的紧张气氛。

但蒙的女儿五岁，跟但蒙姓，昵称“蛋蛋”或“蛋蛋妹”。她长着卷曲的头发，肤色白皙，极大的眼珠子里透着一层淡淡的蓝色，从外形看是个混血儿。陈亦然告诉过司空炬，但蒙曾经跟一个在中国留学后没回国的欧洲男人好过。这男人在恋爱时非常浪漫，但结婚后就原形毕露。但蒙在怀孕期间就遭受过几次家庭暴力，还没等到孩子出生就坚决要求离了婚，所以这男人从来没见过自己的女儿，好在他并不在意自己的骨肉，一离婚就杳无音信。

脑电波扫描室里，摆着一台体型硕大的FMRI，它的中文名称是功能性磁共振成像仪。成像仪是乳白色的，像一台打倒横放着的大型洗衣机。这台“洗衣机”张着圆形大嘴，吐出一条传送带来。此刻，蛋蛋妹正躺在传送带上，手里还抱着一只褐色的绒毛绵羊。

“蛋蛋，我们来做一个游戏。”陈亦然蹲下身来，对着躺在传送带上的蛋蛋妹说道，“你刚才看到了，桌子上有五个玩具，熊、羊、兔子、狗和猫，你最喜欢的那只羊，已经在你手里了。现在，我们来假设，你把这只羊偷走了……”

“妈妈说的，不能偷东西。”

陈亦然的话还没说完，就被蛋蛋妹打断了，他只好解释说：“假设。我说的是假设。”

“什么是假设啊？”蛋蛋妹问道。

陈亦然苦笑了一下，抬起头望望司空炬，又耐着性子向蛋蛋妹解释道：“假设……嗯……就是说，你并不是真的偷了这……这只羊……而……而是……”

“蛋蛋，你开始说你最喜欢这只羊，是吗？”司空炬插嘴道。

“是的，这只羊最可爱。”蛋蛋妹嫩声稚气地回答道。

“那你想不想把它带走？”司空炬继续问道。

“想。”

“那好。那么你现在想象一下：你最喜欢这只羊，现在，你趁大家都没注意到，你把它悄悄拿走了。”

“可是，我有点害怕。”

“蛋蛋不怕，我们只是在做一个游戏。等游戏结束，这只羊就归你了。”司空炬很温和地说道，“你愿意参加这个游戏吗？”

“愿意。我想要这只羊，妈妈没钱买，我要给妈妈节约。”

“蛋蛋妹真乖，现在我们要把你送到这台洗衣机里面去了。洗衣机里面，在你的眼睛上方有一个屏幕。你盯着屏幕看，看到什么就告诉我们。不用担心，一会儿游戏就结束了。”

看到蛋蛋妹点了点头，司空炬按动了下方的一个按钮，传送带开始缓缓移动，将蛋蛋妹送进了 FMRI 的大圆口中。司空炬对电脑前的操作人员说道：“开始扫描，注意记录 P300。”

司空炬所说的 P300，是脑电波的一种。P 是英文 Positive 的缩写，译成中文就是“积极”，意指这种脑电波的强烈性。而 300，则指的是测试者在看到特定的图像后，大脑产生该种脑电波所需要的时间——300 毫秒。0.3 秒，实在是瞬息之间！

在蛋蛋妹抚摸这只绵羊的时候，她的大脑里已经形成了具有高度识别性的特别脑电波。当她进入成像仪之后，再次在显示屏上看到熊、羊、兔子、狗和猫等动物，所出现的脑电波就可以用于对比分析。

陈亦然感觉到身边有人在拉他，一看是但蒙，于是随她走出了扫描室。

“多残忍啊！”站在门边，但蒙对陈亦然说，“为什么一定要让她偷呢？这不是让小孩子价值观混乱吗？”

“不是为了强调，好让蛋蛋妹记得牢吗？”陈亦然点了一支香烟，“没关系，她还小，不会记得什么的。”

“蛋蛋妹懂事早，一定会有心理阴影的！”但蒙说着，眼泪掉了下来，“她那么懂事，这么小就知道为我节约用钱了。”

“没关系的，我们多陪陪她，给她疏导疏导。等实验结束了，我们挣了钱，就可以给她一个更好的教育环境。”陈亦然狠狠地吸了一口烟，把余下的大半支扔进了垃圾桶，在但蒙脸上亲了一口，“进去吧，蛋蛋妹出来了，该你钻洗衣机了。”

第十二章

弹 哥

桑中平突然回到了蜀都，而且这次待的时间特别长。甚至他去公司总部上班的时间也很少，而是长时间地留在家里，跟颜安格厮守在一起。这让颜安格的心情很复杂。一是欢喜，家里总算有了个真正的男人，似乎又回到了新婚时期；二是内疚，毕竟自己在寂寞之时与司空炬有了私情；三是担忧，作为一个大型地产公司的老总，长时间不去公司，一定是经营出了问题——琴州市玉泉山项目因违规拿地遭到处罚，以及随之而来的退房风潮，颜安格都有所耳闻。

几年来，类似的商业危机桑中平也经历过几次。但是，每当颜安格向他问起时，他总是淡然一笑，说不要操心，总会逢凶化吉的，即便不能渡过难关，那该来的就让它来好了。对于他的笃定，颜安格有时会好奇地问他，这种本事是怎么练出来的，桑中平总是淡淡一笑："无非修炼而已。除了一心向佛，日常的工作、谈判、交往无一不是修行。"

桑中平跟着云彗禅师学习佛法已经多年。对他这样繁忙的生意人来说，钻研佛家典籍自然是没有时间。他用打坐的方式，来修炼佛家的"五眼六通"。师父云彗很喜欢他，倒不是因为他是亿万富豪，日常供奉丰厚，而是觉得他心意虔诚，一心礼佛。桑中平手上那串叫作"五眼六通菩提子"的佛珠，便是师父送的。这串佛珠，师父已经戴了多年，打磨得包浆锃亮，表面泛出鎏金色，很是耀眼。有一年，桑中平去山上看望师父，云彗送他出山门时，便取下这串佛珠给了他。桑中平喜出望外，这些年一直戴在手上。

佛家所谓的菩提子，在世俗社会里，其实是一种叫作南酸枣的植物。它的果实结蒂掉落后，常被人收集起来做成佛珠。奇异的是，这种果实顶部中心一眼被周围四眼围绕，共计五眼，据称象征着佛家的“五眼”——肉眼、天眼、慧眼、法眼和佛眼这五种能力。菩提子制成佛珠时，从顶上的眼打洞，尾部贯穿而出，便多了一个出口，象征着佛家“六通”——神足通、天耳通、天眼通、他心通、宿命通和漏尽通。

在桑中平这个阶层信佛的人很多，但原因各异。有人是以此包装自己，好寻求更多的商业机会；也有人是觉得生意场上变幻莫测，人力不可把控，有个信仰能让心里踏实；还有人是因为见多了商场上的尔虞我诈，心生厌恶，但因多种原因不能立即脱离商场，因此要在内心找个净处栖息。桑中平便属于最后那种人。

从商之初，被同学狠狠坑过一回，这让桑中平偃旗息鼓了好久。但奇怪的是，他似乎并没有因为这次巨大的打击而形成对他人的防卫心理。桑中平对卷走钱和业务，并导致公司倒闭的同学内心里并没有恨得咬牙切齿，反而有些同情他，觉得他家里穷，父母都身在农村，没有社会保险，真要有个大病的话，唯一的出路就是等死。桑中平甚至觉得，自己的精力用在材料采购和施工管理上，如果没有同学拉业务的话，这两三年连这些小钱也是挣不了的。“这钱反正他拿去用是用，我用也是用，只要他有更急用的地方，只要我还没有被饿死，就说明用得值。”

到了桑中平学佛的时候，师父云彗知道了这事后，大为赞赏，说他有“他心通”的天赋。

对玉泉山项目的处罚终于下来了，主要有三条。一是占地3000亩的高尔夫球场被勒令立即停工，罚款2250万元；二是红线范围内35栋已经封顶的别墅，全部撤除，恢复原貌，罚款1860万元；三是从自然河流分流，引水入别墅群形成的人工河道，立即停流，罚款320万元。

罚款是小事，如果能解决问题，再罚三个这么多，桑中平也愿意。甚至，炸掉已经修好的35栋别墅，也不至于造成致命打击。最致命的是高尔夫球场停工和河道停流。客户购买高尔夫别墅，看重的是环境，没有了草坪球场，河道变成一沟死水，谁还会花数千万来这个离城区四十多千米，高速公路上也要开三十多分钟的地方买房呢？

消息一出来，已经封顶的房子就变成了一片废墟，不仅不再有新的客户，连已经下单的客户也纷纷要求退房还款。桑中平无力招架，只得全权委托邓总处理善后，自己则埋头退进了流花溪。

其间，邓总除了在电话上汇报相关事务之外，也曾从琴州飞到过蜀都，专程讨论如何对付引发事件的那个记者。

从前，记者的职责只有一种，那就是做采访、写稿子。随着媒体逐渐走向市场，面临越来越大的经济压力，又出现了专刊记者——当然还是得写稿子，但这种稿子是收费的，按要求字数付版面费的。当然，也可以先给商家写“勾兑稿”以示好，用术语讲这叫“做表情”，表情做到一定的程度，商家就得付广告费在媒体上打广告了。

在这一过程中，有些媒体发明了一种叫“负面报道”的敛财法。记者千方百计去搜集对企业不利的新闻，然而其目的却不是报道警世，而是写好稿子后，以让涉事企业审查为名，把稿子传给企业。企业接到稿件，知道自己痛脚被捏住了，自然要想法破财免灾。老练一点的记者，会让企业在报纸上打广告，自己通过广告收入拿提成。但这种方法，广告费的大头毕竟落到媒体手里了，也有些心急心大的，会直接向企业开口要钱。

玉泉山项目，就是碰上这样的记者了。这几年，遇到的类似事件越来越多，公关部已经不堪其扰，但每到最后，总是投鼠忌器，抱着多一事不如少一事的心态给钱了事。

这一次，面对50万元的开价，公关部根据以往的经验打了四折，还了个20万，却被一口拒绝了：“这又不是在衣服铺子里买衣服，一来就杀一半。”

听那记者的口风，竟然是一分钱也不能少，公关部经理觉得从来没遇到过这么强硬的角儿，不敢怠慢，立即向老邓汇报。老邓在公司的时间不短了，尽管业务能力不强，但会处理同事关系，遇事总是向上汇报，在职权范围内也很少自己拿主意。尽管有人嫌他窝囊，但公司政治就是这样，斗来斗去，几年下来，嫌他窝囊的倒都因为各种原因离开了，老邓在公司里反而成了桑中平之外资格最老的人，顺理成章地当上了主管营销的副总经理。开发琴州玉泉山项目时，桑中平觉得他老成持重，便委派他做了项目总经理。

成为封疆大吏的老邓也并不乾纲独断，继续保持着有事就汇报的优良传统。但这一次，既然桑中平发了火，让不要再打扰他，老邓也就大起胆子做了个主，犹豫了十多天后，向记者回了个38万的数，心想即便对方不答应，但在这个价位上总能守一段时间。没想到的是，这一次那个记者不是一口回绝，而是重新开了个80万的价。

当老邓听到这个数字的时候，正喝进喉咙里的那口茶水都差点喷了出来。好在他稳住了，既没有喷出来，也没有让自己呛住，而是硬生生地把那口茶水咽了下去，哽得喉咙痛了好半天。老邓终于明白了，对手算是琢磨出了这个项目的命门——80万数目虽然不小，但相对于几十个亿的生意，就算不得什么了。

尽管有桑中平的授权，老邓还是考虑了良久，才对公关经理发话："给他钱，让他来拿。"老邓让公关经理将记者约在茶楼包间，说是自己亲自前去，一对一沟通，却私下报了警，准备在记者收了钱刚下楼时，以敲诈勒索罪为名将其缉拿。这事做得很隐秘，连公关经理也没告诉，但约定的那天，老邓在包间里等了两个多小时，却没有见到来人，数次打电话去问，却始终关机。无奈，老邓只得背着一大包现金下了楼，把包锁在车后备厢，再招待警察吃饭。老邓始终没有搞明白：已经走到了陷阱边的猎物，最终却没有下嘴，是怎样嗅到危险的?

从陷阱边上逃脱的记者，没有忘记这个可恨的对手。他把搜集到的玉泉山项目违规的所有资料，转给了同行，让其他媒体写成内参，报到了国土资源部。就在老邓以为危险已经过去的时候，严厉的处罚却在悄悄逼近。

"我已经打听到了这个记者的一些情况。"老邓说，一边抬起头来看看坐在对面沙发上的桑中平。桑中平没有说话，甚至也没有点头。老邓犹豫了一小会儿，才继续说下去。

据老邓探来的消息，那名狮子大开口的记者叫谭强伟，曾在蜀都的媒体圈子混过好些年，目前是《正义》杂志社驻琴州市记者站的站长。可能是曾经在蜀都待过的缘故，他对玉泉山项目特别关注。谭强伟在业界名声非常不好，因为相貌丑陋，嘴角倾斜，加之行事猥琐，江湖上便根据他的姓氏送上一个“弹哥”的绰号。四川话里的“弹”，有不靠谱的意思，比如说当年足球队的一个前锋经常临门一脚打偏，球迷们便尊他为“弹腿”。

为了证明谭强伟行事猥琐，老邓举了两个例子。这两件事很早就在记者圈里传为笑谈了。

一件事是说，当时还在一家报社跑社会新闻的弹哥得知城郊一家农家乐有卖淫嫖娼活动，便申请前去暗访，要把这个窝点端掉。说是暗访，他一去却就亮明了身份。老板见记者来了，自然忙不迭地接待，除了好吃好喝伺候，最后还让一个小姐陪睡，让记者玩得尽兴而归。老板想这下总算没事了。没想到这记者一回到报社，当晚就写了曝光稿件，第二天稿子就见报了。老板气坏了，立即从垃圾桶里面翻出了弹哥使用过的避孕套，用塑料口袋装着，摆到了市委宣传部的办公桌上，弹哥随即就被开除了。

没想到的是，不到一年，弹哥又重新进入了媒体行业，他的两大爱好——工作时间敲诈、业余时间嫖娼——更变本加厉了。卷土重来不久，又闹出了第二桩笑话，同样亮出了记者身份。这一次，发生在嫖完之后。弹哥身上没带够钱（也许是故意的），想让老板免单，但对方却不认，说随便告到哪里都不会怕。弹哥无奈，只好把记者证抵押了，过了几天，凑足了嫖资才换回来。

“这人做事，真是神出鬼没啊。”桑中平听到这里，才第一次搭腔。

“他这不叫神出鬼没，我看叫脑子里少根弦。”老邓忍不住笑了，又把脑袋凑近了桑中平耳边，轻声说，“既然他这么不靠谱，我倒可以安排他再嫖一次娼。”

“他拿钱都没来，现在你还找得到他？”

"只要他还在中国，我就总有一天能找到这个杂碎。"老邓咬牙切齿地说。

"算了吧。你不管把他怎么样，公司的损失也挽回不了了。公司遭受这么大的损失，也是我们自己有错在先。冤家宜解不宜结，由他去吧。"桑中平摆摆手，"我为什么这么谨慎？因为我知道，小不忍则乱大谋。但再谨慎，也有马失前蹄的时候。你听说过西方的一个故事吗？'坏了一个马掌，跌倒一匹战马；跌倒一匹战马，摔死一名将军；摔死一名将军，输掉一场战争。'对我们来说，因为这个弹哥，毁掉一个项目；而毁掉这个项目，整个公司差不多就毁掉了。"

看着桑中平长吁短叹、神不守舍的样子，老邓很有些感慨：投资几十亿的项目，竟然因为这么一件小事就崩盘了；一个被政府部门奉为座上宾的大富豪，竟然对付不了一个小记者。"老鼠有时能战胜大象"，老邓突然明白了这句俗语。

"桑总，您交代的事情我没有办好。"老邓愧疚地说道。

"不怪你。你好好处理善后吧。我这段时间就不到公司了，在家里打坐、修禅，说不定也是福分。"

"您打算就这样了？"老邓有些迟疑地问道。

"等待下一个时机吧。"桑中平叹了一口气，"只是不知道这个时机，在什么时候、以什么方式出现了。"

第十三章

▼

重　逢

琴州玉泉山高尔夫别墅项目停工后，负责项目的子公司进入了清算程序，相关资产被冻结，用于赔偿购房客户损失，偿还银行贷款，支付建筑材料和人工等费用。尽管资产进行了剥离，但为了维护品牌而不至于名声扫地，作为母公司的中正地产集团也为这些承担了不少款项。这两年，因为受玉泉山项目的影响，公司没再拿到地，没进行开发，一直处于收缩状态，除了部分管理人员留守外，大多数员工都拿了遣散费另谋生路了。

桑中平几乎没再到公司里去了，整日在家读佛经，有时坐在菩提树下打坐，一坐就是一整天。颜安格对让弟弟开口说话已经不再期盼，几乎把所有的时间都用在了画室里。

这天下午，颜安格的手机响了。

“这两年，你好吗？”有磁性的男中音。颜安格立刻反应过来，是司空炬的声音。他终于出现了，在她差不多快忘了他的时候。

“死人，你死到哪儿去了？！”颜安格在电话中惊呼，“我到诊所找你，他们说你已经将诊所转让了。打你的座机和手机，都说是空号。在 QQ、微信和微博上留言，都没有回信，我都以为你变成气体了。”

“我不是又变回固体了嘛！晚上见个面吧。”

“你这会有空吗？我马上就过来。”

颜安格匆忙化妆修饰一番，赶到咖啡馆时，司空炬已坐在那儿了，他要了一个包间。像两年前的那天一样，他悠闲地跷着二郎腿，啜饮着一杯水。但是，颜安格发现，他手里夹着一根正在燃烧的香烟，而两年前，他是不抽烟的。

“别扮酷。”颜安格坐下来就问道，“这两年到哪里去了？”

“当农民了。”

“人家都急死了，你还要开玩笑。”颜安格嗔怪道。

“真的，不开玩笑。我在山里待了两年，已经变成山民了。”

司空炬变化很大，不仅仅是手里多了一根香烟。他脸上留了络腮胡子，剃了个寸头，衣着也有些邋遢，除了眼神更加犀利，全没有出自海外名校的金领人士的风采。司空炬穿的还是两年前那件尼诺·切瑞蒂灰色菱形格外套，不过胸前一大块污迹；里面的那件阿玛尼羊绒衬衫，更是皱巴巴的，一边下摆扎在长裤里，另一边耷拉在皮带外。不过，司空炬对自己的打扮似乎并不以为意，他对颜安格说道：“先别问我，我会慢慢告诉你的。你这两年过得好吗？”

“不好。”颜安格说，“桑中平的生意倒闭了，虽然用钱还没有大问题，但我们的家庭生活非常不好。我的计划彻底失败了，弟弟没有能够张嘴说话，尽管我已经按照你的建议去做了，尽量跟他交朋友，给他讲故事，拿笔让他绘画，但是，我还是没能打开他的口。桑中平也离我越来越远，我觉得那房子完全像是一座大坟墓。

“我跟桑中平根本不能沟通。我不知道他是不是因为事业失败而变得脾气古怪了，他很少说话。反正我都快疯掉了。

“我怎么这么失败？有时，我一个人坐在客厅里，看着那盏大吊灯，甚至有一种冲动，想把自己也挂上去。”两行泪在颜安格脸上缓缓流淌。

这是典型的抑郁症症状，司空炬想，病因是长期生活在压抑的环境中。

“别哭了。来，我们先做一个心理测试。”

“谁还有心思做你的心理测试。”颜安格破涕为笑。

“试一下吧，很好玩的，说不定对改善你的状态也有帮助。”司空炬一边说，一边打开了放在一旁的电脑包。他先拿出一台手提电脑打开，又拿出一个类似耳机的东西，让颜安格戴上。

“这是干什么啊？”颜安格觉得有点好笑，“要听歌吗？”

这是个有点像耳机的东西，虽然也有引线，却没有耳罩，只是从一个类似耳机头带的支架上，一边伸出两只脚。头带的正中，也伸出一只脚。脚的末端，分别有一个直径三厘米的圆形金属垫——那模样，实在有些像一条只有五条腿的章鱼。颜安格把“章鱼”戴在头上，让“章鱼”的四只脚分别搭在耳根下和太阳穴处，中间的那只，则在前额的发际线以上。

“有镜子没有，让我照照。”颜安格说，“活像二郎神的天眼。”

“你说对了，这个真就是天眼，专门看那些用凡眼看不到的东西。”司空炬笑了，“你先点茶吧，点了茶就不让服务生进来了，我需要安静。”

“那就喝铁观音吧，这个最能静心。”

“别。工夫茶好是好，但有人泡茶太打扰了。”

“我给你泡吧，科学家。”

服务生拿来了茶叶，把茶具清洗干净，转身关门出去了。颜安格点了一支香，然后洗手泡茶，一阵馥郁的茶香在室内弥散开来。颜安格端起白中透青的茶盏，轻轻啜了一口，然后闭上眼睛，把“章鱼”戴在头上。

“很好。”司空炬说，“放松，从上到下，把你的身体全部放松，思想也放松，什么都不要想。然后，假设你面前有一个苹果和一个橘子，你想吃什么？你不用回答我，你只需要想，拼命地想就行了。”

“这算什么啊？”颜安格“扑哧”一声笑了出来，“我本来都快禅定了，你却来个这么搞笑的。”

“我没搞笑。”

颜安格睁开眼看，见司空炬果然一本正经，她问：“这也算心理测试吗？”

“是的，我们继续吧。你只要放松，心中选定一样，然后想着它就行了。不必说出来，我会告诉你答案的。”

颜安格再一次闭上了眼睛。

“是苹果，不，是橘子……是橘子……我肯定是橘子。”

“是橘子。可是这有什么奇怪的吗？”看着司空炬有些激动的样子，颜安格颇不以为然。在两个中间猜一个，50% 的概率，这有什么值得激动的呢？何况最初第一次测试时他说出答案还很犹疑。

但是，颜安格渐渐觉得有些蹊跷，连续做了 20 次这样的实验，他每次都猜对了答案。不，这根本不可能是猜对的。

接着，司空炬又让她加入桃子，做三选一，然后再加入香蕉做四选一。刚开始还有些错，但到后来，几乎从不落空，特别是选香蕉时，一次也没有错。这下，该是颜安格感到惊骇了。难道他能读懂我的心思？

“是的，我能读懂你的心思。”司空炬指了指桌上的电脑和颜安格头上的“章鱼”，“靠的就是它们。”

“这是什么东西啊？不就是一台笔记本电脑吗？”

“是笔记本，但不是普通的笔记本电脑。这是专门定做的，它的信息处理功能远远超过一般的电脑。”

“你这两年多就忙这个去了？”

“是的。当初决定干这件事的时候，我也不知道究竟能不能干成。不过，它最终做出来了，也不枉我当年的孤注一掷。”

“我能看看你的电脑吗？”

“我把缓存里的截图调出来给你看吧。”

颜安格把头伸过去，她看到的图像并不是太清晰，轮廓模糊，色彩也很黯淡，就像梦境里的图案。苹果和橘子的外形差别不大，只是橘子呈现出来的图像是暗红色，而苹果的图像则带紫色，因此难怪司空炬第一次回答时有些犹豫。而到了后面更准，那大概是因为香蕉的形状明显不同吧。

“啊……”颜安格吃惊地张圆了嘴。

两年前的那个激情之夜，就像是颜安格在司空炬的心里扎下的一根刺。从那天晚上之后，司空炬无可救药地发现，这个女人深深地吸引着自己。但另一方面，他也被自己的失败更深地刺痛了。对他这种不服输的性格来说，不在跌倒的地方站起来，他就无法真正在内心面对自己。

司空炬明白，自己似乎有些疯魔了。他发疯似的想得到她的心，总想着要替她做她最需要的事。她最想要的是什么？是治好弟弟的病。要治好弟弟的病，必须先找到他的病因。但颜安格要治好孩子的病，要让孩子开口说话，本意却是为了她的丈夫、她的家庭。然而，司空炬顾不得这些了。那么，就从这儿开始吧，从让“星星的孩子”开口说话开始。

这之前他已经得出了结论，要按照传统的心理治疗方法找到弟弟的病因几乎是不可能的。这是一个根本不进行反馈的黑匣子，无论你输入什么信息，用什么手段。

这个结论让司空炬觉得很有趣。是的，非常有趣。这个“星星的孩子”的存在，是对所有心理学家的挑战，尤其是对司空炬这样极为自负的心理学家的挑战。在天才的心中，真正的难题是他们生活中最主要的乐趣，甚至可以说是他们人生最主要的动力——天才活着的过程就是不断面对挑战的过程。

一个充满诱惑力的女人，一个充满诱惑力的课题，在这里，它们合二为一，便是诱惑力的平方、挑战的平方。这让司空炬觉得血液的流动加快，心脏的跳动更加有力。生命之湖，在攫取名利这台欲望发动机的烘烤之下，曾经干涸，而今又是水草丰美，那象征着原动力的鱼儿在其中拼命蹿跃。

“于是，我把诊所转让了，房子卖了，车子也卖了。我组建了一个团队，在青池山租了个院子，开始研究如何破译心灵密码。”司空炬说，“这两年下来，终于小有所成——就是我们开始做的那个实验。”

“天哪，你真的疯了吧。”颜安格吃惊得合不拢嘴。而司空炬也在心里默默地说：“是的，我早就疯了，我一直就是个疯子。”疯子，是司空炬很久以前给自己的判断，也算是他给自己的定位和人生规划。他要是不疯，怎么可能不顾自己的家境，而拼命学法语，到法国留学，而且选择的是在普通人眼中根本不挣钱的心理学？然而，这样的行为最终给他带来了财富和名声，自然更进一步强化了类似的行为模式。

疯狂大概是天才的共性，比如尼采，比如凡·高。在世人的眼中，事业才应当是司空炬一生中重心的重心，是他高品质生活的唯一来源。像他这样的金领一族绝对不应该为女人发愁，他们天生就是名媛淑女追逐的目标。就像简·奥斯汀在《傲慢与偏见》中所说："凡是有钱的单身汉，总想娶位太太，这已经成了一条举世公认的真理。这样的单身汉，每逢新搬到一个地方，四邻八舍虽然完全不了解他的性情如何，见解如何，可是，既然这样的一条真理早已在人们心目中根深蒂固，因此人们总是把他看作自己某一个女儿理所应得的一笔财产。"然而，在司空炬的心中，他觉得自己就像一个在夜晚的海边想捕捉满天繁星的顽皮孩子，只是在闲下来的时候，才顺带拾了几个海边的贝壳。而世人却因为收敛那些贝壳而忙忙碌碌一生。其实，在天才的眼中，世人才是疯狂的。

"它叫什么名字？我是说你的发明。"

"我们把它叫作脑电波阅读器。不过，这名字太普通了。你开始说难不成开了天眼，我就想，要不就把它叫天眼？"

"天眼似乎又太玄了一点。你不是说你搞的是读心术吗，叫读心机怎么样？"

"就叫它读心机吧，我要感谢你给它取了一个很好的名字。"

"你怎么想到要做这个研究的？"

"还记得两年前的那个晚上吗？我……我……那时想亲吻你……"司空炬犹豫了一下，"后来你对我说，你当时本来也有一种想抱我的冲动，你还说我们好像是有脑电波。"司空炬接着说，"你也许不记得了，你说这话的时候，我一下子变得呆呆的，你还问我为什么傻乎乎的？"

"这我倒真的不记得了。"

"听见你说脑电波这几个字，我感觉好像是电光火石闪过。我像是被流星击中了，又好像被火焰照亮了。后来，看弟弟画在墙上的那些画的时候，你又问过我：为什么不研究他的脑电波呢？"颜安格看到，司空炬说话的时候，他那张憔悴的脸好像在发光，“我一直觉得传统的心理治疗方法有致命的缺陷，但找不到解决的办法。你把我带入了迷茫，又是你，给我指明了方向。”

普通的心理学家总是把人的大脑当成一个黑匣子，这样，无论是精神分析学派、行为主义学派还是人本主义学派，他们得到的都只是些支离破碎的片段。各个心理学派别相互争论、攻讦，在司空炬看来都是在细枝末节上纠缠，他认为自己早就看到了这些人的死穴，只是因为忙于挣钱，才没有在这一课题上深入挖掘，但是他凭直觉认为只有直接阅读人的大脑，才能从陷阱上跨过去。最终，因为一个女人，他迈出了这一步。

如何直接阅读人的大脑?

其实，大脑并非真的是个吞噬一切的黑洞，它每时每刻都在向外界传递信息，通过自己独特的方式——发送脑电波，只是，没有人读懂它而已，甚至从来没有人打算去读。如果每个人的大脑都是一本厚厚的天书，司空炬想，那么他们的脑电波就是天书上那些歪歪扭扭的谁也读不懂的符号。

解读脑电波。当司空炬提出他的计划时，他的同行——如炬精神分析所里的另外几个专业分析者真的觉得他疯了。“解读脑电波，阅读人的心灵，这大概就是医学界的永动机吧。”他们说。在这几个同行的眼中，司空炬好像是一个离经叛道的狂人，一个不懂得赚钱的傻瓜。那几个聪明的同行，自然不愿意陪着司空炬这个狂人殉道，他愿意关闭处于鼎盛时期的分析所，正是他们自立门户的机会。

如果这几个聪明人现在知道“脑电波阅读机”（因为颜安格，它有了新名字“读心机”）已经研发出来了，他们会给它估个什么样的价格呢？此时，司空炬还沉浸在巨大的喜悦中，来不及计算它的经济价值。

坐在颜安格面前的司空炬，非常轻松自在：“其实原理非常简单。相信像你这样毫无心理学知识和医学知识的人也能听得懂，只是你感兴趣吗？”

“你讲吧，我想听。”颜安格觉得自己对这个既痴心又疯狂的男人已经产生了深深的兴趣，对他的一切都产生了兴趣。在她的眼里，他和他的理论都是如此神秘。

两年前，陈亦然讲脑电波史是从两千多年前的电鳗身上开始的，可谓上下五千年纵横八万里。司空炬讲起来没有他那种气势，但对颜安格来说或许更好懂。

数百亿近千亿个神经元构成了人的大脑，人平均每天会进行七万次思维活动，而每次思维活动时这些神经都会放电，这就是所谓的脑电波。人的脑电波频率范围在 0.5 到 40 赫兹，根据振动频率，可分为 α 波、β 波、θ 波和 δ 波等。

后来，科学家发现脑电波的频率跟人的精神活动关系密切。比如说，人的心态宁静祥和时，脑电波便以 α 波为主；心情紧张的时候，则产生大量的 β 波；而 δ 波则只有在人睡觉的时候才能探测到。

再后来，脑电波频谱显示仪问世了。这种仪器可以将脑电波的频率清晰地显示出来，将研究者从大量机械、烦琐的仪器操作中解放出来。

“这已经跨越了很大一步。”司空炬说，“但仍然是基础性的工作，真正的创造性工作是从我开始的。”

“哇！你脸皮真厚。”颜安格刮了下他的鼻子羞他，但是她内心却从来没有像此时这样认同过他。

是的，读心机的工作是从这里开始的。青池山别院内的中心电脑收集了各种类型的脑电波，然后进行甄别、挑选、分析。大量的数据，枯燥的劳动，一次又一次的重复。

“将大量的脑电波资料收集起来，再分类，总结，就会发现它们有自己的规律。找到这个规律，就可以将其翻译为常人能懂的东西。脑电波跟其他波一样，有多种属性，频率、波长、振幅、周期、波峰、波谷，每一种属性都可以透露大脑思维的信息。”司空炬停顿了一下，“上高中时你是学文科的，听得懂吗？”

“勉强跟得上，波的属性在分文理科之前就学过了。”颜安格套用了一个当下流行的段子，“不过我差不多都还给老师了。现在，该请老师给我退学费了。”

“以前的科学家，只知道脑电波的频率跟人的精神活动有关系。其实，脑电波的各种属性，频率、波长、振幅、周期都跟人的思维有关。这就是我比其他科学家高明的地方。”

“好像是要高明一点。”颜安格调皮一笑。

“这样，我们就可以开始实验，一步一步寻找破译思维的密码。”

颜安格好像也被司空炬眼中散发出的光芒感染了，尽管她听得不太明白。

司空炬继续说道：“我们给实验者看红色，让他想着红色，来观察他的脑电波各种属性发生了什么变化。这变化可能是波长，可能是周期，也可能是波峰、波谷。记录下一种颜色引起的变化以后，再换一种颜色。

“我们甚至可以进入抽象领域，考察人的情感世界，比如忌妒、爱慕、悲痛、紧张。又比如说，频率在 14 到 16 赫兹的脑电波都代表紧张，但紧张又分很多种，‘紧张得浑身冒汗’跟‘声调稍微显露出紧张’的脑电波肯定不一样，我们要做的就是确定到底有哪些不一样：波长？波幅？还是其他什么。”

“那你们可以编一部脑电波的词典了。”没想到，颜安格这么不经意的一句话，竟然让司空炬激动得在桌子上猛击了一掌，震得茶杯嗡嗡作响，茶汤直溅在托盘里。还好，颜安格暗暗想，茶室里没有其他人，不然就有些唐突了。

“你说得太对了，我们真编了这么一本词典。”司空炬兴奋地嚷道，“而且，也真就叫《脑电波词典》。只是，它是一本由电脉冲信号构成的词典而已。”

在青池山院落由细铜丝网笼罩着的脑电波扫描室里，但蒙和蛋蛋妹成了志愿者。司空炬觉得这简直是一对绝佳组合——同一个单词，可以分别观察它在成年人和小孩子之间引发的脑电波有何异同。

自然，是从最简单、最直观的词开始的。名词——方、圆、长、短、三角形、正方形、黑、白、红、黄、蓝、桌子、椅子……

然后是名词的组合——方桌子、长凳子……

选哪些词，按什么顺序来监测才能事半功倍，收到最好效果，其实也是一门学问，司空炬的团队中没有搞语言学的，顿时就出现了短板。陈亦然叫嚷着，要让司空炬去国家语委借个人来帮忙，但司空炬考虑到保密问题，没有接受这个建议。

问题最终还是司空炬解决的。有一天他突然福至心灵，想到小孩子学语言，不是由浅入深、由直观到抽象的吗？于是潜回都市，搜罗了一大堆什么北师大版的小学生语文课本、英语课本带回青池山，团队的工作顿时取得了很大的进展。

整个团队都满负荷地运转起来。实验室里，但蒙和蛋蛋妹分别待在一个隔音的小隔间内，戴上脑电波探测帽，按照指令对每一个单词进行冥想。

为了避免偶然性，让结果成为可进行检验的标准，每个单词至少要重复30遍。30遍之后，如果实验者疲倦了，可能影响探测结果，便会停下来；若精神状态稳定，则会一直持续到80遍。

之后，团队会对通过监测得到的大量数据进行分析，总结每个单词的脑信号形式，并记录在案——实际上，每一条经过修订的脑信号描述，就相当于词典上的一个词条。

“真是太高端了！”听了司空炬的解说，颜安格不由得赞叹道。司空炬却露出不以为然的神情，撇撇嘴说道：“其实，情绪或者感情也是一种比较低级的思维活动……”

“感情还低级吗？”颜安格不解地问道。

“当然。因为连小猫、小狗都有感情，都有喜怒哀乐。”

“那什么才算高级呢？”

“我再举个例子你就明白了。你到美国走一圈，语言有没有问题？”

颜安格迟疑了一下：“虽然会磕磕巴巴的，但登记旅馆、在餐馆吃饭埋单还行。”

“逗逗小孩子呢？”

“还可以吧。”

“听新闻，听体育比赛的解说呢？”

“那就比较痛苦了。”

“跟人讨论国际政治、讨论哲学、讨论宗教呢？”

“完全不行。”

“你看，这就是由低级到高级的一个过程。你的英语逗小孩子行，能够向小孩子表达喜怒哀乐，但这还是在较低级层面上；听新闻，要高级一些了，已进入到思想层面；谈哲学宗教就更高级了。所以，读心机若只能解读人大脑中的图像，应该说还处于初级阶段。如果能解读抽象的思想、曲折隐晦的心理活动，才能真正算得上伟大的发明。”

“那你们在探测人的意识形态，或者哲学宗教等抽象问题上，做得怎么样了？”

“才刚起步吧，有两个小突破。”

司空炬所说的两个小突破，第一个是指但蒙和蛋蛋妹阅读或冥想的对象，从图像升级到了文字。实验发现，甲骨文和其后的大篆、小篆以及隶书、宋体，引发的脑电波形式大致类似，而跟图像引发的脑电波大相径庭。这一实验结果说明：汉字已经不是图像了，已经变成了一种抽象的符号，而甲骨文则成为文字和图像的分野。第二个，青池山项目组发现，人大脑中的韦尼克区，与抽象词汇的关系比较密切，或许是一个能够理解更高层次思维活动的区域。

“就是这些。”司空炬又撇了撇嘴，这似乎已经成了他的一个习惯性动作。

“我虽然听不太懂你说的那些，但觉得你真的很了不起，我太崇拜你了。”颜安格的语气并不调侃。

“不过是两小步，”司空炬说，“但这是创造性的两小步。”

“我以为你要谦虚一些，谁知你冒出这么一句话来。”颜安格笑道，“这让我想起了登上月球的那个宇航员说的一句话，那人叫什么名字？”

“1969 年，美国宇航员阿姆斯特朗登上月球，说出了他一生中最经典的一句话——个人的一小步，人类的一大步。”司空炬一本正经的样子，不像是在开玩笑，“50 年后，中国精神分析学家司空炬主持研发出能够阅读人类复杂心理活动的脑电波读心术，从此照亮了心理学从诞生之日起就一直晦暗不明的天空，甚至照亮了人类内心的黑暗。”

执着？狂热？疯狂？偏执？不，都不是。颜安格很难找到一个准确的词来定义眼前这个人。但是，她实实在在觉得这个人像一团火，靠近他，自己僵硬的身体在被慢慢烤软。

“你目前看到的，这个还有些粗糙的玩意儿在几个月以前已经搞出来了。我专门等到了这一天，才把这件礼物奉献在你的面前。”司空炬的眼神变得很幽深，“今天是个纪念日，属于我和你的那一天，整整两年了。”

颜安格脸烫得厉害，她知道，司空炬说的“那一天”，就是他俩坠入情网、跨越红线的时间。这一切都是为了我？颜安格觉得，似乎一股暖流从司空炬心中喷涌出来，冲进自己的心中，要将那颗浸在冰水里的心脏融化。

在狭小的空间里，正在堆积的情感氤氲，被一阵电话铃声刺破了。

“我知道，情况我都知道。”司空炬接起了电话，“我知道计算量超大。服务器的问题，近期一定会扩容……钱……钱的问题，我不正在想办法吗？租用量子计算机，目前条件还不成熟，但将来一定会租的。我还准备，我们自己搞一台，到时你想怎么用就怎么用。”

颜安格跌回现实之中。

“目前只有这个条件，但肯定会改善的。我们还是先用笨办法嘛。烧钱的项目，一抓一大把，但你看见有几家做出了成果？”司空炬语气里已有一丝烦躁了，但他尽量压制着，“所以我还是说，关键的问题不是钱，是项目有没有核心竞争力。核心竞争力是什么？技术……这个我承认，但绝不完全是技术。最核心的，是思想。脑电波读心术，将会对人类的未来带来颠覆性的改变，绝对的颠覆！好了，我收线了，这边还有点事在谈。”

司空炬挂断了手机，抱着头，仰面靠在沙发背靠上，很久没说一句话。颜安格能猜到：脑电波读心术项目缺乏资金，应该快到山穷水尽的地步了。现实的坚硬，总会轻易地击败想象的绚烂，驱赶走浪漫的柔软。

“你需要投资吧？这么好的项目，不应该半途而废，我帮你找投资。”颜安格柔声道，“桑中平自从玉泉山高尔夫别墅停工以后，在家里打了两年的坐，也一直在找项目，他对读心术一定会感兴趣。”

桑中平，这个名字像一枚石头，砸得司空炬微微颤了一下。

“行。”司空炬平静地说道，“我见见他。”

第十四章

▼

合　作

司空炬再一次走进了流花溪，却是第一次见到桑中平。他曾多次设想过与这位情敌见面的场景，却从来没有想到，是以这种寻求投资、拜见金主的方式去的。

没有剑拔弩张的气氛，情敌之忌是单向的，桑中平并不知道发生在司空炬和颜安格之间的事。谈投资的时候，颜安格没在场，她把司空炬和陈亦然带进来，就回到自己的画室里去了。

"不好意思，不能起身欢迎两位贵客。"桑中平坐在轮椅上微微欠身，右脚上缠着的白纱布很是醒目，"前几天下楼，不小心把脚扭了，打着石膏。"

坐在司空炬和陈亦然斜对面的桑中平，衣饰讲究，衬衣下面的有H字母形状的皮带扣，一看就知道是爱马仕的，外罩一件浅咖啡色立领中山装。方正的阔脸上，架着副宽黑框眼镜，显出些儒雅之气。颜安格退出会客厅之前说，桑中平这些日子在家里打坐，穿的都是中式对襟衫，今天为了商业会见，才特意换了衣服，以示郑重。

为了这次会见，陈亦然熬了三个通宵，做了几十页的PPT。做这个PPT本不难，但为了让一个地产开发商也能听懂，必须做得非常通俗。从脑电波史讲起，到司空炬提出的"心灵大词典"和"读心第一定律"，再到商业前景展望，还是费了陈亦然不少心思。

PPT是陈亦然做的，但他却坚持由司空炬来讲方案，他认为司空炬说话煽动性更强，更擅长制造概念，对项目的整体把握也更准确。

桑中平听得很认真，一直没有打断司空炬的演说，没像一般的投资者那样东一个问题、西一个问题，脸上也没有表情。司空炬和陈亦然心里忐忑不安，既不知道他听懂没有，也不知道他到底感不感兴趣。司空炬本来就心里有鬼，再进流花溪也颇耗费了一些勇气，方案讲得畏畏缩缩的，在陈亦然看来，完全没有忽悠大家低薪给他干活时的气概和激情。怎么一见了大老板就这副德性？贫困家庭出来的，到底还是底气不足啊。

“我插一句。脑电波读心技术的科技含量非常高，听起来可能有些头晕。”陈亦然打断了司空炬，“要不我们先暂停一下，把样机拿出来给桑总做个实验？”

“不用。安格做过试验就可以了。”桑中平道，“继续讲吧。”

听到《脑电波词典》时，桑中平眼中闪现出了光芒。投影出来的大屏幕光线暗淡，他移动轮椅，凑近了司空炬面前的手提电脑。

“脑电波读心术，从技术层面上来说，很难，但它的原理，其实非常简单。在这样的基础上，我们提出了一个定律——”司空炬按下了电脑上的 PgDn 键，屏幕上跳出一行字来。

读心第一定律：读心如读书。

“好了，不用讲了。”桑中平手一摆动，司空炬和陈亦然心里“咯噔”一下，却听到“我投了”三个字。二人内心的感觉就像穿越峡谷的飞机，眼看要撞上山崖了，又突然拉升了起来。

“讲累了，喝口茶。”桑中平开始在工夫茶具上摆弄起来，“听到司空博士讲心灵阅读的概念，我突然间想到了我们佛家所说的他心通。”

“哦？！”司空炬和陈亦然都是第一次听到这个词，很茫然。脑电波技术居然和佛教有些关系，这让他们吃惊得有些不知所措。

桑中平一边递茶一边说：“我解释一下。佛教里有六种神通——天眼通、天耳通、他心通、宿命通、神足通和漏尽通。所谓他心通，是说通过修行，能像佛一般了知六道众生心中所思之事。”似乎担心二人不信，桑中平继续说道，“你们可能认为我说的是迷信，对你们这些科学家来说很可笑。但实际上，佛家这些东西也是很有科学道理的。”

桑中平把脑电波读心术跟佛教等同的一番话，司空炬很不以为然，所谓佛学有科学道理，让他差点哑然失笑，但毕竟人在屋檐下，也不便多说。

“众生心中所想，喜、瞋、怖、畏等相，皆可由他心通而知。”桑中平继续说道，“单就我个人的体验，学佛十数年以来，渐渐有种五内澄明的感觉。我时常在打坐结束之后，泡杯清茶静坐，会觉得思维特别清晰，对企业今后的走向了然于胸。而涉及商战的诡谲，也似乎把对手的一举一动和所有意图都看得清清楚楚。前些年，我在商场上如此顺利，也跟修佛有关。师父说，我这是开了天眼，而且他心通修炼得尤其不错。当然，这段时间的不顺是另外一回事。

“我也曾问过师父：何谓他心通？‘他心通，悟与悟者，心得相同。’师父说，他心通其实并不神秘，西方心理学上所说的催眠术，就是他心通的一种应用。”

听到桑中平口中冒出“催眠术”几个字，司空炬不由得身子一个激灵，随即心中的哂笑声又更响亮了些。他要在我的领域指手画脚了，也不怕班门弄斧？但桑中平随后的言论，却让他笑不出来了。

“他心通细分起来，师父讲，包括共情、移情和开扉三种方式。所谓共情，是指能将心比心，比如你受人欺骗时能够感知他人内心的悲苦，因而并不迁怒于其他人。而所谓移情，则指你让对方感受到了你的情绪，并加以认同。师父曾对我说：‘这两点你都做到了。’

“无论是共情还是移情，传达的都是一种情绪，而与之相比，开扉就复杂精细很多。你可以在意念中展开一幅场景或画面给对方看，或者把思维活动用语言的方式传给对方。”

“我简直不能相信，一位出家人，能对现代科学有这等了解。”司空炬被震惊了。

“科学未必就是终极真理啊，不过是看问题的一种方式罢了。”桑中平回应道，

“这个世界上，应当有多种看问题的方式吧，佛教是一种，基督教是一种，科学也是一种，而且它们并不矛盾。西方不是有许多大科学家都信上帝吗？包括牛顿，这个科学家中的科学家，这个被科学家视为神一般的人物，不也是上帝的虔诚信徒吗？科学自然是看问题的一种方式，而且是非常有用的一种，但如果只用这种方式看问题，不是很狭隘吗？”

听桑中平讲到牛顿也信仰上帝时，司空炬明白了，这个情敌并不是自己以前想象的那样，不是，绝不仅仅是个“土老肥”。而他对唯科学至上论的批评，更让司空炬叹服：一个地产商，对科学的看法，在某些方面竟然超过了好多像方舟子这类科学素养很高的科学工作者或科普工作者。他忍不住脱口而出：“我想问问，桑总的师父是谁？”

“四十多年前，”桑中平缓缓吐出的话，让司空炬和陈亦然都大吃一惊，“师父曾经是新中国第一个被公认的天才神童。他十一岁上大学，二十二岁成为中国最年轻的副教授。三十六岁时遁入空门，从此消失在世人的视野里。”

“天啊！”司空炬叫道，“原来是他！”

“原来是他！”陈亦然也发出了同样的惊叹，“他是我们那个时代的偶像啊。那时候，每一个家长都巴不得自己也有这样一个孩子。因为他，我父亲每天都骂我，所以我那时很恨他。我印象最深的是，一对夫妇来我家做客时，对我父母说：‘跟人家的孩子比起来，我们家的孩子就不算是孩子了。’”

“我知道你们还有点疑问。”桑中平道，“你们一定想知道：这样的一位人物，怎么会收下我这样一个满身铜钱味的商人做徒弟，是吗？”

“桑总真不愧精通他心通。”司空炬微微一笑道。震惊已经退潮，思路回到了眼前这场商业谈判上。

“正因为师父是一位超凡脱俗的人，才不再跟他曾经熟悉的学界中人打交道，而是觉得我这个追名逐利的商人更有慧根。”桑中平哈哈大笑道。

陈亦然似乎想说些什么，却被司空炬打断了：“桑总，我们还是回到项目上来吧。”

“好。”桑中平又是爽朗一笑，伸出右手三根手指，拇指和食指形成一个圈，有点像 OK 的手势，“我投这么多，占 50% 的股份。”

300 万，还是 3000 万？这时，司空炬恨不能把读心机样机掏出来，从终端直接读出他心里确定的数据。

“桑总，读心机这个项目非常有创意，技术含量非常高，所以开发过程中需要的资金多也很正常。”司空炬无比冷静地说道，“也正因为有创意、技术含量非常高，商业前景看好，因此，我代表我们团队向桑总要求 51% 的股份。”

这家伙，元神归位了。陈亦然暗道。

“我为这 1% 的股份，再加 5000 万。”桑中平道。

“1%，5000 万？！”陈亦然反应过来了，“这么说，您开始说的是三个亿了？”

“是的，一共是三亿五千万，我跟你们团队各占一半的股份。同意吗？”

“这不能不同意啊！”陈亦然望向司空炬，却听到后者冒出了一个冷冷的答复：“我还得想一想。”

“你还要想什么？！”陈亦然突然一下子爆发了，“你知道团队过的什么日子吗？大家没日没夜地跟着你干，不就是为了这一天吗？难道他们都是没饭吃没地方住，才跟着你，跑到那个鬼地方？你把兄弟们都当成要饭的了？”

“我不是也给大家发了薪水了吗？”司空炬底气不足地反驳道。

“每个月两千块，那也叫薪水？你知不知道，他们都是行业里最优秀的人才？！要不是被我忽悠进山，他们的收入连那 20 倍都不止。”陈亦然继续咆哮着，“你知道编制《脑电波词典》的工作量有多大吗？你知道我们用的服务器多寒碜吗？你究竟知不知道，真要把词典编出来，国内的计算机根本不顶用，要去澳洲租用量子计算机？兄弟们像讨饭一样生活，还要像讨饭一样工作，你到底知不知道？！”

面对陈亦然的歇斯底里，司空炬脸色铁青，默不作声。

“如果我们能够合作，我支持给予技术人员高薪。”桑中平插话道，“很多投资人，愿意把大把大把的钱花在设备和市场上，对于改善团队人员的生活却不感兴趣，对此我并不赞同。”

陈亦然似乎把这两年的怨气发泄一空，也安静了下来。

“好吧，我答应桑总的条件。”司空炬咬了咬牙道，“您投资三亿五千万，我方提供读心的所有技术，您和我方团队各占50%的股份。下面，我们可以来谈谈它的商业运用了。”

“不用再谈了。”桑中平摆摆手，“一是我相信你，你是安格的好朋友嘛。二是我并不是那么急切地需要商业回报。这次玉泉山项目的失败，也给了我一个反思的机会，让我反复地想：我那么拼命，以致坏了自己的德行去做那个项目，是为了什么？究竟又得到了什么？

“为了钱吗？再多的钱，对我来说不过是一个数字；为了在福布斯的排行榜上前进几名？那跟中小学生争个期末考试的名次又有什么区别？至于说为了迎接挑战，那更是无稽之谈，倒不如去解几道数学难题更有挑战性。

“有人说，企业不断扩张，是因为企业家有社会责任感。其实，我们这群人，对社会的破坏是最大的，无论是对自然生态还是对社会生态。想来真是荒唐啊！我们之所以根本停不下来，是因为适应了这种前呼后拥、一呼百应的生活，是因为根本不懂得生活还有其他的形态。

“今天，我投资你们的项目，倒有一半真是为了所谓的社会责任感，希望能把在房地产市场上亏掉的那些德行补回来。”桑中平叹惜一声道，“另一半原因嘛，司空博士应该知道，是因为我那个儿子。前福不修，后世之灾，让我多积点德吧。”

十分钟后，司空炬和陈亦然走出了那栋三层小楼，钻进车里。桑中平和颜安格在车旁向他俩挥手告别时，桑中平对司空炬说道：“读心如读书，没错。但要记住：人这本书是活的。”

回青池山的路上，司空炬和陈亦然一直沉默着——在他们二十多年的交情中，第一次出现这样的裂痕。

第十五章

▼

军方项目

桑中平投资三亿五千万的消息传回青池山基地，整个项目组都欢欣若狂。他们知道，苦日子结束了，甚至很有可能发上一笔不小的财——苦苦干了两年，等的不就是这一天吗?

新组建的公司定名为心通科技有限公司，桑中平为董事长，司空炬为CEO，陈亦然则出任了CTO。项目组撤离了大山，搬进中正地产在都市繁华区的5A级写字楼，占据了一整层。公司新购置了高等级的服务器、大量的新型计算机，新招聘了数十名优秀的程序员，颇有鸟枪换炮的架势。甚至专门装修了一个漂亮的娱乐区，摆进了两张斯诺克台球桌，供众“码农”加班之际休息大脑。而为了给男性集中的公司调节气氛，还专门请了个漂亮的小妞坐在前台。

若有客来访，出了电梯，就会看到前台墙壁上不锈钢铭牌上镌刻的新公司名——心通科技有限公司。一块硕大的液晶屏幕，显示着以下字样:

读心第一定律

读心如读书。　　——司空炬

读心补充定律

读心如读书，但人是活的。　　——桑中平

一副厉兵秣马、志在必得之势。

心通科技运行半年左右，桑中平迎来了两位前来谈项目合作的神秘客人。其中一位叫夏太平，数年前，颜安格刚到中正地产公关策划部做一名小策划的时候，就见过这个人。

颜安格在公关策划部工作时，承担了很多迎来送往的工作——这跟她是个美女有关。那天太阳很大，颜安格站在机场出口，举着一块牌子，上面写着“欢迎夏太平先生”。一般情况下，接人之前公关策划部经理都会通报客人的基本情况，但这个人是干什么的，没有人告诉她，反而叫她别多问。颜安格只知道他从京城来，是公司的重要客人。

熙熙攘攘的人流出来了，颜安格踮起脚张望，突然一只粗大的手伸到自己面前，手上戴着个硕大的金戒指，上面镶着块绿宝石。手的主人是个大胖子，剃着很平的平头，似乎上面能够稳稳地放一碗汤，衬衣纽扣有三颗没扣，胸部的肥肉似乎欢跃着要蹦出来。那宽阔的体形，一下子就让颜安格联想到了“太平洋”这个词。不过，那圆滚滚的硕大头颅，马上就让她将其跟另一个词“猪头”联系了起来——四川话里，这个词被用来专门形容一些人的长相。

“猪头”用京味很重的普通话说道：“小姐，我就是夏太平。”颜安格觉得他的手滑腻腻的，想缩回，却被抓得紧紧的。坐在公司的车上，他那肥大的臀部不断向颜安格挤过来。他进一寸，颜安格就退一寸，强忍住心中的烦躁。桑总打过招呼，这人千万不能得罪，还让颜安格一定向夏太平转告，本该自己亲自来接，但突然有事非去处理不可，晚上一定摆酒赔罪。实在难以忍受了，颜安格就假意翻了一下自己的包，扒拉了一阵子，却什么也没拿出来，随即把包放在两人之间，以作抵挡。

总算到了宾馆，颜安格将他送到已经预订好的房间，说：“夏先生，您先休息一会儿。晚上桑总亲自陪您吃饭。”夏太平那张胖脸又在眼前晃动：“颜小姐，晚上你可一定要来哟。”

“那得看桑总的安排。”

“像你这样美丽的小姐不来，这顿晚饭还有什么意思？”

“不会吧，桑总肯定会给您安排更漂亮的小姐的。我的工作现在已经完成了。”

回到办公室不久，颜安格就被桑中平叫去了，详细询问了接待夏太平的每一个细节，这在以前是从来没有过的。当颜安格说到夏太平邀她晚上一起去吃饭的时候，桑中平说：“那小颜你还是去吧。”

“可是我很烦这个人。”颜安格说。

“就当帮我吧。”桑中平面带恳求地说道。

在桑中平的公司，颜安格最喜欢的一点，就是老板的宽厚和平易近人，看着桑中平那种小男孩一般的神情，她觉得一股母爱溢上心头，忍不住会答应他的一切要求。

晚上六点，桑中平带着颜安格来到了宾馆。见了面，他亲热地和夏太平拥抱在一起：“夏兄，有失远迎，多包涵。”夏太平却乐呵呵地笑着，把头转向了颜安格：“中平不必客气。颜小姐这么美丽，足以代表你。你不来，我才有机会嘛。”

这两个人反差特别大，夏太平让颜安格感觉很脏很腻，桑中平却给她一种安全感，让人既敬重又想亲近。让颜安格不解的是，反差这么大的两个人，居然如此亲热地在一起称兄道弟。又过了些日子她才明白：商业运作靠的是各种各样的社会资源，而资源都掌握在人的手中，要获取资源，就得建立四通八达的人际网络；一个商人，三教九流的人都要交往，而政商资源极其丰富的夏太平成为桑中平的座上宾自然不足为奇。

“他们出来了。”桑中平这句话，把颜安格从回忆里拉回了眼前的场景。接机通道的另一端，还是那个平头胖子夏太平，举起了手，正向这边打招呼。桑中平赶紧迎上去，依旧同数年前一样，拥抱在一起。

“来，中平、安格，我给你俩介绍一下，这位是总参谋部二部七局的李中校。”大概是因为颜安格成了桑太太，夏太平对她的态度也恭敬了很多。听到夏太平的话，颜安格这才看到，在夏太平身后数步之远，一个拖着行李箱的军官正朝他们走来。

“李巡洋。”那位身材挺拔的军官，向桑中平和颜安格伸出了手。

接风宴司空炬也参加了。吃完饭后，颜安格一个人回了家。桑中平、司空炬则同北京来的客人一起到了公司。在司空炬的办公室一坐下，李巡洋中校就开始向桑中平和司空炬介绍这次合作的情况："我们从夏总那儿了解到，心通科技在脑电波读心术领域取得了相当程度的突破，领导表现出了非常大的兴趣。经过讨论，决定由总参二部下辖的七局即科技局和三局即武官处联合立项，同贵公司合作，开发大脑阅读军用项目立项。在研发阶段，主要由七局负责。在这个项目中，我们希望能达到以下几个目的，所以这次专程前来拜访桑总和司空博士，看看有没有推进的可能。只要立项通过，经费就会划拨下来，只是因为要走程序，时间可能会稍长些，两位不必多虑。我在想，前期工作是否可以先着手了？"

"经费不是问题。"桑中平道，"能够为国效力，我感到很荣幸。想必司空博士也是如此。"

李巡洋赞许地点了点头，继续道："大脑阅读的军用项目，初步希望达到以下几个目的：第一，直接阅读敌方军事人员大脑，破获敌军情报；第二，在情报战中，远距离快速传送己方情报，避免敌方破解；第三，在谈判或军事活动中，通过脑电波发送问题，并诱导对方回答。两位觉得有没有可能？！"

"太难了！"司空炬道，"目前我们所取得的成果，仅仅是能阅读大脑中的图像，而且效果尚不稳定。最重要的是，还得在没有干扰的前提下。如果对方有所察觉，戴上一顶里面布满了金属丝的帽子，脑电波的接收就被彻底干扰了。打一个比喻，如果达到李中校要求的第一步算作走路的话，我们现在的读心能力只能算爬。第二步，实际上已经进入心电感应的领域，可以算作飞行了。而第三步，相当于在前两步的基础上，控制对方的大脑了，至少是部分控制——简直不可思议。"

"难度肯定有。"李巡洋道，"就现今的认知水平来说，心电感应或许是不可思议，但我想到了人类沟通的历史，哪一次信息传递方式的革命不是匪夷所思的？

"最早，原始人靠肢体的接触和简单的发声来沟通，告诉对方这儿有食物或者有敌人，跟动物没有什么区别。

"后来，语言出现了，心里想的基本上都可以用嘴表达了。前一代的知识、经验可以传递给下一代，人和动物就此分道扬镳，开始成为地球的统治者。

“到了五六千年前，文字出现了，不管是美索不达米亚平原的埃兰文字，还是中国殷商时代的甲骨文，都突破了靠语言只能面对面交流的局限，达到了跨时间、跨空间沟通的程度。人类从此进入文明社会。

“再后来，雕版印刷术出现，毕昇在中国、古登堡在德国又发明了活字印刷术，使得人类思想的精华能够得到广泛传播。西方有人说，毕昇的发明虽然在前，但影响并没有古登堡大。对于这种‘欧洲文化中心论’，我向来是嗤之以鼻的，没有中国汉朝的蔡伦发明纸，什么印刷术都没用。

“然后是电话、电视，再到今天的互联网，哪一次没带来人类世界的深刻改变？又有哪一次不是不可思议的？

“我在想，所谓的心灵感应，跟风靡当下的互联网实在有很大的相似性。都是快捷地实现了信息共享，只不过一个靠的是网线连接，而另一个靠的是脑电波连接。”李巡洋道，“不，有了Wi-Fi之后，甚至互联网也不需要依靠网线。准确地说，它们的区别在于：一个连通的是电脑，而另一个连通的是人脑。”

“巡洋，你懂得真多。”夏太平用右手中指敲着茶几，赞叹道，“整天和你们这些大知识分子、大科学家打交道，怎么没把我这个粗人也熏陶一下？”

“我是学信息工程的。”李巡洋微微一笑。

“二十多年前，我第一次听说互联网的时候，也不相信世界上竟然有这么神奇的东西。但是你看，互联网技术差不多已经颠覆了整个世界的运作模式。”桑中平插嘴道，“数码相机一流行，有130年历史的柯达居然就要破产了。我是个玩相机的发烧友，家里有好几部蔡司、尼康之类的高档相机，但现在根本买不到胶卷，也找不到地方冲洗了。还有一件事，我一个朋友是出版社的老总，上个月听他说，他们都快倒闭了。他手下有个女编辑，是个单亲妈妈，说收入太低根本养不起孩子，给他打报告要停交社保，已经完全顾不上未来了。当然，停交社保不符合国家规定，他最后批复同意按最低档次交。说起来真是心酸。”桑中平十分感慨，“手机阅读出现才几年，就逼得有上千年历史的图书都快要消亡了，这互联网的力量的确太大了。”

“不管是手机上的书，还是纸上的书，老子都不读。”夏太平哈哈大笑，“现在凑个饭局，开口闭口都是‘互联网 +’，逼得我也去学了几句，要不然都不好意思上桌了。你们也搞个‘心电感应 +’吧，好让我以后一看到美女，就给她感应一下。”

“的确，李中校说得有道理。每一次沟通方式的变革，都给人类社会带来了不可想象的变化。”沉默了很久的司空炬说，“中校的话，让我对摩尔斯从华盛顿发往巴尔的摩的人类历史首个电报上的那句话理解更深了，也明白他当时为什么激动得差点脑溢血了。”

“什么话？”夏太平问。

“上帝创造了何等奇迹！”司空炬答道。

“司空博士，你们也来创造个奇迹。”室内又响起了夏太平肆无忌惮的笑声，“等你们一搞出来，什么戴尔、联想，什么苹果、三星，通通都得倒闭。哈——哈——哈——”

“中校提出的要求，关键还是在于传感器芯片的性能。”司空炬似乎也受到了感染，“其实我们的理论建设和基础工作已经做得差不多了，只要新一代的芯片搞出来了，应该能达到中校所说的第一步，甚至第二步、第三步也不是不可能。”

“司空，我们干吧。”桑中平撺掇道。

“那就干吧。看我们能不能创造奇迹？”司空炬也兴奋起来了，“桑总，在资金上你要多支持。”

“我就等你这句话！”桑中平一拍自己的大腿，“司空你可以抽调些最精锐的力量，另外再招些人才，专攻新一代传感器芯片。民用技术方面，就交给亦然去管。钱的事，你不用担心，我有一个到海外融资的计划……”

“我准备后天回去。”李巡洋道，“希望桑总和司空博士一道，去见见我们领导。”

桑中平回到家里，面对颜安格的问询不愿细谈，只是说：“这是跟军方合作的项目，有保密规定，你不要多问。”

“我是你老婆，难道也不能知道你在干啥吗？”颜安格有些不高兴了，“嫁给你这些年，就像嫁给了空气，没几天能见到个活人。好不容易在家里待了一阵，还是因为公司出了问题。这下你又有新项目了，后天就飞北京了，是不是又要像以前一样忙了？我有时真后悔，不该介绍司空炬给你认识。说正经的，你打拼了这么多年，也该好好休息一下了。真要弄个过劳死出来，我守寡倒算不了什么，家业谁来继……”

话没说完，颜安格就反应过来，自己说错话了。独子有病，正是桑中平心中最大的痛，自己怎么偏偏哪壶不开提哪壶？桑中平抬头看了她一眼，眼神似略有些异样，但好在没追究下去。知道自己说错了话，颜安格有些讪讪的：“你后天要出门，明天我陪你去桃花山看桃花好不好？”

“行啊。”桑中平立马答应了，“去啊，阳光这么好。”

“真的？”竟然会得到响应，颜安格颇有种受宠若惊的感觉，这是他们新婚激情过后几乎就没有发生过的事情了，“叫不叫上夏太平？”

“按理说应该把司空博士、老夏和李中校一起叫上。这次跟军方合作，我感觉又是一个机会，能私下沟通一下感情也很好。不过，你不想人打扰的话就不叫吧。”

“还是叫上吧，冷落事业伙伴毕竟不好，我支持你的工作。”颜安格道。

头天晚上约好了夏太平和李巡洋，第二天到郊外踏青，说好第二天由他们开车来接，而司空炬说要为新项目去见一个顶级的计算机工程师，就不一起去了。

第二天，颜安格正在化妆、换衣服，桑中平在楼下叫她：“安格，稍快一点，他们已经来了。”颜安格匆匆拉开衣柜抽屉，想找一件首饰戴上，却看见一个平板电脑般的物什躺在里面。这并不是真的平板电脑，而是心通科技成立之后，司空炬用最新的传感器芯片私自组装的一台读心机样机。为了在使用时不被测试者发现，它被包装成了平板电脑的样子，外壳跟 iPad 毫无差别，一样的主键和调音键按钮，一样的接口，开机时也会出现一样的白苹果。开机后的界面上，也有微博、微信、QQ、PPTV 等应用软件。甚至，为了更好地掩人耳目，微信还可以点开朋友圈——不过不能真正刷新，只是做了三个页面供切换而已。

这个样机，是颜安格上次和司空炬见面时收到的礼物。在心通科技成立之后，司空炬每隔上十天半个月，仍不时要约颜安格见个面，喝个咖啡什么的。颜安格仍旧会跟他拥抱、亲吻，却拒绝了他进一步的举动。颜安格说，她不想再背负对桑中平的愧疚之情，而且，那样的话对司空炬的事业也不利。上个月的那次见面，司空炬带来了这玩意儿，让她拿去，有机会时读一下弟弟的内心世界。不过，因为桑中平一直在家，颜安格的日程填得很满，也就把这事忘了。此时偶然见到它，颜安格不仅心念一动："拿去读读中平和夏胖子，看看他们一天忙忙碌碌的，到底在想些什么？"颜安格为自己这个好玩的念头有些兴奋，随手把这个"平板电脑"揣上了。

"格——格——快下来，出发了。"传来夏太平的喊声。

"催什么催，这个死胖子。"颜安格匆匆往下赶，差点在楼道处被绊倒。

颜安格挽着桑中平一走出门，就看见了正坐在敞篷越野车里等候的夏太平和李巡洋。夏太平坐在驾驶位上，那胖大的脑袋一半在晨曦中，一半在阴影里，显得十分和谐。

"你剃平头很好看嘛。"颜安格说，第一次觉得他不那么讨厌了。

蜀都人生活方式休闲，春日周末，必到郊外踏青。有需求必有供给，于是，郊外农家开始接待这些来自城里的客人。在钢筋水泥丛中生活惯了的人，很喜欢在农家的土晒坝上支张桌子，打几圈麻将，吃点新鲜蔬菜和老腊肉，再看看满山满地黄色的油菜花、白色的梨花和粉红色的桃花。

这些年来，"农家乐"俨然成了一大产业。于是每到周末，去往近郊的路上车流不息，甚至比平日还要拥堵。"农家乐"自然远不如城里的高档餐饮场所气派精致，但即便富足如桑中平这样的家庭，也对这种乐趣甚是看重。三月是桃花开放的时节，爱凑堆的蜀都人民自然是一股脑儿扑出城去看桃花。不管是豪车还是破旧的面包车，都会停在桃花树下，待一阵风儿吹过，落一车身的桃花——只有相同的乐趣，而无高低贵贱之别。

车至山脚，就看得见路旁零零星星的桃树了。也有一些农民提着竹篮子，在叫卖硕大的水蜜桃。“这桃子比我们北方的油桃大多了。”坐在副驾驶位子上的李巡洋道。桑中平赶忙让停车，让人称了十斤，请李巡洋品尝，并说回北京的时候，多买些带回去。“不要农民篮子里的，下山的时候我们直接到果树上摘，更新鲜。”

一路向上。在平缓的山腰，桃树布满了山冈，像火烧云一般连成了一片。路旁的“农家乐”已经摊开了桌椅，好些人在桃树下打麻将，也有人不参与其中，而是坐在椅子上打瞌睡。

“你们四川人，过的真是神仙般的日子。让我想起了唐寅的《桃花庵歌》。”李巡洋赞叹道，随即吟诵起来，“桃花坞里桃花庵，桃花庵下桃花仙。桃花仙人种桃树，又摘桃花换酒钱……”

“没想到巡洋还是个诗人。”夏太平咧嘴大笑道，“我以为你们当兵的除了舞枪弄炮打天上的飞机，就只会躲在被窝里打飞机哩。”

李巡洋却不怒不恼地说：“舞枪弄炮只是我们的职业，并不等于爱好嘛。何况开始就说了，这诗也不是我做的。”随即建议道，“我看这里人太多，我们不如把车停下，朝山上走走，找个清静的地方坐下来。”

这个提议立即得到了颜安格的赞同。她以前就时常说，满山遍野都是些城里来的人和车，看什么啊？而且很多人到了这儿就是打麻将，要打还不如在城里打，跑出来还浪费汽油钱。

一行人把车停好，沿着山道石阶走上山去。一路风景倒好，时常高大的乔木遮天蔽日，不时还有一大片色彩鲜艳的灌林跃入眼帘，只是越往上，阳光越少，桃树也变得稀稀落落的。

“你们看，山下的桃树结的桃子都可以吃了，有拳头那么大，但山上的还是青的，大小也不过手指头一般。”李巡洋问道，“为什么往高处走就没有桃树了呢，是不是温度的原因？”

“也可能是阳光的原因。”桑中平接嘴道，“或者山高了蜜蜂就少，授粉不够。”

走了差不多两个小时，终于在近山顶处见到一户人家，虽然没挂“农家乐”的招旗，却也接待游客。主人是一个三十多岁的男人，皮肤黝黑，一看就是当地的山民。

“这就是‘白云生处有人家’的意境了。”李巡洋道。夏太平却累得浑身是汗，一路嚷着就该在山下打麻将，随即冲着男人直嚷：“快拿菜单来看看，饿得快昏死过去了。”主人赶忙一边应着把菜单拿出来，一边叫十多岁的女儿去泡茶。

坐下来，端起茶杯，才发现这真是一个好去处。山腰上的一块小平坝，面临深谷，背靠高山，旁边不远处，竟然有一挂瀑布坠下。声音清晰可闻，却又因有一定距离而一点也不吵人，不会影响谈话。

“还是李中校有品位。”桑中平端起茶杯，啜了一口，“他喜欢清幽，我们才找到了这么好的一个地方。要是依太平的，现在四周都是搓麻将的声音，闹嚷嚷的，哪里有这种享受？”

“拿几瓶啤酒来。”李巡洋道。

“你平时不是不喝酒吗？”夏太平有些吃惊，“在领导面前都不怎么喝。今天怎么主动要酒喝了？”

“那些场合，让人拘谨得很。”李巡洋道，“今天是自己人，我感觉很放松。”

“外人不知道，还以为你们搞情报工作的，成天都板着一副面孔。”桑中平笑道，“哪里知道，中校开始还背了首唐伯虎的诗洗我们的耳朵。”

“我一部分工作，是研究古代情报史，要接触一些古代文献，得懂一点文言文。”李巡洋道，“因为这个我也喜欢上了传统文化。”

“古代人也有情报战啊？”颜安格有些吃惊。

“当然有。”李巡洋问道，“烽火戏诸侯听说过吗？周幽王为博美人一笑，点燃烽燧调集天下兵马。”

“知道，就是千金一笑的故事嘛。”颜安格有些不以为然，“硬要说那是情报，也未免太原始了。烧堆火能传多远呢？”

“可不要小看了。汉代时每五里设一燧，前燧见到烽火后可立即向下一燧传信。卫青跟霍去病分击匈奴，以烽火为信，一日之间，从河西传至辽东。”李巡洋道，“这距离，相当于从今天的甘肃兰州到辽宁沈阳了，中间隔着宁夏、陕西、山西、河北几个省区，直线距离约一千八百千米。”

“一千八百千米，真不得了。”桑中平赞叹道。

“可是，就一堆火，也传递不了多少信息。”颜安格不服气。

“‘烧一烟则贼不至，烧二烟则贼尘起，烧三烟则贼步至之类是也。’烧一炷烟，是和平时期例行公事的‘平安烟’；烧两炷烟，已经看得到敌人骑兵踏起的灰尘了；烧三炷烟，则是说步兵已临城下，十万火急了。”李巡洋道，“从信息学的角度来说，这已经是编码了。而且，如果双方约定更复杂的话，甚至可以迷惑敌人。这种约定，相当于二战时期军事电报的密码本，还是非常有技术含量的。”

“我看四川人过元宵节时放孔明灯。我问他们，说是当年诸葛亮被围困时算准了风向，为求救而发出的信号。”颜安格道。

“除了烽燧，安格提到的孔明灯也属于情报战的范畴。古人还利用过风筝、信鸽，甚至训练狗、老鼠、猫、鸭子等来传送军事情报。”李巡洋道，“古人其实是非常有想象力的。”

“说到这里，我想起了，四川人还发明过一种‘水电报’。”桑中平插话道，“辛亥革命前夕的保路运动中，满清官府屠杀抗议群众的‘成都血案’发生后，全城戒严，邮电断绝，人也出不去。革命者就把消息写在几百片木牌上，还涂上桐油防水，然后投放到锦江里。沿江州县都接到了消息，组织了更多军队来对抗官府。说起来，这‘水电报’还间接推动了辛亥革命的成功。”

“这么精彩的故事，我正在写的那本《情报史》，一定要作为案例收进去。”李巡洋道，“我们要合作的那个项目，说到底，靠的也是想象力。”

“呼——呼——”一旁响起了夏太平的打鼾声，众人转头，看到他把脚搭在另外一把竹椅上，垂着头，嘴唇一翕一动。

“在我们说着这些严肃又无聊的话题时，还是老夏最有想象力。”颜安格一句话，让桑中平和李巡洋都笑了。

主人上来收拾干净碗碟，又换了茶。

同山脚下相比，山上的气温要低好几摄氏度，在初春时节颇有些寒意。但此时太阳出来了，照在身上暖洋洋的，桑中平和李巡洋也有了醉意，又坐了一会儿也就都在椅子上睡起来了。

颜安格一个人坐着无聊，便把手机拿出来，刷刷朋友圈。一抬头，看见桑中平安详的睡态。他到底在想些什么呢?

俗话说：“女人心，海底针。”颜安格倒是觉得男人的心——特别是成熟男人，尤其是事业有成的成熟男人——才像海底捞针一样难以琢磨。桑中平脸上时常带有一种若有所思的神情，颜安格每次问他，他的回答多半都是“我什么也没想”。如果颜安格纠缠得急了，他多半也只是一句“我在发呆”，搞得她十分无趣。而最要命的是，颜安格却偏偏为他这种若有所思着迷。她有时会恨恨地说：“真想把他脑袋打开，看看那脑瓜子里面到底装了些什么。”

颜安格轻轻拨了拨桑中平的头，没有任何反应，她加大了力度，他的头从一侧转向另一侧，却也没有醒来。颜安格拿出读心机，打开了软件，随即又拿出一个耳机给桑中平戴上——当然，这并不是真的耳机，而是一个紧贴被测试者脑袋，搜集、放大脑电波，并将其传送到读心机上去的脑电波搜集仪。这也是为了不让被测试者发现，而由“章鱼”改造的。

几乎算得上万籁俱寂，远处山瀑的鸣响，更加衬出幽静。颜安格调节呼吸，尽量静下心来，然后开始观看“平板电脑”屏幕上的画面。

起初，什么也没有。如开辟鸿蒙时的虚无，既无时间，也无空间。

在一片漆黑中，一条细细的雾带开始飘荡。

雾越积越厚。

画面也越来越清晰。浓雾之中，是苍翠的群山，乱石嶙峋，高标孤傲。一群粉红色的鸟，拖着长长的尾巴，外形如凤凰。它们在雾中飞翔，留下优雅的轨迹，时而穿透浓雾，似乎要朝屏幕外扑来。

浓雾化成水，一滴一滴落下来，砸在青葱欲滴的草上、树叶上。水珠一颤一颤，停不稳，又滚落在地。

“真美。”颜安格沉醉了，她细心地捕捉着桑中平大脑中流动过的每一丝意识。突然她发现，在这个画面之中，有一块锐角大的缺口，深色。她以为是自己走神了，于是轻轻转动脖子，再深深吸了口气，闭眼再睁开。是的，那深色的缺口还在，初看是黑色，细看却色近猩红。前部锐利，扎在灰色的岩石之中，后部则渐渐模糊在浓雾之中。

浓雾时散时聚。雾散时，一枚头像出现在缺口处。头像是一个西方男人的侧脸，白底蓝线勾勒；卷曲的金黄色头发上，戴着一顶红色的王冠；头部正前，金黄色的剑柄下方，是白描的手握着剑刃；两条蓝底绶带上，印着一串桃形。

雾再次散去时，颜安格看清楚了：头颅后面，有一个硕大的黑桃符号，黑桃上方一个同样大小的J字。

黑桃J，扑克牌？桑中平在梦里打扑克？在颜安格的记忆中，他从来没有打过扑克，甚至从来没提及过。那这张牌是啥意思呢？

“呼——呼——”颜安格的思索被夏太平的鼾声打断了。“这死胖子真是讨厌。”她在心中暗骂了一声。要不看看他在梦里想些什么？反正胖子睡觉都沉，不容易醒。

颜安格从桑中平头上取下“耳机”，轻手轻脚走到夏太平身边，正要给他戴上，却又把手收了回来。毕竟不是自己家的人，要是被发现了，如何解释？颜安格把“平板电脑”上的“开机键”对准了夏太平的脑袋——这实际上是一根天线，也具有放大脑电波的功能，只是效果不如“耳机”好。

经过调试，显示屏上的画面开始渐渐清晰。是一个人，一个女人，而且是一个裸体的女人。颜安格的脸一下子红了，真是条色狼！

女人身材窈窕，只是脸孔有些模糊，从姿势看好像是正在洗澡。这个女人是谁？颜安格很有兴趣看看。她调了调“放大”键，人体倏然拉近，像使用了长焦镜一样，颜安格看见女人的右胸上有一颗黄豆大小的褐色痣斑。

难道那女人是我？颜安格既害羞又恼怒。可是，夏太平怎么知道我右胸上有痣呢？难道这家伙偷看过我洗澡？她再次放大画面，想把那张脸看个究竟，但这时女人已经背过身去了。

“还需要点啥？”背后传来一个声音，颜安格吓了一大跳，却是店主拎着一个热水瓶上来换水。

颜安格惊慌失措，连忙“啪”的一声把读心机倒扣在自己的大腿上：“不……不需要……什么都不要。”

“要啥就开口说哈。”店主一瘸一拐地拎着空热水瓶下去了。待他走开了好一会儿，颜安格定下神来，想再用读心机去扫描一下李巡洋的大脑。不过，这次她没敢满足好奇心，她知道，刺探国家军事机密是量刑十年以上的重罪。

“这一觉睡得真好。”桑中平醒来了。

“是吗？”颜安格转过身来，一只手按住怦怦跳动的心，一只手拿着读心机样机，妩媚地一笑，“当然睡得好，这么长的时间，我把 iPad 上的歌都听完了。”

第十六章

海外融资

As is the smallest, so is the greatest.

小就是大。

这句中英文对照的话出现在司空炬的商业计划书上，讲的是人类大脑的复杂性及其与宇宙的关系。

“银河系有一千亿颗以上的恒星，而人的大脑也有一千亿个以上的神经元。”司空炬翻动了PPT，新出现的画面上，并排放着的两张图似乎都是璀璨星空，“甚至，银河系中恒星的连接方式跟人脑中神经元的连接方式也极为相似。左边那张，反映的是早期宇宙中星系的互联关系，右边那张却是大脑神经元之间的连接。

“我们所在的宇宙，是一个硕大无比的大脑——是的，宇宙是有目的、有意义的。在座诸位都是基督徒，应该比我更赞同这句话。”司空炬环视了一圈，“而每个人的大脑，也都是一个微缩而又自洽的小宇宙。

“对前者，我们并不是十分感兴趣，且把它交给霍金那样的物理学家、天文学家或是宇宙学家吧。心通科技的研究对象是后者，是人的大脑，是那一个个微型的宇宙。

“认识人的大脑，其意义何在？要制造出真正的人工智能，也就是说，要让制造出来的人工智能具有自我意识；或者，想要提高人脑的使用潜能——大脑的运作机理便是其理论基础。

“即便现代科学已发展到如此地步，人类对大脑运作模式的认识，却还处于极为原始的状态。由心通科技公司主持的脑电波读心术的研发，可以说是研究大脑运作模式的分界线。在这之前，是蒙昧，是黑暗；这之后，迎来了曙光。”

坐在椭圆的巨型会议桌旁，正在听司空炬做Presentation的十来人，涵盖了美国Goopple风投大部分董事和高管，包括董事局会主席尼古拉斯在内。Goopple是世界上最大的高科技风险投资公司，司空炬正代表心通科技在这里寻找新一轮融资，目标是50亿美元。

站在Goopple那个巨大的LOGO下方，司空炬采用了出发之前和桑中平预定下的游说策略——以虚代实，占领高点；谈思想，谈哲学，谈情怀，以彻底颠覆的姿态造成震撼。

LOGO上有一排Goopple英文字，它第一眼看上去像Google，再一看却像Apple。公司官方网站上，对CIS系统如此阐释：Goopple是Go for that apple的缩略语。译成汉语是——走，去寻找那个苹果。至于那个苹果，他们说，就是伊甸园里，夏娃和亚当被蛇引诱吃下的那个苹果，也是砸在牛顿头上，从而诞生了万有引力定律的那个苹果。

“此刻，我站在这里，带来的就是你们要找的那个苹果。”司空炬挥动着拳头，面部肌肉紧绷，似乎在用身体语言传达着刚毅、期待和对新世界的激情。实际上，此时他内心却浮现出了一丝嘲讽的情绪，因为，风靡中国大陆所有广场的那句“你是我的小啊小苹果”正萦绕在他的脑海。他也并不知道大脑里那一千亿个神经元是如何在运作，才制造出了这样可笑的效果。

“是吗？我倒很期待贵公司能找到那个苹果。”Goopple的董事局主席尼古拉斯打了个鼻息。尼古拉斯是俄罗斯裔美国人，30年前，他同一位滞留在美的中国公费留学生共同创办了这家专门做高科技项目的风险投资公司，当然，最初还不叫Goopple这个名字。据说那个中国合伙人很神秘，几乎从来不在公司的任何重大场合露面，但在关键时刻却影响着局势。司空炬用目光扫视了一圈，的确，环桌旁都是白种人面孔，没有看到中国人。

“各位有什么意见？”尼古拉斯环视四周。

“曾经席卷整个世界的互联网浪潮，这些年已经开始呈现疲态。坦白地说，我甚至想不起来，近两年来，这个世界有什么令人激动的、值得一提的新项目。”发言的是董事威尔逊先生，“来自中国的脑电波读心术，以及基于这种技术之上的读心机量产，不论成熟与否，不可否认的是，这是一种能给人留下深刻印象的产品。它所代表的方向，跟 Goopple 的思路是一致的，我认为不妨试试。”

“互联网浪潮的消退，的确是一个世界性的问题。”嘶哑的声音是首席财务执行官维茨发出来的，“这个世界需要新的动力，Goopple 公司也需要新的惊奇，更需要新的利润增长点。但是，脑电波读心术能否给我们带来利润，或者说真正的惊奇，却还是一个疑问。根据我的了解，拥有该技术的这家公司，成立的时间很短，目前还没有做过任何一笔业务，其销售数据为零。最为关键的问题是：它的两个核心股东，一个是从事传统行业的地产大亨，旗下企业从来没有涉足过高科技产品；而另一位，就是站在我们眼前的司空炬博士，其先前的职业只是一名心理分析师，甚至从来没有过经营企业的经历。”

围绕着环形大桌的董事和高管们开始交头接耳。

“我对刚才那句话稍作一下纠正。”维茨继续道，“司空炬博士也不能算是没有任何企业经历，如果他经营的那间有三五个工作人员的心理分析诊所算是企业的话。”

一阵阵讪笑。

司空炬把正要合上的手提电脑侧着立在桌面上：“刚才，首席财务官先生提到了我的职业。是的，我不是企业家，而是一名精神分析师，或者说是心理学家。但正是因为具有心理学家这种特殊的职业经历，让我对这种以读心为主要特征的产品更有发言权。最后，我想陈述的只有一句话：读心术，可以让一个普通人变成先知，这就是它的魅力。谢谢在座诸位！”说完，他合上电脑，就要离去。

“司空博士，请留下来。”尼古拉斯在一片讨论声中发话了，“各位，我想问大家一个问题：我们靠什么来实现新的利润增长？惊奇从何而来？我们的上一个、上两个甚至上十个投资项目，依然还停留在‘互联网 +’的概念上。你们难道不知道，这个概念的皱纹比老妓女屁股上的还多？只有创新的口号，而没有真正的创新，这样的情形已经持续很长一段时间了。

“那个神迹一样的新产品不断涌现的时代，已经过去了。如今，激情之河已经枯竭，想象之泉已经干涸。我似乎已经看到了业务萎缩，由盈转亏，甚至死神到来的那一天。

“我们可以说，心通科技是一家不靠谱的公司，它的两个主要股东是不靠谱的股东，但我认为这些对 Goopple 来说并不重要，关键是他们的技术能不能带来惊奇。尽管我对各种各样的商业计划已经非常麻木了，但司空博士刚才有一句话打动了我——读心术，可以让一个普通人变成先知。难道这不是惊奇吗？不是我们正在寻找的那个苹果吗？”尼古拉斯转动着椅子，“司空博士，我只想问一个问题：你们希望占多大的权益？”

“在跟 Goopple 接触之前，心通科技已经走过了极为艰难的道路，完成了几乎所有的理论构建和技术准备。”司空炬反而没有演讲时的激情，“如果我们能够合作的话，要做的只是读心机的量产、营销和派送到世界的每一个角落。然后，我们要做的一件事就是：听钞票在点钞机上滚动的响声。至于具体的股份，我建议还是留在下一步谈。我只想说一句话——”他一字一顿地念了出来，“We are on the same boat.”

“这是一次不对等的谈判，司空博士是带着读心术来的，各位应当管好自己的脑电波。”尼古拉斯脸露笑容，站起来，向司空炬伸出手，“博士，请你在会客厅休息一下，我们将会有一个简短的讨论和表决。结果出来之后，将会向你通报。”

半个小时后，一位金发帅哥来到会客厅，对司空炬说道：“恭喜你，司空先生。董事会经过讨论，已经通过了投资中国心通科技公司 50 亿美元，占股份 50% 的决议。一方面，我们将等待你方接受这个报价；另一方面，从我方的角度，流程上来说，已经完成了 99%。”

"99%？"司空炬问道，"什么意思？"

"理论上说，还要经过一个最后的评估程序。报告将会送给 Junshi 审核。"

"Junshi？"经过在法国的留学，司空炬的英语也很不错了，但还是没听懂这个词，直到这位自称梅西的帅哥补充了一句"Army adviser"，他才明白过来，对方说的是中文的"军师"，"就是你们公司里那个神秘的中国人吗？"

"是的，他叫王是非，一个非常神秘的中国人。30 年前他来到洛杉矶，同尼古拉斯先生一起创建了 Goopple。"梅西劝慰道，"不过你不用担心，王先生已多年不问公司事务，比这次投资金额更大的项目他都没有否决过。"

第十七章

脑电波受害者

王是非，本名王亚非，1954 年生于中国北京市。1970 年到内蒙古自治区锡林郭勒大草原插队，1978 年考入北京大学历史系。1989 年来到美国，在洛杉矶创立风险投资公司，专注于高科技领域，后来发展为著名的 Goopple 风投。

王是非实在是太低调、太神秘了，司空炬竭尽全力，发动移民来洛杉矶多年的同学打探到的信息也只有这么一点。

司空炬住在洛杉矶豪华的好莱坞罗斯福酒店，他选择的 Cabana 阳台泳池景观间设有迷你酒吧，并有带家具的私人阳台，在客厅里即可俯瞰游泳池和酒吧，每晚起价换成人民币高达 3000 元。不过，他却根本没有心思来享受这一切，更没有心思走出宾馆去逛一逛闻名天下的好莱坞星光大道，去位于比华利山庄中心、聚焦着大量精品专卖店的罗迪欧大道购物，去迪士尼公司建立的首个游乐园嬉戏。总之，这座美国第二大城市的繁华引不起他的兴趣。

司空炬坐在酒店房间内的沙发上，一支接一支地抽烟，从起床到上床。甚至，他的脚步都没有挪到过观景阳台上一步，以至于服务生专程来问过两次：是不是身体不舒服？需要什么帮助？

对司空炬来说，这次海外融资事关重大。心通科技虽然得到了桑中平的资金支持，这笔钱用于科研开发还可以支撑一段时间，但要实现读心机的量产却远远不够。再则，自己和颜安格的那一段私情虽说尚不为桑中平所知，但毕竟心中有鬼。万一私情暴露，自己的处境将极为不利——如果有新的大股东加入，尴尬的情绪和潜在的危险都会减少很多。

待到第五天，上次那个金发帅哥梅西到好莱坞罗斯福酒店来拜访司空炬。

“被否决了，是吗？”司空炬眼皮都没抬，无精打采地对梅西说。

“我带来了一个让人吃惊的消息，军师要单独和你面谈。”梅西脸上带着夸张的表情，“我到 Goopple 已经七年了，负责董事局的联络工作，连军师的面都没有见过。他要见融资人的事，更是连听都没听说过。”

半个小时后，在梅西的陪伴下，司空炬登上了去见王是非的直升机。在市区上空飞行了二十多分钟后，直升机进入山区。望下去，大海在左侧，而飞机一直侧着沿着青黑色的山脊飞行，青黑色之间偶尔可见珍珠般的湖泊和银带般的河流。

大约飞了一个小时，直升机降落在森林间的一块空地上，司空炬这才发现，在飞机上看到的青黑色，都是由松树构成的森林。“这些都是狐尾松，因约国家森林最出名的树木。”梅西说，“这片森林里，有一棵世界上最古老的树，将近五千岁了。”

“五千岁？”司空炬呵呵地笑了，“不太可能吧。”

“真的。”梅西一脸认真，“这棵树叫玛士撒拉，取自《圣经》中一位长寿者的名字。据说埃及修第一座金字塔的时候，它已经有一百多岁了。”

“中国也有一棵这样的树。”司空炬脸露嘲讽之色，“有一年，在西安一家庙宇，陪同我的当地官员说那棵树有五千岁了。我问他怎么得知的树龄，他说：这棵树是中国人的祖先黄帝植下的，黄帝有五千岁了，所以这棵树也有五千年了。不过，从官员嘴里出来的数字，老百姓称为‘神仙数字’，意思是不可靠，这个俗语就跟你们西方的‘马可百万’一个含义。”

梅西也不争辩，只是做了个鬼脸，问跟随他们一起下直升机的黑人飞行员：

“房子在哪里？”

随着黑人努嘴的方向，司空炬看到，数百米之外，如茵草地上有一个亮晶晶的小湖，似乎是广不可测的黑青色松树林流下的一滴眼泪，湖水背后粗大高耸的狐尾松之间，一栋白红相间的小洋楼影影绰绰。

梅西拨了一个电话之后，三人朝洋楼走去。五分钟后来到楼前，一位东方人面孔、穿着亚麻布对襟衫的老者已在此等候。只见他面容清癯，须发皆白，脸上露出笑容，目光却锋利得像刀一样，让司空炬不由得心头一凛。这就是王是非了。

将三人带入楼内，老者便将梅西和黑人飞行员交给一名胖胖的女佣，吩咐带他们去影音室享用饮料。那名白种女人恭敬地答道：“是，军师。”连女佣都这样称呼，司空炬不禁大吃一惊。

司空炬跟着王是非走进会客厅，四下环视，发现里面都是纯中式家具——共有八张太师椅，一边四张，上有丝绸靠垫；椅子之间的茶几上摆着兰花，共六盆，也是一边三盆；巨大的案桌上放着笔架、砚台等文房四宝，摊开的宣纸上写着《庄子 · 知北游》里的句子“人生天地之间，若白驹过隙，忽然而已”，字还是湿的，书被催成墨未浓；窗边的书架上，没有什么珍本、善本等线装书，只放着一套书，目测有六七十本，司空炬不用细看就知道，那是中华书局出版的绿皮《二十四史》。

会客厅中堂挂着一幅四尺宣的中国画，画的是三峡烟雨。前景两江汇合，江面宽阔，白帆点点；背景山形奇崛，烟雾缭绕，气势非凡；画面上最引人注目的，是正中略偏左处，巨大的山体有一整面向里凹了进去，像一张拉足了的弓，而那面山体上寸草不生，乱石滚滚，明显是滑坡后的遗迹。因为这幅画跟以前见到过的都不一样，司空炬不由得看了一眼落款，只见上面写着：“丁亥年何建军作于旧金山都板街世界画廊。”心中粗粗一算：2007 年，也差不多是十来年前了。

房间中唯一有些不协调的，是三峡烟雨图对面空墙上，那把孤零零的马头琴。

“王先生离国多年，还是未忘故土。”司空炬道。

“在洛杉矶住了快三十年，生活方式早就美国化了，但思维方式变不了。这个会客厅，也是这套房子里唯一按照中国古典方式布置的房间。我老了，没什么事干，除了睡觉，一天倒是有一大半时间待在这里。”王是非呵呵一笑，“对了，不用那么客气称呼我王先生，叫我军师就可以了，这是我在内蒙古插队时的绰号。在这边，人们也这样叫我。”军师叹息了一声，“四十多年了啊。我今天请你到这里来，就是想跟你聊聊我当年插队当知青的事，不知司空博士有没有兴趣听？”

说实在的，司空炬此时心里只想知道融资到底有没有着落，对于王是非的个人经历并没有兴趣，更何况四十多年前的那些陈谷子烂芝麻。不过，现在是有求于人，也不得不做出一副感兴趣的样子。

还是从“军师”这个绰号说起吧。

我还在北京上中学时，就喜欢中国古代军事史，倾慕卫青、霍去病等追匈奴至漠北的大英雄，也崇拜游牧民族里有经略大志的苻坚和战神慕容垂等。《三国演义》里面的兵家诡计和战例我背得滚瓜烂熟，后来又托同学搞来了《孙子兵法》《孙膑兵法》和《鬼谷子》等兵法书，一有时间就阅读、揣摩。“军师”的绰号，就是中学同学起的。

我父母都是大学老师，“文革”中都被打成反动学术权威，进了牛棚，20世纪60年代末又被下放到父亲的老家山西农村，连户口都注销了。幸好我那时已经读高一，能够一个人生活了。

1970年，我高中毕业，在城里待不下去了，当兵也无门。作为一个资深“狗崽子”，插队当知青是唯一出路。我选择了去内蒙古。说实话，我心里并不悲哀，甚至有些窃喜。一是因为在北京饱受歧视，也没什么意思；二是我插队的是生产建设兵团，有个“兵”字，好歹是个半军事化单位，也许能实现我跃马提枪的理想。

就这样，我和四千多名北京学生一道来到了内蒙古大草原，成为生产建设兵团六师五十三团锡林郭勒盟东乌珠穆沁旗贺斯格乌拉牧场的一名羊倌。

同来的很多同学都悄悄抹泪，而我最初的日子却是快乐的，因为学会了骑马。我骑在那匹高大威武的枣红马身上，手持套马杆，把自己想象成骑在赤兔上的三国吕布。我有时突入羊群之中，将套马杆乱舞一气，眼前幻化出“三英战吕布”的场面。跟《三国演义》中的描写不同，我这个吕布总是大胜而归。

有时，我还会骑在我的赤兔身上，用套马杆将羊群分成两队，教它们行兵布阵，驱赶一群羊向另一群羊进攻。我有时高兴得哈哈大笑，有时也为羊们不懂兵法，不听指挥，而只是四处乱窜，咩咩乱叫而气恼。很多同学不适应大草原上的孤独，于我而言，却是求之不得。羊们不会歧视我，也没有人发现我的胡闹。

来内蒙古没多久，我认识了乌仁哈沁。她是一个牧主的女儿，同样处于被孤立的状态，所以说我们的交往有一种同病相怜的因素。乌仁哈沁健康、丰满，骑在马上飒爽英姿，有着完全不同于汉族女子的风韵。我一有机会就去找她，陪她放牧，就这样慢慢亲密起来。乌仁哈沁，在蒙语里是鸳鸯的意思，我们也真像一对鸳鸯，一有机会就待在一起。我俩躲在蒙古包后面亲吻，在一望无际、了无人烟的草地上拥抱、打滚，在水汽升腾的地上疯狂做爱，把大簇大簇人一般高的鲜花压得七零八落，许下非汝不娶、非君不嫁的盟誓。

乌仁哈沁说喜欢我的知书识礼。躺在草原上，我给她讲蒙古族和汉族的历史故事，读书给她听。我从北京带来了一只单簧管，也时常吹给她听。我最喜欢吹的一首歌是斯蒂芬·柯林斯的《故乡的亲人》。

沿着那亲爱的斯瓦尼河畔，千里迢迢，
在那里有我故乡的亲人，我终日在想念……

我高中时物理成绩很好，动手能力也不错。利用赶集的日子，我到公社和东乌旗买齐了东西，自己装了一部晶体管收音机。我时常带着收音机去找乌仁哈沁，和她一起听各种电台播放的歌曲，也听新闻——苏联和蒙古国的汉语节目，也有中国台湾的广播。我告诉乌仁哈沁，林彪背叛毛主席，出逃苏联，在温都尔汗摔死了，那地方离我们五十三团并不远，只有几百千米。乌仁哈沁吓得瑟瑟发抖，用手捂住了我的嘴，我却仰天大笑，豪气冲天。

有一天，我被告发了，罪名是收听敌台，恶毒攻击林副统帅——那时，林彪飞机坠毁的事国内还没有公布，大家都以为他依然是毛主席的亲密战友。于是，收音机被缴获，我也受到了严厉的处罚，被关在连部的小黑屋里半个月才被放出来。但是，我并不在意，因为我有乌仁哈沁，有她给我送饭。我甚至没有想过，是谁去告的密。那时的我，就是那样没心没肺，睥睨生活中的艰难和危险，只沉浸在乌仁哈沁带给我的爱情和肉体欢娱中。

这段快乐时光的结束，起于我接到的一封电报。电报说我的母亲在山西乡下去世，父亲也病得厉害，希望能见我一面。我把这件事告诉乌仁哈沁，她抓着我的手哭了，说害怕我去了再也不回来。我说，因为有她在我一定会回来，更何况天下虽大，草原之外哪里还有我的容身处?

劝通了乌仁哈沁，我拿着电报去找连队指导员请假，却被拒绝了，因为我依然是个反动学术权威的儿子，属于被管制的对象，只有劳动改造的义务而没有探亲的权利。

我熟读《孙膑兵法》，知道孙膑靠装疯而躲避庞涓迫害的故事，决定效仿他。于是我开始装疯，吃牛屎给人看。我没有告诉乌仁哈沁实情，以保守秘密。为了演得更逼真，我把乌仁哈沁家的蒙古包砍坏，甚至不顾她的眼泪，用拳头击打她。装疯装得最厉害的一次，我拿着斧头在连队追杀指导员。他在前面跑，我在后面追。那是1971年的夏天，连指导员穿着一件白衬衣，他跑的时候，没扣纽扣的衬衫被风吹起，我看准了，一斧头劈下去，将衬衣的背部从背心处到下摆划为两截。

我因疯狂报复革命干部被打成现行反革命分子，老账、新账一起算，关进了东乌旗的监狱。这一次，我是真的害怕了，在监狱被打得豪气全无，只想活着出去，好到母亲的坟上祭拜，去见父亲一面。乌仁哈沁也没再给我送饭，甚至连面也没有露。

在恐惧之中，我开始回想：收音机的事是谁告的密？我一个人住一间小土坯房，平时也没有别的知青来串门，要是有人告发我，最有可能的就是乌仁哈沁。

我想她，也恨她。随着在监狱里一天天关下去，仇恨超过了思念。

我再一次疯了，这一次不是装的，是真疯。整日里在牢房里号叫，像孙膑那样，把屎往自己的嘴巴里送。疯的时候，还少一些痛苦，清醒过来，我便陷入了无边的恐惧之中，总觉得有人要告密、要害我。

我脑子里有那么多反动思想：思念自己的反动父母，这是划不清界限；想找出把母亲害死的凶手（如果有的话），这是疯狂反扑；迷恋和乌仁哈沁在草原上打滚的日子，这是生活腐化堕落；我甚至想到霍去病封狼居胥的地方看一看，到苏武牧羊的地方看一看，这是个人英雄主义，更是里通外国——那两个地方现在分别在蒙古国和苏联；在难以忍受的时候，我真的想到过跨越边境线，跑到蒙古国和苏联去。

他们想害我！

是的，每个人都想害我，连里的、团里的、师里的人，还有乌仁哈沁！

他们用仪器探测我的大脑，搜寻我的脑电波，要找出我的反动思想！然后再枪毙我，置我于死地！

过了两年多，我被放出来了。林副主席叛国的事已众所周知，连指导员也因为奸污女知青被判了刑，我的罪名不成立了。我依然回到草原上，当一名羊倌。

我害怕见到乌仁哈沁，害怕她再次告密，又暗自希望见到她，但是她并没有再出现。我害怕所有的人，怕他们告密，因此不跟任何人接触。我也害怕羊群告密，时常会用套马杆痛打它们。害怕我的赤兔马告密，我用套马杆套住它的头，四面八方乱拽，威胁它：要是再敢当告密者，我就这样勒死它。

但是，他们搜集我的脑电波，勘察我的思想，甚至控制我的思想、我的身体，让我整日梦魇，我却毫无办法！毫无办法！

“受迫害妄想症，那位年轻的军师应该接受治疗了。”司空炬心想。而王是非依然沉浸在自己的回忆中。

我知道，金属网是可以屏蔽电波的，于是找来各种金属丝，编织了一顶帽子，戴在自己的头上——在物理学上，这叫法拉第笼。草原上要找到这些东西并不容易，因此，我的帽子也显得很是五彩斑斓：有铁丝、铜丝，有铅灰色也有亮橙色，有长有短。

不过，这顶帽子也并没能救我。他们的仪器功率太强大了，我依然时时刻刻感受到身体的异常和大脑的疼痛。夜深人静的时候，我甚至能察觉到仪器勘察我脑电波时引起的一圈一圈的震荡。

我决定逃离。

有两个方向：一是向北，进入蒙古国境内，那算是真正的投敌叛国了；二是向南，到山西去拜母亲的坟。但到了蒙古国语言不通，如何谋生实在是个问题，我没有成算，最终还是决定向南，希望能通过这一次逃亡见到父亲，并且摆脱脑电波仪器对我的监视和控制。

我在中国地图上先研究了路线。从东乌旗贺斯格乌牧场到锡林郭勒盟驻地锡林浩特市，要两三百千米，再一路向南，经元上都遗址，从张家口进入河北，进入山西后，经五台山、娘子关，到达父亲下放所在地——山西省榆社县讲堂公社将军墓村，有三千里路。按平均每天走五十里的速度，得两个月。

为了这次出逃，我做了精心的准备，配备了军用水壶、手电筒以及防身用的杀羊尖刀。并拿出所有财产，跟牧民交换，弄了几十斤面粉，全部做成了馍。为了便于保存，这些馍都被烘烤得很干。出逃前的那个夜晚，我偷杀了一只自己看管的羊，饱餐了一顿。反正豁出去了。

当然，我没有忘记他们的脑电波监控仪。那顶金属丝编制的帽子屏蔽效果不好，我也找到了替代品——小土坯房里那口煮食的铁锅。我用两根鞋带，拴在锅耳朵上，再在自己的下巴上系紧。上路前，我对着夜空狂笑：这么厚的铁锅，看你们还能侦察我的脑电波吗？

“你成铁帽子王了。”司空炬开了个玩笑。

“那是真正的社会底层的贱民。”军师叹息了一声，“这副尊容，我后来读到了金庸的武侠小说，觉得像一个侠客。当时，心中也确有侠客的悲凉。要是碰上有人拦截我的话，那把杀羊尖刀真会捅下去。”

这模样上路，当然要避开世人，所以我时常昼伏夜行。即使白天要赶路，也尽可能小心，不让人发现。山坳、沟边都是我睡觉的地方，真正的地为床、天为被。好在那时是夏天，不然我已被冻死好几十回了。

无论如何，能够活着见到父亲都是一个奇迹。一路上，我挨过饿、生过病，甚至在内蒙和河北的交界处遇到过掉队的独狼。我拔出尖刀，瞪着血红的眼，跟它对峙。我甚至希望它扑上来：要是我杀了它，狼血、狼肉会给我充沛的体力，支撑我见到父亲；要是它杀了我，那也好，一了百了，再也不必害怕有人能监控我的脑电波了。

等我终于见到父亲时，他认不出我了。但我能认得出他，虽然他基本上变成了山西老农民的模样，但那双眼睛还没有变，依然有教授的智慧在里面闪烁。当父亲终于叫出我名字的时候，我两腿一软，倒在地上。

阶级斗争那根弦，在这里同样也绷着，但毕竟是在偏远山区，也许绷得没那么紧，跟边境上的内蒙古牧场不可同日而语。而且，这里是父亲的老家，乡民们还记得我爷爷当年的厚道。没人去告发我，这就是所谓的“积善之家，必有余庆”吧。

我没有条件进精神病医院，但这样也好，真要留下了住精神病院的记录，我后来就不可能考上大学了。父亲用物理学家的专业知识，告诉我在当时的技术水平下，脑电波监控仪的制造是完全不可能的——如果真有这种仪器，也最多能监测到电压有多少伏特，电流有多少赫兹，而仅仅靠电压和电流就能搞懂人的思想，纯属妄想。

我并不相信父亲，但父亲坚决不允许我再把锅或者金属丝帽戴在头上，说不需要脑电波监控仪，这副打扮就会害死我俩。我听从了父亲的话，取下了铁锅，整天躲在屋里昏睡。不过，我始终保持着一份警惕，哪怕是在睡梦中。如果有人闯进屋里来抓我，我就抓起放在枕头下的尖刀，从木窗翻出去，逃进太行山中。

我的脑袋一直昏昏沉沉，时而清醒时而糊涂。两三年的时间里，却也渐渐地不药而愈。父亲又说：“你还是把书本翻开，把高中学的那些知识拾起来吧，国家不会永远是这个样子的。纵观中国历史，总是乱治交替，而且周期都不长。也许你运气好，活得到治世来临的那一天。如果真有那天的话，我希望你不要辜负了自己的运气。”

是的，我不能辜负自己的运气，不能辜负少年时代就具备的舍我其谁的豪气。我听从了父亲的建议，开始悄悄温习功课。

后来的事情你大概都知道了，1978 年我考上了北京大学历史系，第二年父亲也平反了，回到了北京，补发了工资。1982 年我大学毕业，分到了社科院历史所工作。1989 年我到美国进行学术交流，那年父亲也去世了，既然了无牵挂，我干脆就留在了美国。

这就是我的故事。

“乌仁哈沁呢？”司空炬问道。

“她死了。”军师面无表情，“大学毕业后，我回过一次东乌旗斯格乌拉牧场，打听到她的情况。当时中国跟北方的苏联、蒙古国关系都非常紧张，因为她家是牧主成分，不适于再住在边境，被命令举家向南迁往巴彦淖尔。我进监狱不久，她家就在被监视的状态下搬迁了。那个时候，她已经怀上了我的孩子。

“迁过去没多久，哈沁就临产了。她不顾父母的反对，执意要生下孩子，结果难产而死。1985 年，我去过巴彦淖尔，在她的坟墓上痛哭一场，烧焚了她留给我的所有信物——除了你看到的这把马头琴。

“我前半生受苦太多，却有一个女人背负起了我所有的苦难。我后来没有结交过其他女人，是因为我有一个可笑的理论，我认为对一个女人来说，善良才是最大的性感。对于哈沁，我造孽太深，一切是非都是因我而起。所以，我把自己的名字也改成了王是非。

“我的话差不多就是这些，现在，该你来说说你对这轮融资的想法了。”

“可……可……可是，你的悲剧都是时代造成的。”司空炬结结巴巴地说道，“现在，整个社会通过互联网时代的信息解放，民主、自由的观念已深入人心，那样的悲剧永远不会再发生了。”

“你错了，造成悲剧的不是时代。”

“那是什么？”司空炬不解地问道。

“是人，是人心。”军师道，“其实，人心的邪恶就是一堆待燃的干草，只等人来点燃。

“我知道，你希望建立起一个庞大的读心平台，这会彻底改变整个世界的。互联网已经把这个世界变得面目全非了，它让这个世界变得飞快，让这个世界在 20 年走完了 200 年的路。关于慢的一切审美意趣，都被它破坏殆尽。它杀死了纸媒，杀死了出版，杀死了实体商铺，本身却几无建设，你说这是为什么？”

“不知道。”司空炬摇摇头。

“因为贪婪。这是人的本性。”王是非道，“你要搞的东西是什么？心电感应？

我帮你取个名字，人联网，对吗？它只可能比互联网的破坏性更大。而且大得多，其破坏性是呈几何级数增长的。”

“可是，我们的一切构想都是从建设性出发的。”

“建设性？”王是非哈哈大笑，“我只问你一个问题：当人的大脑都借助你的读心术连通之后，你考没考虑过，如何建立防护体系？如果没有防护体系，那是否就会像互联网上的裸机一样，在连通几分钟之后就会因病毒入侵而当机。可是你要明白，这是人脑而不是电脑。人脑的当机意味着什么？一个字：死！”

司空炬没再申辩，他知道，就这个问题再说一句都是多余的：“前辈远离尘嚣这么多年，看问题却这么透彻，真是难得。”

“我只不过很少再管那些具体事务了。要说远离尘嚣，倒也不尽然。虽然我住的地方不通车，但偶尔还是会坐直升机到洛杉矶的中国剧院去看场新上映的电影。”王是非道，“说到底，我依旧是一个脱离不了红尘的大俗人。”

送司空炬上直升机时，王是非跟他交换了联系方式，说了一句带有安慰性质的告别语：“以后你再到洛杉矶，我请你到中国剧院看电影。”在舱门要关上的瞬间，又补充道，“上帝为什么要拆毁巴别塔？想一想。”透过玻璃，司空炬看到，王是非正用右手食指在点着自己的脑袋。

B 轮融资失败，对司空炬来说还不是最坏的消息。在洛杉矶登上直飞蜀都的航班前夕，他接到桑中平的电话：陈亦然携带读心机的核心技术资料失踪了。

在候机大厅，司空炬死盯着手提电脑摊开的屏幕，长时间一动不动，像死去一般。屏幕上的那几行字，是他刚刚敲上去的，内容如下：

读心第二定律

无障碍的读心，是灾难性的。就像互联网上的电脑，若无防护程序，将很快因病毒入侵而瘫痪。故人心不可窥测，人性不可考验。

——王是非

第十八章

记者之死

弹哥死了，车祸。

那天晚上 11 点多，他驾驶着标致 206 正在路口等红灯，一辆运渣车从背后冲上来，刹车没刹住，直接从轿车车顶碾压过去。

在城市扩张、市政建设持续升温的年代，运渣车不知收敛、屡出车祸的消息不足为奇。不过，因为弹哥拥有记者这个特殊身份，车祸消息在微信上出现第二天早上，蜀都市民的朋友圈就开始疯狂刷屏。也许只是一桩普普通通的车祸，但很快就传成了记者曾勇斗不良开发商，揭露其违规用地，迫使其炸毁已建别墅，却惨遭报复的故事。当天晚上，消息已上了各大网络媒体和移动媒体的热点榜。

矛头直指桑中平。

颜安格心急火燎地冲进书房，将手机“啪”地一下扔在桑中平的面前时，他正在平心静气地打坐。

“出大事了，你还这么悠闲？！”颜安格气不打一处来。

桑中平扭头看了看扔在蒲团上的手机，依然慢悠悠地说道：“这事我已经知道了，之前有记者打电话来采访了。”

“你说了些什么？”

“我说公司将会就此事发布公告。”

“为什么不告诉他们这跟你毫无关系？”颜安格一把抓住他的胳膊，“你告诉我实话，这事跟你没关系吧？”

“玉泉山高尔夫别墅项目停工，是几年以前的事了，我要报复他，会等到现在吗？会等到我已经淡出房地产业，心通科技正在海外融资的关头吗？”桑中平神色平静，语气中却略带愤激，“至于我不想跟记者多说，是因为我知道他们都预设那个敲诈我的记者是正义化身，而我是邪恶的一方。他们都等着把我当作猎物呢。”

“可是，你不说话，大家更会把你当成嫌疑犯。”颜安格忧心忡忡地说道。

“公司公关部已经报案了，警方会还我清白的。”桑中平道，“反正他们本来就要找我去问话。”

桑中平的预测没错，第二天警车就开到流花溪来了。当警察按响门铃的时候，桑中平正陪着夏太平在品尝他刚带来的新茶。

“桑总，请你理解，记者谭强伟车祸的案子，需要你协助调查，希望你能配合一下。”为首的女警官非常客气，“能跟我们回一趟警局吗？”

“当然可以。”桑中平转身对颜安格和夏太平说，“我去一趟就回来。”

“这算什么事？我可以做证，这段时间我都跟桑总在一起，没见过他安排谁去杀人。”夏太平骂骂咧咧，“你们警察怎么这么蠢？事情都过去几年了，他那时不杀人，现在来杀？”

“你嘴巴倒是干净点！”女警官旁边的那个年轻男警有些忍不住了。

“怎么，你还不服气？”夏太平像只被撩拨起来的公鸡，“信不信我马上给你们局长打电话？收拾你们这种小警察，我有的是办法。”

“太平，你别闹了。”桑中平劝住了他，“这样的事情发生了，任何人都会往我身上联想，警察找我调查也是正常的。”

桑中平被带走后，颜安格送走夏太平就立即约了司空炬在咖啡馆见面。

“这事很简单。”司空炬道，“你拿我给你的读心机样机读一下，不就明白了吗？”

“你什么意思？”颜安格愤然道，“你是说那个烂记者是桑中平找人做掉的？”

“我可没这么说，我只是让你用读心机读一下。”司空炬一副不以为然的样子，

“等桑中平回来，你扫描一下他的大脑，不就什么都明白了吗？”

“桑中平有什么理由杀人？你能拿得出什么证据来？”

“我没说是他干的啊。”司空炬觉得有理说不清了，“我只是说，你读一下他的思维。不是他干的，你不就可以放心了吗？如果是他干的，你该举报就举报，也不用提心吊胆的。”

“你……你……没想到，你居然是个落井下石的家伙，枉我当初和你好过。”颜安格愤怒地起身走了，因为转身太急，将一杯咖啡横扫在桌上。

司空炬没有叫服务生来收拾，而是看着打倒的咖啡，苦涩地笑着，任凭它一滴一滴地砸到地面。这段时间可够倒霉了。海外融资眼看都走到了最后一步，却杀出个王是非。还没登机，又传来陈亦然卷走所有核心技术的消息。只是卷走也倒罢了，这家伙居然把服务器和电脑的系统盘格式化了，让这些年辛辛苦苦编制的“读心大词典”词汇化为零。这家伙吃错了什么药，变得如此心狠手辣？这不是他一向的风格啊！心通科技前路未明，法定代表人却又卷入了谋杀案。这是什么运气啊？人家说，事业失意就该情场得意，上帝总是会给予这样的平衡，可这情场……她毕竟还是向着自己的先生。

回到流花溪，颜安格也十分沮丧。丈夫被带走了，曾经的情人也被自己戗了一顿。她让桂姐倒了一杯白开水来，坐到廊芜下。颜安格发呆到天黑，又想起了司空炬的诸多好处，觉得有些内疚。虽然他说话得罪人，但无论如何都算得上是个痴情种子。想起来，事情的起因还是弟弟，因为这个不说话的孩子。

想到弟弟，颜安格一个激灵：对啊，读心机拿到手里这么久了，竟然没用来读一下弟弟，这原来就是为了他而发明的啊。

颜安格上楼取了读心机，没开灯，用手机上的手电筒照着，进了弟弟的房间。

孩子已经睡熟了，他呼吸匀称，脸上甚至散发出淡淡的光辉。入睡的人，不说话是天经地义的，他不用为自我封闭而内疚，可以恣意地沉浸在自己的世界里，像天上的星星那样不说也不动，安安心心地做一个“星星的孩子”。

颜安格把"耳机"——电极帽戴在弟弟的头上，他打着鼾，动也不动。读心机屏幕上幽微的蓝光在闪烁着，颜安格屏住呼吸，打开了软件。然而良久，画框里却什么也没有，像断了信号的电视屏幕一样，只有黑白的光点在乱闪。难道他真是一个白痴，脑袋里什么也没有的白痴？但公司里的人都说弟弟以前非常聪明啊。

图像渐渐显出，是些闪烁不断的光块，像砸碎的玻璃。难道这就表示支离破碎的思想？难道这就表示"精神分裂"？颜安格觉得自己的呼吸有些紧促。清晰一些了。是玻璃，也可以说是冰块。叠铺在水中，边缘锐利。这应该是他的梦境了。光线怎么这么暗啊？像是深夜里月光下的冰。

屏幕上的色彩，似乎稍亮。哦，不是亮了，而是有了对比，因为在黑暗的深处，出现了一个更黑的阴影。它走过来了，越来越近，越来越大，看得清楚是人形——该说"他"了。

他脚踏在冰上，或者说是玻璃上。开始有几绺暗红色的线条。它们流动着，互相交错，融合，吸收，越变越粗。是他的脚刺破了吧？颜安格眉毛上扬，两眼微微张开，最后用手捂住了自己的嘴。他不觉得痛吗？

然而，梦中的人是不觉得痛的，他满不在乎，继续踏着玻璃前行。

画面开始不断跳动，三五秒即停息，又恢复正常。

红线并不仅仅在脚底流动，而是在整个画面乱窜，甚至到了头顶，到了天空。随着线条变粗，颜安格的呼吸也越来越紧促，她听得见自己的心跳。

画面又跳动了几下，屏幕一片模糊。等到图像再清晰时，红色扩展，占满了整个画面。这是血吧，涂满天空的血？颜安格简直不能呼吸了，好像是空气越来越稀薄，又像是有一只手卡住自己的脖子。

接下来几日，颜安格继续扫描弟弟的大脑，从他梦境中搜集到的画面还有：

人的四肢生长在墙角。一只只手臂，一条条腿，似乎要抓住或者绊倒从旁边经过的人。

怪物在地上爬行。有着蜘蛛的毛茸茸的背，和猴子的长着利爪的腿，以及蒙面的人脸。

骷髅跳着舞。虽然没有表情，但从那丰富的肢体语言，却看得见它们心中的狂喜。

第十九章

还　债

桑中平被刑事拘留超过四个月了。颜安格给夏太平打电话，想让他出面找关系，回答永远是“你拨打的用户已关机或不在服务区”。想到桑中平被带走时夏太平的大包大揽，说要给那男警官两个耳光，还说让他们局长也吃不了兜着走，颜安格就不由得恨恨地骂道：“真他妈是个骗子！”

跟桑中平的刑事律师联系，对方却说：“桑总吩咐，对任何人都不能透露关于案件的情况。”

“任何人也包括我吗？”颜安格没好气地问道。

“是的，颜总。”

“这是什么意思，连自己的老婆也不相信？！”颜安格忍不住提高了音量。

“颜总，请您相信我的能力，也相信桑总的清白，他会平安无事的。”律师的语气礼貌而坚定，“如果没有其他事，我就挂电话了。”

颜安格简直要气疯了，又马上给邓总拨了过去。那边态度更好，语气极为恭敬——颜安格如果此时不是那么急躁，都能想象出邓总对着看不见的通话对象满脸堆笑、点头哈腰的样子。邓总似乎胸有成竹，大包大揽地说桑中平没事，很快就能出来了。颜安格想知道些具体的信息，却毫无所得，又发了一通火。邓总被逼急了，挤出了一句话：“颜总，您放心，一切都在把握中。”

一切都在把握中，什么意思呢？颜安格百思不得其解。

因为这件事心急如焚的，不止颜安格，还有司空炬。不过，他真正关心的倒不是桑中平的清白或安危，而是心通科技的走向。财务总监找到司空炬，说公司没有多少现金，账上的钱也不太多了，别说购买设备、提升技术，更别说买地建厂、实现量产，就连水电费和物业费都拖欠着。两个月没发工资了，员工开始陆陆续续离去。又过了几天，财务总监找到司空炬，说她也要请个长假，回家准备怀孕了。

按照心通科技成立时的章程，桑中平的投资由中正集团根据资金预算不定期地划拨，而心通账上的钱，超过 20 万则要由桑中平和司空炬共同签字才能从银行提出来。

难道心通科技就要这样倒闭了？可是，就在三四个月前，自己去美国进行 B 轮融资的当口，还是一派欣欣向荣的景象啊！员工们都铆足了劲，做好了公司上市的心理准备，甚至也许有人在计划着发了财换车、换房、买游艇、换老婆了吧。但转瞬之间，却变成这副样子：法定代表人关了，CTO 失踪了，财务总监回家了，技术资料失踪了，电脑格式化了，这些年来众人的心血化为泡影了。“难道这就是传说中的天亡我也？！”司空炬想起了古书上的英雄人物穷途末路时最爱说的这句话，不由得仰天长叹。

所谓“屋漏偏逢连夜雨”，这天早上，已经锣齐鼓不齐的心通科技被人上门逼债了。一群人手持钢管，包围了心通科技所在的写字楼。

司空炬每天上班很早，通常会提前一个小时，等员工陆陆续续到来时他已处理了好些事，即便公司处于风雨飘摇期间也不例外。这天早上，他刚走到写字楼下，还没有明白是怎么回事，就被围住了，只听得一阵乱嚷嚷——

“这就是心通的老板。”

“别让他跑了。”

“还钱来。”

“还我们血汗钱。”

抬眼一看，无数只手臂挥舞着钢管。钢管足有两尺长，其中的一端被切得溜尖。

司空炬强作镇定问了几句，才明白这是一家乙方公司——给心通供货的通信设备商的员工，心通欠了人家两百多万。这笔设备费本来已经在走流程，只待桑中平签字就可以付款了。但就在这当口，他被刑事拘留了。

“大家不要着急，这笔钱一定会给的。”

“不着急，你说得倒轻巧。”

“我们要等着吃饭。”

“还我们血汗钱。”

又是一阵乱嚷嚷。

突然，司空炬觉得脖子一紧，原来是被一双大手揪住了衣领。用眼角的余光，司空炬看到，揪住自己领子的是一个光头，从T恤衫袖套的下半截露出一截青色的文身来，图案是一把带环的斧子。

“尽快，我会尽快处理的。”司空炬道。

“浑蛋！”光头一个耳光劈头砸来，打得司空炬眼冒金星，“什么叫尽快？到底哪一天还钱？”

“一周之内吧。”司空炬嗫嚅道。

“老七，松手，让他上去。”一个眉毛粗大、眼神阴鸷的人上前，对光头说道。光头用钢管的尖梢抵在司空炬的下颌，狠狠地说：“一周之内不还钱，就从这里给你捅进去。”

司空炬走进大厅，只见物业的保安迎上来：“司空总，您没事吧？我已经报警了。”

司空炬无力地摆摆手，走向电梯间。到了办公室，没来得及喘气，第一件事就是给行政总监打电话，通知大家放假一天。坐在办公桌前愣了半天，摸着下颌处的灼痛，忽然觉得有些蹊跷：那些通信设备公司的销售总监和销售人员自己都见过，即使说不上文质彬彬，但也都是些衣冠楚楚、举止得体的人，是从哪儿跑来了这么一群恶煞？

又过了几十分钟，司空炬从窗边往下看到，楼下停了一辆警车，但围着的人依然没有散去，给那个保安打电话询问，保安说："警察只来了两个。而且人家说了，对于这种欠薪的案子，警察的职责就是维护现场，保证不发生打人、伤人案件。他们还说，如果打起架来，就抓人，但只要没打架，这些人他们也没办法。"

司空炬放下电话，心想：这栋写字楼里还有其他单位，大家都不能正常上班，一定会怪罪心通科技的，不过现在也顾不得这么多了。

第二天，司空炬没上班，也让行政总监通知所有员工暂时不要去。正在租住的高档公寓里继续这段时间的日常功课——发呆，突然接到了冰冰打来的电话。

冰冰编制在中正地产，并不在心通拿工资，但因为是桑中平的贴身秘书，时常代表桑总发布指令，司空炬和她也有过接触。在桑中平人间蒸发的时节，冰冰却打来电话，让司空炬仿佛溺水者抓住了一根稻草。

冰冰已经知道心通被逼债、司空炬被打的事了，在电话里款语温言地安慰了一番，让司空炬颇为感动。冰冰又问，有没有什么需要帮忙解决的？"有！怎么没有？！有太多了！"司空炬的声音近乎吼叫，"想尽千方百计也见不到桑总，甚至等不到他的一句话，公司都快要倒闭了，我又能怎么办？！"

冰冰在电话那头，安静地听了十多分钟，让司空炬任性地发泄着心中的委屈，直到他终于说："我的话就这些。公司垮不垮，只能听天由命了。"

"公司不能倒，项目不能停。"话筒里传来冰冰冷静又坚决的声音，"我可以负责任地说，我是在代表桑总表这个态。现在心通账上还有多少钱？"

"大概三百多万。"司空炬听到冰冰说自己能够负责任地代表桑中平，一下子觉得心安了。

"这些日子辛苦你了。"冰冰的声音异常温婉，"让公司平稳地撑过困难时期才是最重要的。我想不妨以放假的方式先遣散员工，其间可以给他们发一定的生活费用。心通科技的凝聚力这么强，等桑总出来，重挥大旗，他们也一定会回到麾下的。那家设备公司的钱，可以先支付了，不要让这件事把公司名声搞坏了。这是桑总的意思。"

“可是，没有桑总的签名，账上的钱是取不出来的。”

“OA 流程里有桑总签名的扫描件，我这里有密码。我等会儿给财务副总监打电话，先把这笔钱提出来支付了，反正这钱本来也是要付的。”

“这样做……好……好吗？”司空炬有些犹疑，“桑总会同意吗？”

“我负责任地说，我代表桑总。”冰冰的声音像冰一样冷静，又像石头一样让人安心。

放下电话，司空炬才发现，自己一直忽略了桑中平身边的这个贴身秘书。这其实是一个万里挑一的美女，但她太低调了，总是小心翼翼地隐藏着自己的光芒。司空炬分析了一下自己的心态，忽略了这样的女人，其实也是有原因的。尽管冰冰总是轻声细语、微露笑容，但她那光洁高凸的额头和高隆挺直的鼻梁，却隐含着一种极度强硬、绝不屈服的感觉。司空炬不自觉地拿她和颜安格对比：冰冰更漂亮，格格却更文艺，不管怎么说，更合自己的口味吧。

逼债事件产生了极大的震慑，再一次狠狠打击了心通员工的士气，司空炬被尖刃般的钢管抵在脖子上的消息，被物业保安添油加醋地传播，让众人心惊胆战。越来越多的员工找到司空炬，说他们也要走了，毕竟都有家要养。

事到如今，暂时关闭公司、遣散员工似乎是顺理成章的事了。司空炬叫来财务总监，取出了账上所有的余钱，再一次在钢管的威逼中把两百多万现金转给了通信设备公司，并将余钱按原薪水比例支付了员工的部分工资。

做完这些，司空炬亲自为公司大门上了锁，并贴出了放长假的告示。

司空炬掏钱请大家吃了顿散伙饭，不少人热泪盈眶，说如果心通科技东山再起，只要扯着嗓子吼一声，他们不管在什么地方，都要放下手中的事，再来跟着桑总和博士干。司空炬疲惫地摆摆手，说：“听候上天的安排吧。”

第二十章

舞蹈的刀

颜安格处于前所未有的孤独之中。桑中平还在监狱里，没有任何下落；司空炬因为心通科技近期一系列的挫折，情绪极为低落，不见任何人。

闲得发慌的颜安格，不时会回忆起她和这两个人相处的点点滴滴。

桑中平留给颜安格最初的印象，是工作上的，一个生意做得很大，为人却很宽厚的老板而已。而第一次打动她，让她觉得自己和这个男人之间可能会发生些什么事，是缘于他跟亡妻、儿子的那张照片。

有一次，陪桑中平接待客户之后，桑中平送她回家，到了自己租的单身房间楼下，颜安格出于礼貌问道："桑总，上楼坐坐？"

"不了，我还要去看儿子呢。"桑中平答道。

"这么晚了，他早睡了吧？"

"是的，但是白天我没有时间，公司的事太忙了。"桑中平说这话的时候，有些伤感，"就看他一眼吧，我不会叫醒他。"

颜安格刚到公司上班不久，就听老员工说过：桑中平的妻子死于一场意外的车祸。从那以后，桑中平因为工作忙，很多时间都在办公室里住。家里就只有儿子和保姆。

送走桑中平，躺在那张窄小的单人木床上，颜安格回想起刚刚桑中平提起儿子时脸上浮现出的柔情，觉得心里好像被什么东西拨动了一下，又一下。唉，这个人，做出了这么大一番事业，好像还是有很多难处。但是他又把一切都藏得那么深，像一口深不可测的古井。

颜安格到中正地产上班不久，或许是因为人长得漂亮，性格又好，招人喜欢，桑中平接待公司重要客户时常会带上她。每次结束后，都是桑中平开车送她回去。有一次，到了楼下，颜安格突然说："别停，到你家，我想看看你住的地方。"

车开到了流花溪，桂姐惺忪着睡眼出来开了大门。

"我能到你的卧室里坐坐吗？如果没有什么秘密的话。"颜安格问。

"哪有什么秘密。"桑中平把她带到了自己的房间，然后反手拉门出去，"我先去看一下弟弟——哦，这是我儿子的小名。"

同第一次到他办公室一样，颜安格心里只冒出了一个字："大"！跟办公室一样，沙发大，茶几大，杯子大，那个烟灰缸足足有一个花钵那么大。紧跟着，颜安格心里说出了第二个字："乱！"

被子扔在沙发上，看得出主人经常在沙发上睡觉。沙发上还堆满了书，其中的一些封皮卷得不成样子，可见主人在阅读疲倦的时候，经常将它们当成枕头。书桌上、床上，也都乱七八糟堆满了书。房间里甚至有一股味儿，这大概就是男人味吧，颜安格竟觉得自己有些莫名兴奋。

屋子里看不出一丝女人的痕迹，除了桌子上女人的照片。这肯定是已经死去的妻子了，颜安格想。那女人也不过三十出头的样子，脸稍微有些胖，倒显出十分风韵来。公司里的人都知道，桑总和太太的感情特别好，在外面出差，口袋中都揣着太太的照片。以前的桑总，也是衣冠楚楚，从头到脚一丝不苟。但太太出事后，他好像变了一个人，从以前的开朗变得沉默寡言，而且不修边幅，只是在出席重要场合的时候才去吹个头。

"怎么不坐？"这时桑中平进来了，"站着干什么？"

"你房子里真乱。"颜安格说，"怎么不让保姆收拾收拾？"

"我从来不让其他人到这间屋子里来，你是第一个。"

"为什么？"

“我觉得我太太的灵魂还在屋子里，我不想别人进来打扰她，也怕她吓着了别人。”

“那你为什么让我进来？”

“我相信我太太也会喜欢你的，她不会吓你。”

“是吗？我帮你拾掇拾掇吧。”颜安格说着，就从身边的沙发上开始，她不会想到，不久以后，她就是在这张沙发上倒在桑中平的怀抱中，任他的双手抚遍自己的全身，成熟男人的技巧让她如痴如醉。

这之后没多久，颜安格就成了这栋别墅的女主人。爱情来得非常突然。成熟的男人有一种特别的吸引力，他的睿智、通达和沉着会让女人的迷恋经久不衰。二人结婚以后，还是住在流花溪，只是另外选择了一间房间作为新房。反正房间多的是，颜安格还有了自己的画室和会客厅。桑中平和他前妻的房间被永久锁上了。

因为那个不会说话的儿子——弟弟，颜安格被桑中平激荡起了心中一圈又一圈的涟漪，最终成了他的妻子；也正是因为弟弟，命运之手又把司空炬摆放进了她的生命轨迹之中。颜安格承认，最初，她只是想利用他，用他的专业知识来治好弟弟的病，成就自己的家庭。但阴差阳错，让她发现了，在他那木讷的理工宅男形象之下，隐藏着一颗浪漫的心。原来，小说和影视作品中屡屡出现的科学怪人就是这个样子的啊。他们从来不是感情冷漠，比普通人脑袋里少一根弦的人。之所以说他们怪，是因为他们的脑子里有着一些普通人缺少的东西吧。出轨，是我的错，但谁叫他那么诱人呢？

从大学毕业到现在短短的几年，颜安格的生活之流，就好像从平原流进了峡谷，不再平静舒缓，突然变得汹涌湍急，一个接一个的浪头让她兴奋得惊叫狂呼，却又击打得她气都喘不过来。两个男人，像两股方向不同的激流，扭动着她，撕扯着她，终于形成了一个巨大的旋涡，拽着她，沉向深渊。

桑中平回家了，在弹哥出车祸大约半年之后。

那天夜里，他俩之间那久违的激情回来了。狂风骤雨之后，颜安格趴在桑中平身上，问：“这176天，你想我吗？”

“当然想。”桑中平腾出一只手来，捏捏她的脸。

“想弟弟吗？”

“想。”

“那想弟弟的妈妈吗？”

“你怎么会问起这个问题？”桑中平犹豫了几秒钟，叹了一口气，“有时想。”

“跟我说说她。”

“嗯……”桑中平陷入了长时间的沉默。

“你们不是感情很好吗，怎么你不愿意谈谈她呢？”颜安格道，“你放心吧，我不会忌妒，我跟她又没有什么利益冲突。”

“感情好只是表象。”桑中平起身点了一支烟，“当然两人也好过，不然不会走到一起了。把她和弟弟接来之后，我才发现，四五年的时间不在一起，两个人的差距已经变得很大了。我想的我说的她听不懂，也不感兴趣，家里是长时间的冷漠和无休无止的争吵。所以很多时候，我就干脆睡在办公室。”

“怎么会这样啊？！”颜安格十分诧异。

“当然，在外人面前还是挺好的。曹国英是个要面子的人，我也不想被人说三道四。”

桑中平的亡妻曹国英是他中专同学，上学时二人开始恋爱，毕业后一起分配回了家乡。后来桑中平在外闯荡，她则留在家里。直到弟弟两岁多，桑中平的生意也渐渐做得很大，才买了流花溪的豪宅，把母子接到身边。在一个男人有了钱就换老婆，女人换了老公就有钱的时代，桑中平一直是身边众人口中注重家庭的好男人楷模，是公司员工包括当时的颜安格心中的偶像。今日亲耳听见他说出这番话，颜安格不由觉得世界观又被刷新了一遍。

看到桑中平无情无绪的样子，颜安格只得讪讪地说了一句：“睡吧。”然而，待到桑中平低沉均匀的鼾声响起，她却依然在黑暗中瞪着双眼。又过了好一阵子，她从床上起身，摸索着，轻手轻脚地走到梳妆台前，拉开抽屉拿出了读心机。又轻手轻脚走回床前，坐到桑中平身边，按下了开启的按钮。

屏幕上一阵乱闪之后，黑暗中，最先看到的是一个血红的屏幕，除此之外什么也没有。第二代读心机，模仿了数码相机的屏幕，同样有表示广角的 Wide 键和表示长焦的 Tele 键。颜安格试着按了按 W 键，一个女人的头像出现在血泊中，面色苍白，双眼紧闭。这面孔颜安格觉得似曾相识，但又说不出是谁。她继续按动 W 键，头像便向后退了一大截。这是一个躺着的女人，什么也没穿。

颜安格差点惊得跳了起来，倒不是因为这个女人没穿衣服，而是因为这女人从颈部以下到腿部以上都是空的。原来，这女人的胸腔、腹腔都被剖开了，里面什么内脏也没有。颜安格想逃离这画面，但脚是软的，心也是空的。她一步也动不了。

“这不是真的，不是真的。”她对自己说道，“这不过是一个梦。”

她有些好奇，但更多的是惊悚。她想关掉读心机，不过，好像身体不由自己控制一样。颜安格抬不起自己的手，只好接着看下去。

那女人坐了起来，眼睛还是没有睁开。她抓过一把刀——在她身体的左边正好有一把刀，她是用右手将刀抓起来然后舞动的。

她第一刀就割在自己的脖子上，将头颅割了下来。

然后她的刀又从颈部的断裂处向下，竖着将自己划成了两半。而刀并没有停下，继续将自己的右手——拿刀的手，从肩部砍了下来。

她的右手像疯了一样，在空中跳动着，拼命地向身体其他部位砍去，狠狠地，直到将它们全部砍成碎块。

然后，它在空中跳着舞蹈，将自己砍成一截截的。

最后，只剩下一把刀，在空中旋了几个圈，掉落在地。

“当”的一声，颜安格手中的读心机几乎同时掉落在地，昏厥过去了。在沙发上过了后半夜，迷迷糊糊之中，她默念着一句话：“如果我不打开读心机的话，这时候我还会睡在老公身边。”

清晨，桑中平起床了，看到颜安格睡在客厅里，有些吃惊，不过也没有多问，而是匆匆地穿上衣服，出门了。

“还不到八点就把我叫醒，就是为了让我解梦啊？你又不是不知道，我是夜猫子。”司空炬慵懒的声音，让颜安格能想象出话筒那边他睡眼惺忪的样子。

“该起床了，我的弗洛伊德。”

“你也知道弗洛伊德啊？但我敢打个赌，你肯定不知道，当年弗洛伊德在维也纳为贵妇人解梦，一个梦收一百克朗，他赚了好多好多钱。”司空炬嘿嘿地笑道，“我粗略地算了一下，一百克朗的购买力差不多相当于今天一万元人民币。看来，我要在你身上发笔小财了。”

“没心思跟你开玩笑，我是正经事。要见你！”颜安格道。每次，当她这样说的时候，司空炬总是会收起吊儿郎当的表情，此时他果然说道：“把地址用微信发给我，我抹一把脸就出发。”

在他们每次见面都去的那个咖啡厅里，听完颜安格讲述的梦境，司空炬沉默了小半晌，道：“你是想把这个梦……跟那个记者的死联系起来？”

“是的，这些日子我一直不踏实。虽然桑中平向我保证，他绝不会，也毫无必要去做这种事，但不知为什么，我再也不像以前一样相信他了。”

“所谓‘梦是日所思’，总体说来，梦是人心理活动的综合反应。但是，人哪怕睡着了，潜意识也不会彻底放松，还是会充当思想的检察官，尽管不像清醒时那么强而有力，但人的思想依然会通过梦境表现出来。当然，这种表现往往会变形，扭曲，或者重新组合。”司空炬道，“所以，仅仅是靠这样一个梦，我真还不敢断定桑中平跟那个弹哥的死有关。”

“那能证明无关吗？能证明，我就放心了。”

“也不能。初中数学就讲过，一个定律的逆定律不一定成立。”司空炬道，“做了一个情绪这么强烈的梦，我只能证明：你家的那位，近期心神不宁。对了，他都出来了，公司给员工放长假的事，我还没向他汇报哩。”

“一大早就出去了，像被鬼撵了一样。唉，”颜安格叹了一口气，“这个家里就没几天安生日子。”

“你说，梦里挥刀砍自己身体的是个女人，”司空炬似乎想起了什么，“你能记得那女人的相貌吗？”

“记得，特别清晰。好像很熟，但我回忆了很久，的确不曾在现实生活中见过她。”

司空炬不说话，一直把玩着手中的咖啡杯，突然问道：“她跟弟弟像吗？”

“啊！”颜安格吃惊地叫道，“你怎么能这样想？”

“你说‘这样’，”司空炬很无辜的神情，“但我说过我怎么想的了吗？”

“嗯……照你这么说，那女人真的有一点像照片上弟弟的母亲。我怎么一直没有把这两件事给联系起来？”颜安格一边搅动着咖啡勺一边推算道，“从时间上说，弟弟患病和他母亲出事的时间很相近——都是在四年前，但谁先发生，先发生多久我不知道，也没有探究过二者之间的联系。”

“但是，你的潜意识已经告诉你：你意识到了，而且，觉得它们之间联系重大。否则，你就不会反问我怎么能‘这样’想了。你所说的‘这样’，其实正是你想的。”

“啊——”颜安格很吃惊，却没有反驳，“如果我们假设这是弟弟的母亲……”

“他母亲是出了什么事？”司空炬问道。

“当时我还没到公司，据说是车祸。”

长长的沉默。

“你在想什么？为什么不说话？”颜安格问。

“我想到了一个问题，但不知道能不能说？”司空炬显然有很大的顾虑，“你知道，桑中平是我的情敌，我不愿意你认为我是在诋毁他。”

“说吧，无论说什么，我都不会怪你的。”

“我要对桑中平前妻的死因提出怀疑。从心理学的角度分析，弟弟的自闭跟他母亲的死有着不可忽略的联系，我认为……”

“真可怕！”颜安格叹息道，“但是……我愿意相信你的分析。我真的想搞明白这件事情。”

“那应该重新调查他母亲的死因。”司空炬道，“看来我不仅是心理医生，也是发明家和创业者，现在又要做一个福尔摩斯了。”

第二十一章

羌　寨

公路两边的大山延绵不断。很显然，车是在两岸高山的深峡之间蜿蜒前行。因为处在高寒地带，山上几无植被，零零星星的草聚集在一起，就像是人的光头上留了几绺非常短小的辫子。

“我是头一次长时间看见这么大的山，这么粗犷的景色。”司空炬一只手把着方向盘，另一只手指着眼前似乎要压过来的大山，“我老家也是山区，不过是低丘陵地带，哪怕到了冬天也绿意盎然，不像这样荒凉。生活在山里，我上学后就有着一定要考出去的强烈愿望。我猜，在这儿生活的人，特别是上过学的，恐怕内心深处都会有一种渴望，想要飞到外面去吧。”

“但是，你有没有觉得，这里的一切虽然都是大号的，有些时候，却也会出现一道非常小的风景，比如我们刚刚经过的那片浅滩。水流在这里慢了下来，在碎石上溅起一朵朵非常秀气的浪花。”坐在副驾驶上的颜安格道，“我倒非常喜欢这里，离天那么近。我们是在汶川分路，往西走到这儿来的，如果在路口继续向北，就是去九寨沟的路，会经过一座叫松潘的古城。我每次路过，都想在那里停留下来，买些颜料、画笔，画上个三年两载。”

司空炬和颜安格此刻正在从蜀都去往四川西北部羌族聚居区理县的路上。单听这对话，也许会以为是一对情侣正外出旅游，而实际上，他们正在做的，是调查桑中平亡妻、弟弟的生母曹国英的死因。在出发之前，司空炬已找到交管部门的朋友，查看了当年的交通事故报道。报告显示：四年前的2月27日，曹国英驾车由东向西行驶在理县桃坪乡，转弯时被一辆迎面而来的车子撞下了悬崖，因颅内出血而死。

随即，颜安格又在家里翻出了桂姐带弟弟去看医生的病历，是当年的4月5日。也就是说，弟弟在他母亲去世以后，不到两个月就出问题了。当看到这份病历的时候，一股凉气蹿上了颜安格的脊梁骨。

无论如何，背着丈夫来调查他亡妻的死因，颜安格颇有负罪感。但是，有什么办法呢？命运在我的生命之绳中打了一个又一个死结，只有我自己来将它们一一解开。而与颜安格的摇摆相反，这些线索以及查询交通事故档案时发生的事，却让司空炬更加坚信了自己的判断。

用“曹国英”作为关键词查询，朋友在电脑上调出了事故处理档案。司空炬看到了事故现场照片：一辆三菱越野车四仰八叉地躺在道路下方数十米的浅滩上，车子右前方凹了一大块，引擎盖翘了起来，前挡风玻璃已成空框。尸体就摆放在车子旁边，脸部血肉模糊，难以辨认，但法医做了鉴定：死者的DNA分析和曹国英身份档案上登记的相符合。

“我想起来了，这份材料当时也是我归的档。”朋友说，“死者是个富商太太，这事当时还有些轰动。”

“撞她的车呢？”司空炬问道。

“逃逸了，那条路上几乎没有监控设备。”朋友神情有些变化，“这个曹国英真的是你亲戚吗？你查她的资料干什么？”

“真……真的是。有乱把死人认成亲戚的吗？”司空炬心里一颤，随即就恢复了平静，“是我妈妈的表嫂的女儿。她妈妈这一两年有些缺钱，觉得保险赔偿得不够，打算再争取一些。”说完，掏出手机，想把电脑上的画面拍下来，却被一把摁住了。

“不能拍。”朋友似乎有些翻脸了。

“怎么了，我打电话时你不是说随便拍吗？”

“这个案子水有些深。”朋友表情严肃地说道，“这件事，只能有你我两个人知道。”

“放心吧，保险公司不会找你的。”司空炬告别朋友，走进楼道尽头卫生间里的一个隔间，关上门，掏出笔，把能记得的重要信息都匆匆地记在一张百元钞票上。

司空炬继续查访当年接触过该案件的相关人士，但就像有人在跟他开玩笑似的，本案法医和交通警察都早已离职了，而且没有人知道踪迹。关于那个交警，他的前同事倒说了一句：“这家伙发财了，前几年中了彩票，到甘肃那边做生意去了。”

眼看线索要中断了，颜安格说：“算了，不查了。我回去过我的日子，你继续搞你的研究吧。”

“不，我们到案发当地去。”司空炬道，“说不定能找到些蛛丝马迹。”

“你开玩笑吧？蜀都到理县，近两百千米，我们沿路找？”

“不用。曹国英出事的地点是在理县桃坪乡，她去那里干什么？可以推想，百分之九十的可能是旅游。理县有什么著名的景点？毕棚沟和桃坪羌寨。以她这样一个并不时尚的女性，独自一人跑到毕棚沟滑雪，概率不大，而桃坪羌寨就在桃坪乡，我们应该去看一看。”司空炬道，“弟弟的自闭，困扰了你那么久，你难道不想知道是为了什么吗？”

沉默了好一阵子，颜安格说：“好吧，最后一次，不管有没有结果。”

目的地到了。

桃坪羌寨不大。它前临杂谷脑河，背倚大宝雪山，就在河与山之间，这块高原地带难得一见的狭长平地上，几十座灰黑色的碉楼像利剑一般，直刺天空。说是平地，也只是相对于它背后的高山而已，整座寨子其实是顺着山势向上延伸的。

司空炬和颜安格停了车，找到了入口。

五月的阳光正好，透过树影和高大碉楼的空隙洒在狭窄的巷道里，产生了一种迷离的光影效果，难免让人生出恍若隔世之感。除了自己，在整个古堡里，司空炬和颜安格没见到一个人。连接碉楼的平房和围墙上，大门紧锁。

“你说这里面住的人都到哪儿去了呢？”颜安格抚摸着堆砌成碉楼的黑色片石，问道。

“天气这么好，或许都下地种青稞，或者放牛放羊去了吧。”司空炬道，“以前读古诗，读到王维的‘斜光照墟落，穷巷牛羊归’，就有些不解，乡村里怎么会有巷子呢？虽然诗里写的是汉人住的地方，但到了羌寨，我就明白了。”

“乡村里怎么会没有巷子呢，不就是城市的简易版吗？房子之间的空地就是街巷啊？”

“在我们老家农村，这一家跟下一家相距几百米哩。哦……我明白了……”司空炬恍然大悟，“这里可供修房子的平地很少，人们要靠水而居，又要抵御外敌，所以要住在一起吧。”

说话之间，只见前方十数米前的弯道处，拐出来一个穿着青色长袍、黑色裤子，梳着发髻的女性。

“快，手机给我。”司空炬对颜安格道。

“干吗？”

“把曹国英照片调出来。”司空炬不顾颜安格的白眼，接过手机，大步走到那位羌族女人面前，问道，“大姐，请问你见过照片上这人吗？右边那个，女的。”手机屏幕上，正是颜安格第一次到桑中平家里时，见过的桑中平夫妻与弟弟的那张合照。

“没有。”羌族女人摇摇头，有些疑惑地问道，“为什么要找她啊？她不在了吗？”

“是的，她几年前到这里来旅游过，后来就不见了。”司空炬道，“你再想想……对，就是这里地震前一两个月。”

“真没见到过。”女人又想了想，抬起头打量了一下司空炬，“她是你姐姐吗？”

司空炬一愣，笑了，随即指着颜安格说：“是她姐姐，也算是我姐姐吧。”颜安格又是一个白眼。

“姐姐不见了，那可得好好找找。”女人道，“我这会儿有点急事要到县城，你们先到我家里坐一坐，晚上我回来了，带你们到余德前家里问一问。”

“余德前是谁啊？”颜安格问道。

“哦。他是我们村长，以前世世代代都是这里的土司，他见识广，办法多，家里来来往往的人也很多。到他家里去，说不定就找到了。”

“你们羌族也是汉姓啊？”司空炬问道。

“我们有汉族姓名，也有羌族人自己的名字。那个余德前，他的羌族名字是露佛基，意思就是白石头。”

二人感激不尽，跟着女人到了家里。女人安顿好他俩，就要出门，颜安格指着一道门问：“这是通向碉楼的吗？”

“是的，你们随便参观。小心点，别摔倒了。”羌族女人一边说，一边出门去了。

女人一走，颜安格就邀司空炬一起去爬碉楼，司空炬坐着没动，说：“你自己去吧，我理一理思路。”又补了一句和羌族女人一模一样的话，“小心点，别摔倒了。”

将近半个小时，颜安格下来了，还没落地，站在一整根木头做的楼梯上就兴奋地对司空炬说道：“我数了，有七层哩。真的像旅游攻略上说的，窗口是射击用的，里面大，外面小。”看到司空炬没搭理自己，又不禁埋怨道，“你就像根木头一样，也不晓得来接我一下。”

司空炬走过来，扶着颜安格下了楼梯，道：“休息一会儿，保存体力，晚上还要继续调查。”

“你这人怎么这样煞风景？！”颜安格有些气恼。

“我们是来破案的，不是来旅游的。”司空炬冷冷地说道。

夜间，司空炬和颜安格跟着羌族女人走进余德前家的大院时，里面正饮酒欢歌。声音高低应和，回旋婉转之中似又有慷慨激越之意。昏暗的电灯光下，一大群男人正围坐着，边唱边传递酒碗。

看到有人进来，一个男子站起身来招呼。借着灯光，看得出男子有四五十岁，个子不高，但眼中闪着精明的光，想必就是村长余德前了。带司空炬和颜安格进来的羌族女人忙迎上去，说："余村长，他们两个来找人。"

"找啥人？"

"找姐姐。"

"哪里来的？"

"省城来的。"

"坐下嘛。喝酒，明天帮你们找。"余德前转过头来，用语速流利但语调却有些生硬的汉语对司空炬说道。

"不坐了，我们办完事，还要回这位大姐家里去休息。"司空炬道。

"坐下，坐下。喝了酒就在我家里睡，我家的楼有九层，比她家还好，她家的只有七层。"

大姐也笑了，对司空炬说道："喝吧，酒喝得爽快，余村长帮忙才爽快。慢慢喝，我先回去了。"

司空炬无奈，只得和颜安格交换了一下眼神，相继坐下，端起了酒碗。第一碗先敬了余德前，然后跟在座每个男人对干了一碗。好在司空炬本身酒量尚可，这青稞酒是第一次喝，却也对胃口。七八碗下去，虽然有些醉意，也还能把控得住。

大概是因为酒喝得的确爽快，过了一阵，余德前主动问道："你那个姐姐是怎么回事？"

司空炬连忙从颜安格手中要过手机，调出曹国英的照片，递了过去，又简单讲了一下情况，说姐姐在桃坪旅游，后来就失踪了。

余德前盯着照片看了一阵子，终于摇了摇头，说："没见过。"又把手机递给身边的男子。传了一圈，也没一个人说见过。

“会不会遇上地震，车子被埋了？”余德前道，“不过，绝对没有埋在寨子里。我们羌人的房子，一千多年了，从来没倒过，再大的地震也没倒过，结实得很。”

如果你们都没见过，那就证明我的推断是正确的。司空炬伸手抓起了一大片腊猪肉，说：“我也听到一种说法，说可能是出了车祸，车子被撞到岩下去了。”

“大地震前，我倒是在岩下见过一辆车子，我那会儿正赶羊从那边路过。”坐在颜安格旁边，一个脸上堆了不少皱纹的男子接嘴道。

“什么车？”颜安格问道。

“越野车，三菱嘛。这车子跑得快，我们高原上喜欢得很。”

“那女人长什么样子？”

“看不清，摔得血肉模糊的，可怜呀。”男子的口气随即变得自豪起来，“还是我赶着羊去报的案。”

“你还看到些什么？”

“还有个男的。”

“男的？！”颜安格无比惊愕，不由得抓紧了坐在另一边的司空炬的手。

“那天我还以为撞到鬼了。”那男子道，“一个男的，穿件黑色衣服，蹲在地上，车子就翻在一边。看到我来了，站起来就走，跑得飞快。我赶了一群羊，怎么追得上他嘛！”

“那男人长得什么样子？”司空炬问。

“不好看，瘦得像个死人。”满脸皱纹的羌族男子答道。

颜安格没说话，抓起司空炬的手，在上面写了起来。第一笔，竖；第二笔，横折；第三笔，横。两个字写完，司空炬已经知道答案了——哑巴。酒桌上，有黑黢黢的东西在晃动，颜安格抬头一看，发出一声尖叫：“啊——”

“怕啥子，那是熏猪肉。”余德前道。

司空炬抬起头一看，果然，四五条已被剖开的猪从屋梁高处悬吊下来。每条都有一米多长，一尺来宽，奇的是，猪的耳朵、尾巴俱在。从下往上看去，猪们似乎正以一种奇怪的姿势向屋顶奔去。

“这是我们羌人的年猪。有头又有尾，讨个吉利。”看着司空炬脸上也有些惊骇的神情，余德前哈哈大笑道。

“她累了，我也喝不动了，我们去休息吧。”司空炬道。

“你这汉族小伙子，酒量不错。”余德前一边说，一边站起身来，“我带你们去睡吧。”

余德前把二人带上了四楼，指着屋角说：“五月已经不太冷了，没烧火盆，那里有被子。”

“这房子没有门吗？”司空炬问道。

“我们羌人的房间都没有门。不过你放心，没有人，你们两口子随便怎么睡。”余德前说完，转身下了楼梯。

司空炬还在发愣，颜安格却双手搂住了他的脖子，脸凑上来，激烈地吻着。司空炬一把将她推倒在地上，压了上去。

桑中平，你为什么要这样干？这都是为了什么？为了什么？！颜安格迎合着司空炬的冲撞，泪却从脸上流了下来。

“哦呜呵吁哒咖哈哦呵——”楼下传来浑厚的羌族男人的声音。

第二十二章

常青陵

“啊——不——”像最近的许多个早晨一样，颜安格又是在噩梦和浑身大汗中醒来。

“格格不怕，我在哩。”说话的是司空炬。他正在浴室里刮胡子，听到颜安格在梦里的惊叫，赶忙奔到她身边。

从桃坪羌寨归来后，颜安格就再也没有回过流花溪。她实在没有办法再和桑中平睡在一起，和一个梦境里有着满屏幕满屏幕鲜血，有着握刀疯狂砍切场面的男人同床共枕。

“你搬出来吧，在我这儿住，住宾馆也行。不要再住在那儿了。”司空炬说，“只要离开了那个环境，再在我这儿做三个疗程的心理治疗，你会康复的。”

“我真的撑不住了。”颜安格泣不成声。

就这样，颜安格搬进了司空炬租住的公寓。她甚至不想再听到桑中平的声音，没给他打电话，也没有发微信，只是通过短信告诉他，自己要在外面旅游一段时间。桑中平没有打电话来，也只是通过短信说了句：“旅行愉快，在外注意安全。”

这种冷漠的态度，这种即将决裂的夫妻之间的默契，反而让颜安格如释重负。

“今天要去常青陵吧？”此时，在司空炬床上醒来的颜安格问道。她口中所说的常青陵，在蜀都市南郊，是桑中平亡妻曹国英墓地所在。

“我收到但蒙的短信，她生病了，在东郊租了间房子养病，说想见见我俩。不过，看你这状态，还是在家休息好，我一个人去。”下巴上还留着一圈白色剃须乳泡沫的司空炬说，“嗯……我明天去常青陵，白天还是在家陪你吧，晚点去。天黑了才好办事。”

在蜀都，东郊是一个专有名词，特指十多平方千米的土地上，数百家大型电子、机电企业搬迁后留下的废墟或者遗址。东郊兴盛于20世纪50年代，来自五湖四海的人会聚于此，从修厂房开始，建起了数百家大中型国企。这些企业大多是“一五”规划中苏联援建的军工项目，对外一律以信箱号码代称。厂子都很大，有自己的幼儿园、小学、中学，电影院菜市场，完全是一个小社会，不出厂门几乎就可以解决生老病死的所有问题。有了这些，厂里员工多不与外界交往，有着强烈的优越感。

到了20世纪后期，当年的天之骄子逐渐落入凡尘，大多企业亏损严重，要么关停并转，要么跟随城市规划，从已经变成繁闹市区的原址迁到附近的郊县。十来年的时间里，这一地区迅速破败。大量的厂区卖给了房地产商，用于修建商品房；不少失业者则从事着与黄、赌、毒相关的工作，比如说有些身强力壮的男工到拆迁队当了打手，女工则沦为洞洞舞厅的舞女。

当司空炬找到但蒙所租住的房子时，就知道她近期的生活状态很不好。房子深陷在被高楼大厦包围着的一片废旧厂区里，房外的空地上杂草丛生，瓦砾遍地。但蒙住在二楼，一开门，司空炬就看到墙角有一大摊水渍，公用厨房的灶台布满灰尘，炉盘、抽油烟机和热水器上都蒙了一层厚厚的油烟，让人很难相信它们还能正常工作。房间里散发着一种不太好闻的味道，是中药、油烟和陈腐物发霉的混合体。

司空炬面前的但蒙眼窝深陷，脸色白里透青，一看就是病怏怏的样子。蛋蛋妹依偎在她的身边，抬起头，忽闪着一双大眼睛：“司空叔叔好！”

这是一套只有两间卧室的房子，客厅狭小，只摆有一张饭桌和两把椅子，但蒙有些歉意地笑了笑："这是跟其他人共用的，人来人往，要不就到里面坐吧。"

卧室更加凌乱，没有椅子，但蒙让司空炬在唯一的凳子上坐下，从热水瓶里倒了杯水，放在司空炬身旁堆满杂物的方桌上，自己则在铺着浴巾的床上坐下。床的旁边，有一个破旧的衣橱。让司空炬不解的是，但蒙那些很是精致的衣物和鞋却在角落里胡乱堆着，而不放进衣柜里去。蛋蛋妹拿了几张纸和一支铅笔，坐在地上，伏在一张小茶几上涂鸦。

"真对不起你。"但蒙一坐下，就充满歉意地对司空炬说道，"司空博士，陈亦然做了这么大的错事，真是辜负了你。"

"出了这件事，公司基本上就瘫痪了，我也不知道他是怎么想的。"司空炬道，"不过跟你没关系，你也不必向我道歉。"

"他这个人没主见，我猜一定是受了谁的指使。"

"这个人是谁呢？我也觉得很奇怪，我和他从上大学开始，到现在二十多年的交往，我一直觉得他是一个很温和，没有野心，甚至有些懒的人。真不知道他是被什么鬼迷了心窍。"司空炬问，"他离开之前，有没有向你透露什么？"

"没有。突然就走了，只是留了一纸条，说对不起我和蛋蛋妹。我早上醒来，看到纸条后，发疯似的给他打电话，却关了机，打不通。"

"他怎么舍得扔下你们娘儿俩？"司空炬顿了一顿，"你的身体好像不好？"

"陈亦然跑了之后，我就病倒了，胸痛。半年前就时好时痛的，陈亦然陪我去做过检查，说可能是乳腺癌。他一跑，我这一气，就更痛了。"

"啊？！"司空炬大吃一惊，"要不再换家医院看看。医学这个东西，有些说不清楚，误诊的事也时有发生。"

"不看了，没有那么多钱。再说，治得了病，治不了命，我认命了。"但蒙凄苦地一笑。

"陈亦然没留钱给你吗？不应该啊，他工资那么高。"

"他走之前，我们倒是很潇洒的，蛋蛋妹上的是最好的私立幼儿园，他一直把她当成亲生女儿来对待。那时，恨不得把以后的钱都提前花了，谁知道会有这些事发生，钱够用时，谁会在乎钱呢？”

“那你现在靠什么为生？”

“他留了一两万块钱，我拿出几千块交了房租，剩下的用作生活费。我身体好时，会出去摆个地摊，把以前的那些衣服和鞋子拿去变卖，反正我也用不着了。不过，这一带住的都是穷女人，也卖不上什么价。那么贵买来的东西，就当成干柴卖了。”但蒙望向窗外的那些破旧红砖房，“不过……也没什么，大不了……我也像那些女人一样去站街。”

“你这病不治也不行。”

“我在吃中药。”

“吃中药怎么治得了？我过几天给你送些钱来。”

“已经这么对不起你了，司空，怎么还能要你的钱？”但蒙的泪水终于忍不住了，簌簌地掉了下来，砸在地面上，“我这次请你来，有两件事：一是向你说声对不起；二……二……二是，万一我真有个什么好歹，想把蛋蛋妹托付给你和安格，你们都是好心人。你能……能……能答应我吗？把她养到十八岁，以后就让她自己去闯，过得好不好，就看命了。我只希望上天怜悯她，让她不要再像我一样，遇上个这么不负责任的男人。”

但蒙终于止不住号啕大哭，哭声惊动了一直在一旁安静涂鸦的蛋蛋妹。她站起身，走到但蒙身边，握住但蒙的手：“妈妈不哭，别把身体哭坏了。”

“别想多了，问题不会那么严重的。我答应你，”司空炬想不出什么话来安慰，“真要有个什么，我和安格一定会抚养蛋蛋妹的。安格没生孩子，有蛋蛋妹给她当女儿，她还不开心死了。”司空炬蹲下来，抚摸着蛋蛋妹的头，“蛋蛋，你在画什么呢？”

“我画的爸爸。”蛋蛋妹口中的“爸爸”，就是陈亦然。她从来没有见过自己的亲生父亲，也许是因为对父亲的渴望，让她和陈亦然一直都相处得如亲生父女。司空炬朝茶几上蛋蛋妹的画望去，果然，画的左上角是一个男人，拿着一把冲锋枪，画正中是一个女人抱着一个小女孩，想必画的是但蒙和蛋蛋妹自己。让人不解的是，三个人头顶都发出一种电波状的东西，在空中交织在一起，形成了一个像太阳一般散发着光芒的圆。

“那是什么啊？”司空炬不解地问道。

“我和妈妈在跟爸爸心电感应。”蛋蛋妹郑重其事地说道，“爸爸接收到了我和妈妈发射的电波，就会赶来解救我们，杀退恶魔，把我们带到一个幸福的地方。”

“心电感应？”

“是的，我和妈妈的灵魂都会发射一种波，爸爸的灵魂也会发射那种波。我们是一家人，别人收不到这种波，只有我们能收到。我们不管在什么地方，都能收到这种波。”

蛋蛋妹的话，司空炬第一反应是觉得好玩，这么小的孩子，因为偶然接触到了脑电波，说起“心电感应”“电波”和“发射”这类词来也是煞有介事。后来深想，却觉得大为骇然：读心机只是单向、短距离地接收并解读脑电波，而蛋蛋妹口中那种双向度、可远距离传送的“波”，不正是读心机未来的方向吗？当然，此时的司空炬并不会知道，后来他将“灵魂驻波”的概念引入读心术，跟蛋蛋妹此时的这番童稚之语有着莫大的关系。

“想爸爸了？”司空炬拍拍蛋蛋妹的肩。

“想。爸爸在的时候，最疼我了。”蛋蛋妹说，“司空叔叔，你不要怪爸爸，他是你的好朋友，不是真的要害你，他用心电感应告诉我的。”

“好吧，叔叔相信你们真的会有心电感应。”蛋蛋妹无邪的目光，让司空炬觉得有什么在刺痛着自己的心，很感动，又有些心虚。他不敢再直视，站起身来，打开钱夹掏出一千元递给但蒙，“这些你先拿着，过几天我再送些来。”

“你能够来看我们，能够答应我的请求，我已经感激不尽了。”无论怎么劝，但蒙也不收，“我身上的钱还能用些时间，没有了再说。”

“病还是得医。”

“还是那句话：医院医得了病，医不了命。司空，你放心，我有准备，承受得了。”

第二天，傍晚。

常青陵墓园群松林立，在夕阳的余晖下，笼罩在一片最凄迷、最诡异的气氛中。

平常来扫墓的人非常少，门口连卖香烛纸钱的小商贩都没有。守墓园的章老头也进了点货，放在那兼作卧室的门卫室里，以提供给在漫长的“淡季”里偶尔出现的扫墓者，赚点小钱用。

章老头最爱对自己开的一句玩笑话是：“除了清明节，这里鬼都看不到一个。哪个说的？错了，看得到的只有鬼，这里到处都是鬼嘛。”此时，章老头正自言自语地说着那句经典台词，一边关着大门，一边盘算着：前天炖的老母鸡，还剩有一小碗，今晚再炒个小白菜，把桌子上那半瓶红星二锅头干了。然而，鬼真的来了。

“嘎吱——”随着长长的刹车声，一辆车转过门前大坡后的弯道，停在常青陵大铁门前。车上下来的男人，是司空炬。

“太阳都下山了，你这时候跑来干什么？”章老头大声武气地说道。

“你让我进去嘛，进去再说。”司空炬说道，就要去取已经挂在大铁门门闩上还没有合闸的大锁。

“明天请早哈。”章老头一把抓住了锁。

“不着急关嘛，好商量，好商量。”司空炬打开钱夹子，摸了两张百元大钞，递了过去。章老头接过钱，用手指甲刮了刮钞票上毛泽东的头发，确有凹凸感，这才放进口袋。

“赶快去扫了墓，早点下山。”章老头的语气变得和缓了些，“天黑了开车也不安全。”

“不忙，我要借你的泥镐。”司空炬说。

“你说啥子？！”章老头吃惊得下巴都要掉下来了。迁坟这种事，他遇到过，不过在这里十来年也只有三五起，不是父母死了之后要把双方合葬的，就是身在外地想把墓地里的亲人安放在身边的，而天都黑了才跑来迁坟的，当真还是头一回。

“要迁坟？”章老头片刻间就镇定下来了，“你有民政局的批文没有？有亲属关系证明没有？”

“都没有，我也不是想迁坟，只是要从里面取一件东西。”

“那不是盗墓了吗？”

“看来老人家还挺热爱文学的，地摊小说看得不少嘛。”司空炬哈哈大笑起来，“不是盗墓，是我姐姐墓里有件纪念品，她孩子大了，要去国外留学，怕娶了洋媳妇不回来了，就托我来把它取走，好有个念想。”

司空炬说完，又打开钱夹，掏出了一沓票子递了过去。借着斜阳的余晖，章老头看出那沓票子不薄，估算一下有两千六七，差不多两个月的工资了，于是不再多嘴。收了钱，到门卫室里取了铁镐和手电筒，对司空炬说：“在哪个区？我带你去。”

在墓碑中穿行了二十来分钟，到达山顶，司空炬从章老头手里拿过电筒，只花三五分钟，就找到了。在雪亮的手电筒光中，墓碑上的“爱妻曹国英之墓——夫桑中平立”几个字清晰可见。要是在白天，这里视野一定很开阔，大概就是传说中的前朱雀后玄武左青龙右白虎之穴吧，桑中平表面文章还是做得很好的。

“就是这里。”司空炬说，“你动手吧。”

“要得。”守墓人章老头举起铁镐，用镐尖清理着石缝间的水泥。半个小时后，墓穴打开了，手电筒扫过去，黄绸缎包裹着的骨灰盒出现在眼前。司空炬伸手解开了黄绸缎，拉开骨灰盒顶端的一个小抽屉，只见一束用白丝带捆扎的头发正躺在里面。

“就是它了。”司空炬拿起头发，放进一个信封里，“你收拾一下吧，明天早上这里不要有任何动过的痕迹。”

“我晓得。”守墓人说，“要是让人知道了，我还要不要饭碗了？”

“我先下山了，你把大门钥匙给我，我出门后给你挂在大门上。”司空炬接过钥匙，调出自己手机上的电筒。

“你怕不怕？”章老头问道，“怕的话就等我一起下山。”

“不怕。山里没有鬼，鬼都在人的心里。”司空炬头也没回，走进了泼墨般的夜幕之中。

看着司空炬的手电筒光消失在碑林之间，守墓人拖着佝偻的身影，拄着铁镐自言自语道：“都是死人，有的一张破席子就裹了，有的一根头发就值几千块钱。”

到常青陵曹国英墓里取头发，是司空炬定下的步骤之一。最近十年来，蜀都流行起了一种丧葬仪式，在追悼会上把死者的头发剪下来，放在骨灰盒顶部的一个夹层里，表示他曾经在这世上走过一遭，还存活在亲人的心里，并没有完全随火葬炉的青烟飘散而去。有钱人家的葬礼更讲究，会请道士作法或请和尚念经，再由他们把死者头发剪下来，在亲友悲伤的目光中，尘封进匣。

找到头发后，下一步就是取一根弟弟的头发，再进行DNA检测，看二者之间有没有血缘关系。从而证实或推翻司空炬的判断。

颜安格满心不情愿，回到了流花溪。

见颜安格回来了，女佣曾姐一脸惊喜，又满是嗔怪：“你出去这么久，也不说一声。”

“我给桑总说了，外出旅游了。”颜安格心虚地回答道，“他没告诉你吗？”

“桑总也难得回来一下。有时几天都不落屋，有时回来睡一觉，第二天又走了。”曾姐指着颜安格的脸说道，“你看你在外头耍几天，人都要瘦了，就在家里好好待几天，我给你弄几个你喜欢吃的菜，好好补一下。”

“好啊。”颜安格问道，“弟弟在哪里？我去看看他。”

“在影音室看视频哩。”

颜安格转身朝影音室走去，背后还传来曾姐的絮絮叨叨：“傻看了半天，笑也不笑一声，也不知他看懂没有。可怜啊……有钱又有啥用……妈死了，爹也不管……幸得后娘还好，要关心一下……”

一楼影音室里，弟弟正在看《地心历险记》，正如曾姐所说，笑也不笑一声，没有任何表情。颜安格摸摸他的头，也没有任何反应。用手拔掉他一根头发，也不喊痛，甚至都没有抬眼看颜安格一眼。

颜安格叹了口气，收好头发，又摸了摸弟弟的脸，准备回自己的房间，收拾些衣物。或许是因为男女主人都不在家，家里好些过厅都没有开灯，因此，颜安格路过地下室入口的时候，清晰地看到，从里面透上来一束光。难道桑中平在家？

地下室里除了酒窖，还有书房，除了桑中平，平时没有人去。颜安格刚刚嫁进来的时候，就觉得这个书房非常奇怪，竟然修在地下。问桑中平为什么，他回答说："我空闲时爱读历史，总觉得这个世界战乱频繁，不安全。这个书房进行了防空处理，真有战乱来临可以躲在里面。"这一通话，颜安格也不知是真是假，只能将信将疑。

这是一个封闭的世界，没有窗，靠中央空调和空气净化机来保持温度的适宜与空气的新鲜，那扇坚固而笨重的电动门是它通往外界的唯一出口。灯光则是整个房间的灵魂，桑中平有一个遥控板，坐在椅子上就可以随心所欲调出十数种光线来。比如说，他要在书架上找书的时候，四个墙壁的灯光就会全部亮起，灯火辉煌；想品尝点洋酒的话，就只有屋角一盏幽暗的黄灯在转动；听摇滚乐，则有配合那高速节奏的迷离闪烁；要阅读，当然是用桌上的台灯；思考问题的时候，则是一片漆黑。

书房里面堆满了名家字画、珍本善本，甚至有一尊雕制于南北朝的佛像。在工作之余，收藏是桑中平不多的爱好之一，这些都是他的战利品。那张宽大的书桌上，乱七八糟地散落着各种文件、资料。

颜安格新婚时，有一次偶然看见门开着，桑中平倒在大班椅上睡着了，发出轻轻的鼾声，便进去帮他收拾了一下。没想到，突然醒来的桑中平竟然发了通脾气，事后虽然道了歉，但依然很严肃地告诉她：未经允许不得到书房里去，那里有生意上的重要资料。桑中平一向好脾气，很难对颜安格这样说话，更何况流花溪里，最不缺的就是房间，颜安格有自己的书房、画室，既然这样，也就不去桑中平的书房了。后来，偶尔到酒窖去经过书房的金属门时，她甚至有一种莫名的恐惧。

然而，此时此刻情况有些不一样。流花溪里有太多的谜，桑中平身上也有太多的谜，颜安格觉得，自己心中的疑问就像天上的星星一样多。在桃坪羌寨遭遇车祸的是谁？哑巴到那里干什么？坟墓里睡的是不是曹国英？回到一切的开始，弟弟为什么不说话？到书房，到那个最神秘的地方，也许能发现些什么吧。对于真相的迫切需求，让颜安格战胜了金属门造成的震慑，走到了负一层。果然，是金属门开了一半，透出幽暗的灯光。

“中平，你在里面吗？”颜安格站在门边，试探性地问道。没有回答，她蹑手蹑脚地进了书房，在摊在大书桌上的那一堆文件中翻检起来。

“立案告知书。”颜安格拿起一份盖有鲜红印章的纸片，轻声念道，“桑中平：司空炬涉嫌伪造签名，侵吞心……”

立案告知书

桑中平：

司空炬涉嫌伪造签名，侵吞心通科技有限公司财产一案，我局认为有犯罪事实发生，现已立为刑事案件进行侦查。

特此告知。

蜀都市公安局蜀中区分局（盖章）

二〇一七年六月三日

本告知书已收到。

被告知人　桑中平（签名）

二〇一七年六月三日

颜安格的手哆哆嗦嗦的，念不下去了。她掐着自己的虎口，强行集中注意力，走出书房，给司空炬发了一条微信：你有危险了，赶快收拾，离开。

颜安格回到自己的房间，收拾好东西，刚出门，却跟曾姐撞了个满怀，曾姐手中的玻璃杯掉在地上碎了，水流了一地。

“这悖时女子，鬼打慌了哇？”曾姐蹲下来，一边埋怨一边收拾。

颜安格顾不得解释，夺路而走。“回不回来吃晚饭？”头顶传来曾姐的声音。

出了门，钻进汽车，却感到似乎有一道寒光在刺着自己的背，颜安格回头一看，大门内，哑巴正站在车库旁，盯着她。看到颜安格回头，哑巴露出了诡异的一笑。

这是生活在流花溪数年里，颜安格唯一一次见到哑巴在笑。

第二十三章

▼

逃　亡

窗外一个黑影闪过，司空炬心里一紧，赶快在窗后蹲了下来。这些日子的逃亡生活，已经让他变得分外敏感和警觉。随即，轻轻的敲门声响了起来。

司空炬并不去开门，而是轻手轻脚走到厨房门口，对正在切菜的年轻女子做了个手势，“笃笃笃”的切菜声戛然而止。门外的敲门声逐渐重了起来。

司空炬牵着女子的手，猫着腰，进了卧室。门外的敲门声已经有些不耐烦了。

司空炬掀开床单，伏下身子，拖出两个双肩包来，一人背上一个。敲门声已经变成踹门声了。

司空炬和女子走到窗前。司空炬从窗台下抱起一捆攀爬绳，用力向下扔去。女子先下楼，司空炬双手托在她的腋下，慢慢放手。女子说不上身手敏捷，却也并不战战兢兢，从四楼往下，也就半分多钟就到了底楼。当司空炬跟着下到底楼时屋子里已经响起了枪声——门没被踹开，是枪击碎了锁。

这是一排建于20世纪80年代的七层楼房。司空炬和女子选择栖身此处，经过了精心考虑。卧室这一面，往楼下看去，有个简易的花园——但那属于紧邻着的另一个大院，这个大院并没有门通过去。无疑，不熟悉地形的人，是很难在楼下伏击的。而四楼的高度，追击者也不可能一跃而下。

司空炬下到紧邻大院的楼下，掏出打火机来，点燃了攀爬绳。墙角里，停着一辆电动三轮车。司空炬带着女子上了车，以40千米的时速向院外驶去。

郊外的荒草丛中，衣衫褴褛的司空炬和女子并排坐着。司空炬用手搂着女子的肩，轻抚着，说道："格格，一切都是我造成的，如果不是为了那该死的发明，你现在还住在流花溪那样的高档别墅里面，过着阔太太的生活，每天画着画，专注于艺术——哪用得着像现在这样，跟着我一天到晚东躲西藏，不仅生活没有保障，连生命都没有保障。"

"我真不该把你牵到这些是是非非里来，不该设局跟你对赌什么的。"那女子，正是颜安格，此刻她抚摩着司空炬背上褴褛肮脏的衬衣，"也不知当时被什么迷了心窍。"

"没关系啊。"司空炬宽厚地笑笑，"要是你不设计对赌，我怎么可能认识你，还跟你在一起了呢？"

"这一切，或许都是上帝的安排吧。我不知道有没有上帝，但你本来有着自己的精神分析室，是一个前程远大的精神分析家，如果没有上帝，那又是谁会做出这样的安排呢？"颜安格说，"可惜你这么多年的心血，这么伟大的发明，落在别人的手里了。我真后悔把你推荐给桑中平，否则，就凭着发明了读心机，你也能得到巨大的财富和声誉。"

"没有什么可惜的，一切伟大的构想都在这里面。"司空炬指指自己的脑袋说，"只要有机会，再有两年的时间，就可以研制出更好的读心机。"

"我俩现在到处躲躲藏藏的，不白之冤还没有洗脱，哪儿来的钱组建实验室？"颜安格叹了一口气。

"别叹息，我可不那么悲观。我做这些事，表面上看来，是你引诱了我，像夏娃引诱了亚当一样，但实际上，作为一个心理学家，我了解自己：我内心有一个声音，有一种冲动，一定会让自己做一些不寻常的事。"

出逃当日，司空炬和颜安格急匆匆赶到长途客运站。他们也不知道要往哪儿去，情急之中，只希望离危险越远越好，于是选了一辆开得最远的车就跳了上去。终点站叫青川，是四川与甘肃交界的一个小县城，距蜀都三四百千米，再往北就是甘肃文县了。之所以选择坐汽车，是因为购票不需要身份证。五个多小时后，汽车在一个叫木鱼的小镇上下客，离要去的县城还有几十千米时，司空炬和颜安格便下车了。

小镇上的旅店，很多是当地农民开的，身份证查得不严，二人顺利入住，暂时有了一个平安的夜晚。

坐在旅店的床上，司空炬告诉颜安格，傍晚时他们翻越的大山叫作摩天岭，也就是司机口中的黄土梁子。司空炬说，历史上著名的“阴平古道”就在这里，三国时魏国名将邓艾为了避开剑门关的蜀国守军，用绳子拴兵器，用毛毡裹身，从巅崖峻谷上吊下来，然后在荒无人烟的山道行军数百里，神兵天降般出现在蜀国的千里平畴上，随即顺利攻克了无险可守的蜀国都城成都。

“当年邓艾偷渡阴平古道，是为了攻克蜀国；而今天我们偷渡阴平古道，则是为了逃离蜀国。”司空炬自我解嘲地说道。

“下一步该怎么办？”颜安格蹙着眉，显然，她比司空炬更忧心，也并不欣赏后者的幽默。

“当然是要洗刷冤屈。”司空炬脱口而出。

“怎样才能够洗刷冤屈呢？”

“我想一下，头绪有点多。”司空炬沉默了半晌，方才说道，“让我从头理一理。桑中平报案抓我，是说我伪造签名，侵吞公司财产。我取钱，是跟冰冰达成了默契的，冰冰同意就算桑中平同意了，否则我也不可能把钱取出来——”

“等一下。你刚才说，‘冰冰同意就算桑中平同意了’。”颜安格道。

“是啊。冰冰能代表桑中平，这是公司里每一个人都知道的’。”司空炬没察觉到颜安格越来越难看的脸色，“公司员工背后都把冰冰叫二老板，也有叫老板娘的。”

“你的意思是，冰冰……”颜安格忍住了，没发作，“找到冰冰，就能证明清白了？”

“对……不过……好像也没这么简单。冰冰本来没牵扯到这件事里，最初我也跟她沟通过，商量如何处理心通的问题，她说，跟桑总联系不上，她一个小秘书什么主也做不了。后来，她却突然出现，诱导我以桑中平名义把钱取出来……对，完全是诱导。并且，她给了我桑中平的密码和电子签名。”

“也就是说，冰冰给你布了局？”颜安格道，“果真如此的话，找到冰冰也是没用的。”

“是的。可是，冰冰为什么要给我布局呢？我跟她无冤无仇，连她跟桑中平有些说不清道不明的关系，我都没在你跟前嚼舌根。我再捋一捋。”司空炬一脸迷茫，“我取钱是为了解决公司的债务，而公司走到这一步，分明就是陈亦然偷走核心技术资料和桑中平卷入杀人案，让公司停摆造成的——

“我明白了：冰冰背后，站着的是桑中平；陈亦然背后，站着的也是桑中平。

“而桑中平要对付我，简直就太有理由了：报夺妻之仇，想独吞公司，而且我还在调查曹国英的死因，一旦坐实，他就是谋杀罪了……真是太有理由置我司空炬于死地了！

“下一步，我必须找到陈亦然。”

“可是，既然都是受桑中平指使，”颜安格道，“冰冰不帮你，陈亦然为什么又会帮你？”

“有些不一样吧……”司空炬沉吟道，“冰冰是桑中平的死党。陈亦然虽然这事做得不靠谱，但毕竟跟我有二十多年的交情，我也了解，他本质并不坏。单说他对但蒙和蛋蛋妹，那是没得挑剔的。对了，我给你讲过，但蒙得了乳腺癌，那病的死亡率是50%。你说，他是不是因为需要一大笔钱，所以才被桑中平牵着走呢？”

“前几年，他在青池山帮你干，差不多算是白打工，后来也在心通科技拿了股份，按道理说，也赚了不少钱……我虽然不是搞读心术研究的，但我却明白，一个人要干什么事，一定是有某种动机的，一定会有某种目的。我也不懂什么生意经，但我看生意做得好的，能够与人合作得好的，都是能读懂对方的心思。桑中平就常说，与人打交道不难，无非是看懂对方想要什么，你再明白你想要什么，再在这中间找一个结合点，生意就做成了。”颜安格道，“或许，他认为你在心通科技占的股份比他多很多，而他在读心术的研究成果上功劳更大，心理不平衡？”

“真有这种可能。”司空炬叹息道，“我一个心理学家，又在搞什么读心术，却连身边的合作伙伴都读不懂。落到这般境地，真是活该啊！”

“你可别这么说，找到陈亦然才是我们的当务之急。”

“可是怎么才找得到呢？”

“一个城市一个城市地找。”

两个亡命天涯的人，知道自己的生活从此将被彻底改变。颜安格不会再在画室里悠闲地画上几笔，司空炬已不再是科技新贵、准上市公司的CEO，更不是早年那个开着揽胜、住着豪宅的精神分析师。从现在开始，他们会像老鼠一样，四处躲藏，以防备桑中平势力随时可能出现的追捕。从现在开始，这两个人将会懂得生活的艰难，更会明白，在生存都很困难的情况下要维持爱情是件很难很难的事。

因为走得匆忙，他们来不及带上足够的钱。司空炬的大部分资金还放在股市里，身上虽然有几张信用卡，但里面钱也不多，甚至有一张还透支了。而且，司空炬知道，自己在银行和金融市场上的所有账户都被监控了，一旦取钱，无异于主动暴露行踪。既需要挣钱，又要躲避追捕，还得找到陈亦然，颜安格给司空炬想了一个“三全其美”的新职业——当算命先生。

司空炬以前过得不错，开精神分析所挣了不少钱，又出任过高科技公司的CEO，其实都是沾了职业的光。社会上流传着一句话，“智商到了一定的程度，情商就不重要了”，其实说的就是他这种情况。从本质上来说，司空炬依然是个书呆子，一个除了自己的专业，几乎什么也不懂，什么也干不了的人。

在社会底层的职业之中，算命这一行和司空炬以前的专业算是联系最多的——主要都是揣摩他人的心理。进门休问枯荣事，察看容颜便得知。人的脸上有哪几种颜色？无非喜、怒、忧、思、悲、恐、惊。更何况算命界有句术语：“来问卦命者，必是煎心人。”算命先生的职业训练有三个步骤：第一步，把《麻衣相术》

《铁版神数》《易经》《象吉通书》《三元地理龙局水法大全》等专业书瞎背一气，学得些唬人的术语；第二步，学会分辨有钱顾客、以恐吓和允诺禳解引起消费欲望、以逼单让金钱落袋等一系列手法——江湖上称作“簧”，有地理簧、现簧、水火簧、触簧等十三种，其实跟地产界卖楼卖商铺的营销手法本质上相类似；第三步最难，也是最核心的竞争力，得摸清顾客的真正需求。

这种世事洞明、人情练达的文章，作为低情商人士的司空炬本来是做不好的，但如果将其作为一种职业，实际上就从情商领域进入了智商领域。在司空炬眼中，算命先生由师徒相授的那种古代职业技能，跟他在法国所受的教育相比，完全不在一个等级上；而各种算命秘诀，不过是满篇谎言而已，除了一部《玄关》。这部司空炬唯一看得上的算命书，是他跟一个摸骨老头瞎聊时得知，并花了1800元买下的。《玄关》没有纸质版，老头口授，司空炬掏笔记下，回去后背了个滚瓜烂熟：

父来问子必有险，子来问亲亲必殃。

幼失双亲，难许早年享福。

晚来得子，定然半世奔波……

司空炬和颜安格在黑市上搞了假身份证明，从青川进入甘肃，在文县略作停留后，向西到了兰州。那一时段，在兰州的西固、安宁、红古、永登、皋兰、榆中等区县，出现了一位很奇怪的算命先生，不是瞎子也不是残疾人，而是个文质彬彬的书生。他一不问生辰八字，二不看手相，而是请你坐在他街头的小凳子上，让你一个一个地讲你的梦境。他却能把你最近的处境、身体状况讲得极为准确。

这算命先生要价并不便宜，三百元一次。不过，因为能解决问题，找他的人有增无减。这个算命先生就是司空炬。尽管三百元钱一次的收费在司空炬精神分析所生意火爆的时候连一个零头也算不上，但他还是很感激颜安格给他进行了很好的职业规划——不仅能赚钱谋生，还让他进入了释梦这个领域。没有客人的时候，司空炬会坐在小凳子上，顶着西北紫外线强烈的阳光，幻想着：如果有一天能洗清冤情，恢复身份，一定要回蜀都重开心理诊所，而且一定要把释梦这个项目加进去。这也是我向祖师爷弗洛伊德致敬的方式。

现在的司空炬，戴着副大墨镜，蓄着小胡子；颜安格则剪短了头发，穿着有破洞的牛仔裤，花格衬衫在腰间打了个结，像个精干的背包客——从外形上，以前的熟人已经很难认出他们来了，这让他们有了一种相对的安全感。虽然在逃亡途中，颜安格的抑郁症却不药而愈，每天都睡得很香，这甚至让她有时喜欢上了这种生活。

底层生活依然有烦恼。生意好了，就会被同行所妒忌，“卖石灰的见不得卖面粉的”是千古不变的真理。平时，街头算命的老头子们看到司空炬背着个帆布包，拎着两张小凳子走来，就会自言自语：“这里是我们摆摊的地方，不要来抢生意。”声音很大，是有意说给他听的，但司空炬总是装作没听到，继续拣个位置，放下凳子，把写有“亚洲第一解梦大师”的招牌布从包里拿出来，摊在地上。老头子们无奈，往往会站起来，收拾东西另换地方。

这一天，一个中年八字先生带着个手臂刺着个“忍”字的社会青年，走到司空炬摊前，对他说道：“给你两分钟时间，另外找地儿。”

“为什么你不另外找？”司空炬不服气，“要说，今天还是我先来。”

“你先来？”八字先生提高了嗓门，“你啥时候来的？老子在这里摆了十几年的摊了，什么时候见过你这个杂种？”

“哪条法律写的老子不能在这里摆？”司空炬也提高了音调。

“法律？你爹我就是这里的法律！”“忍”字青年一脚踢飞了司空炬面前的小木凳，再走上前，一把抓住司空炬的衬衫领子，将他拖了起来，“你还亚洲第一解梦大师？今天打的就是你这个大师。”

这时，四周已经聚了十来个看热闹的。

“是个四川人。”

“说他解梦还挺准的。”

“抢地盘，肯定该打嘛。”

“这条街上著名的忍哥，练过拳脚的，四川人哪里打得过？”

带有浓厚西北口音的话飞入司空炬的耳中。

“松手。我数三声——”司空炬手伸入帆布包中，转瞬间，一把尺多长、手柄处寸多宽的杀猪尖刀亮了出来。

“捅！有本事朝这里捅！”忍哥眼睛一鼓，用右手拍着自己的胸膛，左手继续揪着司空炬的衣领。

“小伙子莫激动。”

“捅不得，要坐牢的。”

又是围观者的西北口音。

只听得“哗”的一声，司空炬的尖刀在自己左臂上拉了一刀，衣衫破了，鲜血冒了出来：“这是警告。再不松手，流血的就是你。”

忍哥鼓着的眼睛缩回去了，流露出了明显的恐惧，在司空炬用刀抵着他时也不曾有过的恐惧。

“兄弟，是个人物。”忍哥的手松了，转换了一副语调，“这条街是你的了，再有人来惹你，忍哥也不干。改天我请你喝酒。”

忍哥转头走了，八字先生将仰躺在十米外的凳子捡了回来，四周的人也散了开去。

地盘抢到了，这天的生意却也做不成了。回到租住房里，颜安格见状，赶忙为他清洗伤口，心疼得都要掉眼泪了。司空炬却劝慰她：“不哭。我今天很高兴，这辈子第一次跟人抢东西，还抢赢了。”

逃亡的日子，大多数时间居然还是快乐的，这多么不可思议。对司空炬来说，他终于得到了梦寐以求的女神；而对颜安格来说，她则逃离了那个恐怖的精神监狱，每天夜里可以睡在踏实的梦中。不过，他们并没有忘记自己逃亡的原因。

进入甘肃没多久，司空炬就让颜安格拨打了 DNA 检验中心的电话，结果不出他所料，也击碎了颜安格的最后一丝幻想：曹国英骨灰盒中头发的主人，跟弟弟没有血缘关系。

“天哪……果……果真……不是一个人……”拿着手机的手在发抖。

“那么在桃坪羌寨被摔得血肉模糊的是谁？坟墓里睡的是谁？曹国英又到底在哪里？桑中平为什么要这么干？”颜安格挂了电话，问司空炬。其实，她更是在问自己。

“到底是怎么回事？”一个声音说，“告诉我！告诉我！”

“我什么也不想知道！什么也不想知道！”另一个声音说，“不要跟我说这些。”

这两个声音在颜安格的内心交战，而它们的主人却难以承受这种战斗带来的煎熬。颜安格不能回答，也不愿意想这些问题。虽然疑问早就摆在她面前，但她却不想在背后去窥探一个她爱着的、关系跟她如此密切的男人，不想做人心的侦探。生活在流花溪的时候，她觉得压抑，喘不过气来，但不明白是为什么。现在，她才知道，或许是曹国英的亡灵在盯着她，想告诉她一些让人难以置信的事。

如果能够重新选择，颜安格不知道自己是愿意知道真相，还是愿意继续蒙在鼓里。但有一点非常清楚：如果能够重新选择，她一定不会设局，把司空炬也带进这段死生未卜的危途。

“你们别吵了。”颜安格对自己大脑中的两个声音说道。她腿一软，如果不是被司空炬一把抱住的话她就会摔倒在地。

第二十四章

哑　巴

从文弱书生，变成一个敢于好勇斗狠的人，是司空炬最大的成就感。但他并非莽撞之徒，并不是每一次冲突中都要亮出杀猪尖刀的。

在逃亡途中，司空炬和颜安格总是租住在价格低廉的拆迁小区，因为这些小区月租低廉，价格不到好房子的三分之一，而且可以一个月一个月地交房租；登记也不严格，不必担心暴露身份。当然，他们同时也要承受环境差、治安不好的恶果。颜安格的衣服，被人半夜从外面伸竹竿进来挑走过；司空炬的破自行车，即使上了锁，只要不放进车棚，上楼取个东西下来就会不见，他曾经创下过一个月内连丢三辆自行车的纪录。有时，还会有喝醉了酒的邻居上门滋事，无缘无故地踢门。这个时候，他们只好锁好门，也闭上嘴，任对方狂踢，在内心祈祷着对方自觉无趣，早些离开。

他们怕警察上门查暂住证，也怕桑中平派来的杀手。因此，租房的时候也总是会考虑，如果有人上门该如何逃走；因此，窗口下方总备着一根粗绳。特别是经历过一次胆战心惊的追杀之后，他俩更加谨慎，甚至都有些神经质了。

固然有快乐的日子，但他们内心也会问自己：难道就这样身披冤屈，躲躲藏藏地过一辈子贫穷的生活？这样一个镇一个县地流浪，就能够找到陈亦然吗？

颜安格有时会说，是她害了司空炬，否则，他依然是金领人士、青年才俊，哪儿会沦落到在街头当算命先生。司空炬则说，他不该对颜安格动心，否则，她依然当着她的阔太太、贤妻良母，警察见了她都得恭恭敬敬的，既不至于每天提心吊胆，也不用因此发现自己丈夫的真面目而伤心欲绝。“丑恶的东西，如果一辈子都不被察觉，那就不算真的丑恶。”司空炬说。

更多的时候，是颜安格发呆，司空炬叹气。但是，将来到底该怎么办，他们都不知道。于是只好麻木着，照旧过着每天的日子。

这天，下午三点不到，司空炬就回来了。看他面露欣喜之色，颜安格问道：“这么高兴，有好事？”

“有好事，我刚刚去了一趟镇上的网吧。”

“查到陈亦然的消息了？”

“没有。王是非给我发了邮件，说在网络上看到我的消息，他愿意帮助我去美国。”

“哪个王是非啊？”

“你不记得了？就是我去 Goopple 谈融资时遇到的那个怪人，内蒙古知青。”

“哦，是他啊，那个军师。他为什么要请一个犯罪嫌疑人去呢？会不会是桑中平想钓你？”颜安格犹疑地问道，“而且，你没有护照，怎么去？”

“应该不是想钓我。桑中平没接触过军师，还攀不上他。”司空炬道，“军师说，他想请我去开发新的读心技术。护照的事，可以再想办法。我也给他提了条件，说要去可以，但我必须带太太。”

“我现在这副模样能去吗？”颜安格有些不好意思，“何况我跟你还没结婚哩。”

“怎么不能去？结婚是迟早的事，在我心目中你早就是我太太了。”司空炬哈哈笑道，“要说模样，你好歹还是艺术家，比我这个跑江湖的算命先生不是强多了？”

“军师不是拒绝了你的融资吗，说不能搞读心术，怎么现在又要搞了？”

“我也搞不明白这些有钱人的想法。不过，这无论如何算是件好事。即使不搞什么读心术，我们到了美国至少也安全了，就算去中餐馆洗碗、洗盘子，不也比现在担惊受怕强吗？”

“是好事哩，我也有一个好消息要告诉你——我，怀孕了。”

“真的吗？太好了！”司空炬听到这个消息，真是又惊又喜。颜安格多次对他说，想要一个孩子，但是流浪途中，这个对普通人来说并不难实现的愿望，对他俩却完全是一种奢侈。因此，司空炬总是对她说，等一下，等逃离了危险，洗清了冤屈就生。然而，这个孩子就这么出人意料地来了。如果这消息早来一天，司空炬都会感到不堪重负，但它来得正当其时，有了王是非的邀请，一家人可以在世界的另一端重新安置生活了。

在司空炬摆摊算命的日子里，颜安格也没闲着。除了做家务，闲时她还背了一个画夹，在公园里帮人画头像，一天也能挣个五六十元。一般情况下，颜安格收了工，会到街头接司空炬回家。如果有顾客，她就站在大约十步远的地方等着他。

这天的摊前，围了十多个人，虽然司空炬被挡住了，但他那口若悬河的模样颜安格还是一下子就能想象出来。一个旁观者转过头来，颜安格觉得心头一紧，像是一桶雪水兜头浇了下来。黝黑，瘦削，颧骨高耸，两颊深陷，脸上的线条像是刀砍出来的，尽管带着墨镜，但颜安格还是一眼就认出了他——流花溪里的哑巴。一定是司空炬释梦的名气太大，暴露了踪迹。哑巴此时不动手，是要跟踪他回到住处，好一网打尽吧。

颜安格掏出手机，拨了110：“青华路街口一个算命摊子前，一个戴墨镜的……是个杀……杀手……没……没动手，但是他身上有枪。我确定。”

十分钟左右，一辆没有拉警笛的桑塔纳警车停在青华路街口的路边，车上下来三个敦敦实实、没穿制服的男子。他们悄悄逼近司空炬的算命摊子，对站在后面的哑巴形成了合围之势。

中间一人走上前去，将右手搭在哑巴的肩膀上，左手拿出证件在他眼前一晃：“警察，请把身份证拿出来。”说时迟，那时快，只见哑巴伸手抓住搭在他肩膀上的那只手，腰一弯，一个过背摔，将警察摔在地上。左右两个人见势不对，扑上来增援，一人抓住一只手，就要往背后扭，只见哑巴双臂一抖，一翻腕，两个抓住他手的警察在空中旋转三百六十度，“啪”的一声，同时摔在地上。

而司空炬听见“警察”两个字，站起来转身就跑，连脚下的那几张一百元也不要了。颜安格刚想叫住他，还没出声，就连人影也见不到了，气得她直跺脚。她正向街对面的出租车招手，却突然觉得嘴巴被一只手捂住了。一辆七座商务车冲到面前，“嘎吱”一声停下，哑巴拉开车门跳下来，将颜安格扔了上去，又拔出枪对天射击，周围的人四下惊恐散开。哑巴跳上车，一边用胶带蒙住颜安格的嘴，捆住她的手，一边冲着司机说道：“动作干净点，别撞死人了。”

原来，他不哑。

摆脱了“警察”的司空炬，一路狂奔，回到了租房的拆迁小区。然而他内心却依然惶恐，总觉得好像有人一直跟踪着自己。不敢直接回出租房，司空炬在那迷宫一般的小区里兜了几个大圈子，确信追踪者被丢掉了，才上气不接下气地跑回了租住房，瘫倒在床上。

气息均匀了，才掏出手机给颜安格拨打。听筒里传来一个阴沉的男声：“喂，你在哪里？我们来接你。”司空炬一惊，没有说话，贴着听筒，听到里面一阵咿咿呀呀的声音，似有人在挣扎，不由得心头一紧，问道：“你们把她怎么了？”

电话断了。

司空炬跳起来，冲到颜安格当天卖画的文化公园，卖糖葫芦的小贩说她四点多就收工了。又跑回自己摊摆的地方，那张写有“亚洲第一释梦大师”字样的招牌布还躺在地上，上面有践踏的脚印。一打听，有人说，下午是有个女人，被人塞进汽车里带走了。司空炬立即拨通了110：“我报警……有个女人……今天下午四点半左右，在青华路街口被绑架了。”

“是一辆什么车？”

“一辆七座的商务车。”

“是什么品牌的？知道车牌号码吗？”

“都没看清楚。”

“请问你是目击者吗？”

“目……目击……”

“我是问，你当时是否在现场？”

“我在现场，但是没有见到。”

“能否解释一下。”

“我是说，当时我在现场，但是没有看到……太复杂了，一时说不清楚。”

“请问被绑架者你认识吗？”

“认识，是我太太。”

“叫什么名字？”

“颜……颜安格。”司空炬略一犹豫，还是说了。

“你叫什么名字呢？”

“我……”司空炬挂断了电话。

司空炬不敢再回到出租屋，立即叫了一辆三轮摩托，匆匆离开，好在因为随时准备逃窜，现金、买的假身份证和靠假身份证办的银行卡都在身上，除了几件衣服，那房间里实在也没有什么好带走的。

上了三轮车，司空炬也不知道要去哪里。跑了两三个镇，司机说再不停下就没油跑回去了，司空炬惊魂甫定，这才下车，在一个家庭旅馆里租了房间。

坐在旅馆那色泽不明的床单上，一种万念俱灰的感觉噬咬心头，带来刀割般的疼痛感，司空炬忍不住放声大哭。哭了一阵，稍歇，又走进浴室，衣衫也不脱，直接打开了莲蓬头，让冷水像绝望和悲怆一般，劈头盖脸、铺天盖地而下。痛哭声，变成了一阵阵荒原狼般的号叫。

第二日凌晨，司空炬醒来时，窗外还是一片漆黑。他惊奇地发现，身体变得很轻松，心里也非常踏实，自从逃亡甚至卷入和颜安格的赌局以来，那种轻松和踏实，是从来没有过的。内心只有一个声音，不断蹦出来：“去美国，找军师。”

天一亮，司空炬就穿上还半湿的衣物结账出门了，在街上找了家网吧给王是非发邮件，说自己情况极其危急，希望能尽快到美国。

司空炬用的是 Gmail 邮箱，有时会打不开，但是为了不泄露行踪，他不敢换用其他邮箱，这个邮箱只有王是非等少数人知道——其他通信方式很可能已经被监控了。

发完邮件，司空炬立即叫了一辆三轮摩托，换了一个小镇继续等待。他每个镇只住一天，三个假身份证轮流换用。有时，Gmail 邮箱不能打开，而好不容易打开后，收件箱的未读邮件数字依旧显示为零。

在等待的这些日子里，他也两次拨打过案发当地的 110，查问颜安格的情况。第一次，居然答复他说，当日没查到有类似的绑架案；第二次，说是终于查到了，而且与颜安格联系上了，证明只是一桩家庭纠纷，已经结案了。

颜安格被绑走后的第八天，司空炬终于收到了王是非的回信，只有寥寥数十字——锡林郭勒盟东乌旗乌里雅斯太镇额吉淖尔街北京酒楼，巴雅尔，甚至连电话号码也没有一个。不过，司空炬自己也知道，即便留了电话，自己也未必敢轻易拨打。

司空炬关闭邮箱，立即坐车去了金昌，随即向西北方向，进入腾格里沙漠，再经过内蒙古的巴彦淖尔、呼和浩特和乌兰察布等城市，穿越毛乌素沙漠和浑善达克沙地，到达东乌珠穆沁旗。

大客车穿行在茫茫大漠之中，两千多千米的旅途，花了整整五天。第一次见到这漫无天际的黄沙，司空炬既新奇又兴奋。也不只是黄沙，他还第一次见到如此宽阔的草原。

一边是金黄色的，一边是葱绿色的。一边万物寂灭，一边生意盎然。大巴车沿着高速路，从中间划过。我伸出双手，如翼，左手画出沙漠，右手画出草原。而我飞过，如箭，如光。

颜安格虽然被哑巴绑走了，但桑中平毕竟针对的只是自己，何况跟她还有夫妻情分。前几天打了那个电话，110 说那只是家庭纠纷，虽然很可能是桑中平运作的结果，但至少能说明颜安格不存在人身安全问题，这让司空炬安心了不少。

山丘温柔，像女人平放的胸脯，又像蜷伏的小狗。夜色如墨，辨不清覆盖着它们的是黄沙，还是绿草。大巴穿行在东乌旗，这个王是非口中多次提起的边陲小镇。这就是王是非当年受苦受难之地，正因为那些苦难，他否决了我的融资，不愿让读心术来考验本已脆弱又邪恶的人心，而现在却又要重新启动对读心术的研究，是为了什么？

灯光稀疏的城市，一划而过。

当司空炬换乘的出租车抵达里雅斯太镇时，额吉淖尔街上只有数栋建筑还亮着灯，有几道霓虹还在时闪时烁，就是北京酒楼。

巴雅尔正等着他。

“为什么要叫北京酒楼呢？”司空炬其实并不是十分好奇，不过是找不到更贴切的话来攀谈。

“我带你去房间。你洗个澡，早点睡，床上有给你准备的衣服。”巴雅尔答非所问。司空炬留意到，这个体形魁梧、表情憨厚的汉子脸上居然掠过了一丝羞涩，于是，更多的疑问，比如王是非怎么在这地方还有朋友等，也都憋回肚里了。

“谢谢了。”

“你的行李、护照、机票、美元，都准备好了。你还可以睡四五个小时，两点我来叫醒你，开车送你到珠恩嘎达布其。”

“珠恩嘎达布其？”

“嗯。离这里还有六七十千米，是个口岸，对面就是蒙古国了。你从那里过境，到乌兰巴托，坐飞洛杉矶的飞机。”

凌晨两点半，司空炬被巴雅尔从梦中叫醒，穿上给他准备的全套衣服，拎着旅行箱，坐上了巴雅尔的破吉普车。司空炬没再开口说话，在车上也继续迷糊着，直到临别，也只是向巴雅尔伸出了手。

“你会解梦？”巴雅尔突然问道。

“会一点儿。”司空炬十分吃惊，一时还想不明白，这是王是非告诉巴雅尔的，还是自己解梦的声名已经远播到了蒙古国的边境。

“我有一回，梦到自己越变越小，变成了年轻小伙子，又变成了小孩子，最后变成了一个婴儿，回到了娘胎。怀我、生我的，又是个男人。”巴雅尔握住了司空炬的手，十分困惑，“这是什么意思呢？”

“时间太匆忙了。”司空炬道，“如果有一天，我能从美国回来，一定到北京酒楼来找你，好好地帮你解一下这个梦。”

“要记得噢。”

“一定。”

第二天中午，司空炬在乌兰巴托登上了飞往洛杉矶的大韩航空 KE8868 航班。在抵达韩国首都首尔之前，机舱里一直在放着一首歌：

荒野上飘扬的风
是瘦了累了在歇息
还是听到恋人的对话了
在屏气聆听
乌兰巴托的夜那么静
那么静——

下卷

超能脑波

第二十五章

▼

灵魂驻波

司空炬在洛杉矶经过短暂的休息，调整好了状态后，再次乘坐直升机，来到王是非位于洛杉矶因约国家森林的小楼，陪伴他的依然是那个长发帅哥梅西。景观依旧，然而王是非却变化惊人。虽然一样的面容清癯，须发皆白，然而目光却丧失了从前的锐利，甚至有些涣散了，真的像一个垂暮之人。

王是非依然站在门口迎接司空炬，步履迟缓地带他进了书房，径直到了书桌前。书桌上，砚台里蓄着墨，搁在砚台上的毛笔墨汁饱满，而摊开的宣纸上龙飞凤舞，在司空炬看来，很有“毛体”的韵味。有人说，那个年代过来的人，不管对“毛”如何评价，都摆脱不了他的影响，看来这句话千真万确。司空炬拿着宣纸念了起来——

何灵魂之纷纷兮

哀裴回以踌躇……

念完，却不知所云。问王是非，答：“此为汉武帝思李夫人旧事。”说完，又摇头晃脑念了一段话，“上思念李夫人不已，方士齐人少翁言能致其神。乃夜张灯烛，设帷帐，陈酒肉，而令上居他帐，遥望见好女如李夫人之貌，还幄坐而步。又不得就视，上愈益相思悲感，为作诗曰：‘是邪，非邪？立而望之，偏何姗姗其来迟？’令乐府诸音家弦歌之。”

见司空炬依旧一脸茫然，王是非指指旁边的太师椅：“来，请坐下，先听我给你讲一讲这段典故。”

雄才大略的汉武帝，一生宠爱的多个女人中，李夫人为最。

“北方有佳人，绝世而独立。一顾倾人城，再顾倾人国。宁不知倾城与倾国？佳人难再得！”在汉武帝宫中养狗的李延年，早年因为触犯刑法受过腐刑，声音愈发动人，类似于欧洲的阉伶。李延年演唱这首《佳人曲》后，武帝叹道：“世上真这样的美人吗？”直到见到李延年的妹妹李夫人，武帝才知道《佳人曲》所唱非虚。

汉武帝将李夫人纳入后宫，恩宠备至。后来李夫人病重，临终前武帝前往探望，李夫人却用被子蒙住脸。武帝离开后，李夫人对姊妹说：“我以容貌之好，得从微贱爱幸于上。夫以色事人者，色衰而爱弛，爱弛则恩绝。上所以挛挛顾念我者，乃以平生容貌也。”

李夫人对男人慕色的本性理解得十分深刻。正因为没有显露病中真容，李夫人死后，汉武帝始终不能忘记她。武帝一天醉酒之后，在梦中接过李夫人递来的蘅芜。梦醒之后，觉得香气数月萦身不散。

汉武帝日思夜想，多次梦见李夫人，却不满足于此，欲与之魂魄相见。方士李少君说，暗海之中有一种夏凉冬暖的石头，像羽毛一样轻，能招附亡人灵魂。于是武帝让李少君带上百艘楼船，上千名水手，去海外寻找奇石。十年后，仅剩四五人带着奇石归来。汉武帝命工匠照着李夫人先前的画像，雕刻成石像。刻好之后，置放于轻纱帷幕中。那石人竟能够说话，虽然像人的声音却没有人的活力，但在汉武帝眼中也无异于活人了。武帝想近观石人，李少君却说：“这就像是晚上的一个梦，能够触手而及吗？何况这石头有毒，以皇上九五之尊万不可靠近。”为了不让武帝接触奇石，李少君最后将石头舂为粉末。

“你开始看到的书法，就是汉武帝因思念李夫人而作的赋。”王是非自言自语道，“我请你来，难道就是为了给你讲这些典故吗？”

“应该不是吧。”司空炬道，“军师在邮件中说过要做一些与读心术相关的研究，但我不知道这与你刚才讲的故事有何关联。”

“三个月前，我查出了前列腺癌。医生说我只有两年时间了。”

“啊？！”司空炬大吃一惊。

“没关系，你也不必安慰我。”王是非摆摆手道，“我青年时代十分坎坷，到了中年却也算时来运转，做了一些事，攒了世人眼中还算得上很大一笔的财富，似乎能够弥补前半生的磨难了。但是，我其实有一个无比巨大的遗憾。”

“愿闻其详。”

“我想向一个人说一句：对不起。”

“那有什么难的，难道不好意思说出口吗？”司空炬道，“若果真如此，我愿为王先生代劳。”

“这个人已经去世四十多年了，她就是我在内蒙古插队时的女友乌仁哈沁。”王是非长叹了一口气道，“我到了美国后，也干过洗碗、洗盘子的活儿。后来碰到尼古拉斯这个俄国来的犹太人，我俩一拍即合，是因为经历、性格非常相似：都受过迫害，都流浪在外，都变得冷血，变得唯利是图；拼命挣下那些根本花不了的钱，就是因为前半生遭受过的那些不平埋在心头，不时要在夜半时分哀号。但我毕竟是学历史的，知道在时代巨轮地碾压之下，个人的命运何足道哉？毕竟也是个中国人，受过些礼义廉耻的熏陶，读过些佛道书籍。所以，前些年我已意气平复，放手公司事务，在湖边过起了隐居生活。但是，唯有对乌仁哈沁的那种内疚，时时啮噬心头。我这辈子，谁都不欠，就欠她一句‘对不起’。”

“王先生对哈沁的感情，真是不亚于汉武帝。我受冤逃亡，全靠先生解救，能为先生做一些事，可以说是万死不辞，但我能做什么呢？”

“我知道，你一定会笑话我，说我相信那些神神鬼鬼的事。我知道你不是方士，其实，我也不相信两千多年前的那些方士。我不是任何宗教的信徒，对于灵魂的有无，不敢确信。我现在非常希望人死后能有灵魂，那样，我死之后就能够先去给哈沁道个歉，再直奔十八层地狱。”王是非问，“司空先生，你对灵魂的有无存何看法？”

“从科学的角度来看，到目前来说，还没有发现灵魂存在的确切证据。在心理学范畴，有一个叫作超心理学的分支，主要是指用科学方法对一些超常现象进行研究。所谓科学方法，就指实验室一类手段。”司空炬道，“有些超常现象，随着时代的进步、技术的提高，进入了正统心理学的研究范畴，比如说我的专业——催眠。还有一些现象，以今天的知识水准依然难以做出科学解释，比如说灵魂出壳。”

“对，我也关注过灵魂出壳的大量案例。如果能够证明这些案例的真实性，那就可以证明灵魂的存在。”王是非接茬道，“我甚至在网上看到一条报道，说是渥太华大学一位二十四岁的学生随时能够进入灵魂出壳的状态，能感觉到从静止不动的肉体中脱离出来。而一群教授在对她进行磁共振成像检测后，认为不少儿童都具备这种能力，只是随着年龄增长而逐渐失去了。”王是非越说越兴奋，“还有很多人有过濒临死亡的体验，他们因为出车祸等原因接近死亡。此时，他们的灵魂飘浮在房间的上空，能看到下方自己的身体。甚至，还有被抢救回来的人说看到过隧道尽头的光亮，看到过守护天使，人生中最重要的时刻，像放电影一般在眼前闪现……”

“媒体上报道的案例，真真假假，不足以全信。”司空炬打断了他，“事实上，有些超心理学的研究者发现自己实验的结果很难以重复——自己做出来是一个样子，别人做出来却是另一个样子；或者自己上次做出来是一个样子，下次做出来却又是另一个样子——也就放弃了。我们知道，所谓科学，就是实验的结果要经得起反复检验。如果产生了一次意外，那么结论就会被整体推翻，或者说它适用的范围就会调整。就好像牛顿力学定律，只适于低速世界，而当物体运动的速度达到或者接近光速，就该用爱因斯坦的相对论了。”

王是非站起身来，走出去，几分钟之后回到书房时，手里多了一本书。

“这本书是正规出版社出的。”王是非将书递了过来。仅从那种由紫红色图案构成、具有光怪陆离效果的封面，司空炬就能看出来，是中国大陆在20世纪八九十年代出版的——那时的书，用纸和制作装帧都比较粗陋，有些内容也是神神鬼鬼的，但其中仍能淘出有真知灼见者。司空炬接过翻了一翻，书名是《标量波理论与科学革命》，由上海中医药大学出版社在1998年出版，作者是日本早稻田大学教授、日本新科学学会会长实滕远。

“是的，人工地震早在一百多年前（1896年）在美国纽约的曼哈顿发生了。根据记录，当时曼哈顿警察署的大楼剧烈地摇晃起来，玻璃窗被震碎。好不容易才清醒过来的警察们立即奔赴震源地——位于曼哈顿的特斯拉研究所。”司空炬翻到引子，念了起来，这是作者在日本警察就奥姆真理教案件请教时的回答，“特斯拉为了进行一次小规模的机械共振实验，在贯穿研究所中央空地的铁柱上拧进了一个很小的机械振动子。实验开始后装置的固有震动随着倍音的提高不断增幅，结果引发了一场地震，损坏了不少建筑物。”

这段话让司空炬感受到了一种浓浓的神棍气息。但是，早稻田大学教授的分量毕竟不轻。那么，存在两种可能：一是这位实滕远像中国的大科学家钱学森那样，被气功蒙蔽了眼睛，暴露了短板，闹出了笑话；二是他真正走在时代的前沿，在现代科技尚未进入的一些领域有了独特的见解。

“我感兴趣的，是实滕远关于驻波的阐述。”王是非从司空炬手中拿过书，翻到一页，念了起来，“所谓地球的驻波，是1952年德国的舒曼发现的舒曼共振。极低频率的电磁波散布在地球和电离层之间的空洞中，其频率为8赫兹、12赫兹、20赫兹，其中的8赫兹是光环绕地球一圈的周期，也与人的脑电波中的α波的频率相一致。这就是说，当人与光和地球共振的时候，与宇宙也一体化了，意识出现变性状态，从而获得绝妙的体验。听说特斯拉也曾密切关注过这个8赫兹。”

“也与人的脑电波中的α波的频率相一致”，这句话引起了司空炬的注意。作为一个脑电波理论的应用技术开发者，他对相关词汇有着一种超乎常人的敏感。

司空炬看到书上还粘着一张纸，便问："这是什么？"

"我自己查资料，做的一些笔记。"王是非把书又递了回来。

◆ 舒曼波是一九五四年德国物理学家舒曼（W.O.Schumann）发表的一项理论，他认为距离地面约一百英里的天空有一层环电离层，它会随着日光的强弱发生变化，与地球表面刚好形成一个类似空穴谐振器的空间。大气内的各种振动频波与电波则不停地于其间到处传播，有的愈传愈弱，终至消失；有的则发生谐振而持续存在。譬如有一种波会愈走愈强，并永远存在不消失；当它从地球上的A点出发，环绕地球一周回到A点后，仍会与最初出发时的波步调一致，这种波就是舒曼波，其间的谐振情形，就是舒曼谐振。舒曼波的波长相当于地球圆周，换算成频率约7.83Hz。

◆ 舒曼波是一种低频波，可穿透任何物质，包括地面上的人在内。而我们每个人都相当于一个电网路，若经常受到舒曼波激励，便可能产生谐振。

◆ α 波是所谓的安静时脑波，人只要闭眼处于安静状态，就会呈现这种脑波。人体调成 α 波状态时就刚好可与天地间舒曼波共振。

◆ 有证据表明，在心灵感应传输图像和思想时会出现所谓的舒曼波，频率是7.8赫兹，它是在电离层和地表之间形成的驻波。

◆ 特斯拉对记者说他和地外文明取得了联系，但几乎无人认真对待这一声明。然而，有证据表明特斯拉一直在单独研究"平行世界"的课题，也没有对外公布他的研究结果。听说他发明的装置能调整自己大脑的电磁振荡，从而控制自己的精神活动。这样，特斯拉就能与不同时间的人交流而没有任何困难。

◆ 应当从神经系统科学的角度解释灵魂体验的本质。——纳尔逊出于职业的敏感性，司空炬对脑电波和舒曼波的关系也产生了兴趣。虽然他仍对这本书的理论和王是非的话题保持着警惕，但也减少了一些排斥。

“老先生真是下了很多功夫。这本书，容我带回去细细研读。”司空炬把书收了起来，放在身旁的茶几上。

“侗乡再生人，你听说过吗？”王是非没接茬，又另起了一个话头。

“没有。”

“曾经有一家以深度调查著称的媒体报道过这则消息。据说，在湖南省一个侗族自治县，一个只有数千人口的乡，就有上百个再生人。这些人都拥有前世的记忆，在刚学会说话时，就开始向家人讲述前生的事。有家姓何的，兄妹两人，妹妹夏天在河里游泳被淹死了。后来哥哥生了个女儿，女儿两岁时，刚学会说话就问父亲：‘我是该叫你哥哥，还是该叫你爸爸呢？’女儿长大了，记起的前世的事越来越多，甚至连淹死时尸体怎么摆放的都记得。还有一对父子，父亲在修房子的时候不小心摔下来死了，就投胎回来给儿子当了儿子。”王是非短暂停顿，然后长长地叹息了一声，“其实我应该结婚的。”

“为什么？”司空炬觉得他的思维实在是太跳跃了。

“我如果结婚，找个年轻姑娘，或许就是哈沁投胎来的。当然，她更有可能投身为我的女儿，或者是孙女。”王是非一脸郑重，没有半点开玩笑的意思，“你们不是说，女儿都是爸爸前世的情人吗？”

司空炬终于明白了，在这个问题上，他不可能说服王是非，绝对不可能。沉默了半晌，他借起身倒水的机会，对王是非说想一个人去草坪上走走，理一理自己的思路。

为什么一定要驳倒老先生，就不能站在另一个角度来看待问题吗？王是非所说，不一定符合科学原理，但科学就是真理吗？科学是一种思考模式，是人类为靠近真理而做出的一种努力。但是，它并不能等同于真理。科学，什么时候就成了真理的代名词呢？科学，本身是一种事实判断，什么时候又变成价值判断了呢？难道就因为它强大，因为它可靠？

是的，科学很强大。但正因为靠它的强大，西方列强的坚船利炮打得有数千年历史的中华民族毫无还手之力，甚至1957年简体字的推出也是为汉语的拉丁化做准备。正因为它的强大，第一次世界大战和第二次世界大战，死在热兵器下的人，数量上超过了几千年来死于冷兵器的人的总和。正因为它的强大，核武器可以毁灭地球数十次。

是的，科学也很可靠。一次实验结果出现异常，就可以推翻现有的理论。但是，也正因为可靠，它是以一种怎样笨拙的姿态在前行啊！此外，还把一切优雅的飞行斥为蒙昧。

每到科学和技术飞速发展的时代，文学和艺术就悄悄退到了一边，甚至藏起自己的身影。直到世人发现科学的缺陷，或者说感受到了科学带来的灾难和阵痛，才又把文学和艺术从冷宫里解放出来，让它们来抚慰世人的心灵。

科学只有几百年的历史，而人类的历史数以十万年计，即便是文字产生以来的文明史也已经接近万年。既然世界上所有的古老文明，都相信灵魂的存在，那么只有几百年历史的科学，就可以断然蔑视这漫长的人类史吗?

汉人说过了奈何桥，喝了孟婆汤，就会忘记前世；佛教说有转世，众生六道轮回；基督教说有天堂，生前相爱的亲人，死后会在天堂里重聚。会不会只是一种隐喻?

如果只以实证的目光，来看待这些存在了数千年上万年、凝结了人类无数智慧、升华了人类无尽情感的东西，无异于自废功力，无异于在充满奇花异草的园林里心甘情愿地被蒙上双眼。

科学不是讲究实证吗?没有证据，最多只能存疑而已，并不能直接进行否定。要知道，超声波是听不到的，红外线是看不见的，难道在能测量它们的仪器被发明出来之前，它们都不曾存在?那些唯科学论者须臾不可离开的空气，他们自己又何曾看到过?

想想“薛定谔的猫”吧。箱子里的那只猫，既死了，又活着——它处于“死—活叠加态”。只有打开箱子，看它一眼，才决定它是生是死。要知道，打开箱子不是发现它是生是死，而是要导致生或者死这个结果。对于普通人来说，如此玄妙的理论，其实他们也早就有一句话来解释："信则灵，不信则不灵。"

那些被科学粗暴地否定了的东西，用科学术语来说，会不会存在于高维度空间？而我们这些只信仰科学低维度空间的蚂蚁，是否永远也不能窥见另一个维度的奥秘？

司空炬回到书房，走到书桌前，一只手拿起王是非写的，汉武帝思李夫人所作之赋，说："我不能说，灵魂存在，或者是不存在。只能说，如果灵魂真的存在的话，它很有可能是以脑电波的方式存在的。"

"那我们可以继续往下面谈了。"王是非终于露出了笑容。

"还有下一步吗？"

"那当然，难道我把你从中国请来，就只是为了聊聊天？"王是非道，"我在邮件里对你说的是，研究读心术的相关问题。现在我们把它再界定得更清晰些。我的要求是：在我生前将我的脑电波提取出来，并以某种方式保存；将来有一天，再找寻到乌仁哈沁的脑电波，将二者进行配对，让我的脑电波对她的脑电波说一声'对不起'。"

"这……"司空炬吃惊得张大了嘴，似乎可以塞进一个鸡蛋。

"请你不要拒绝一个即将离世的人最卑微的愿望。"王是非道，"我已出让了在 Goopple 的所有股份，个人资产以数十亿美金计，目前由一个基金会管理。你如果答应我，这笔钱就会供你用于脑电波的研究。你只要去做，不必考虑成不成功。至于你个人的生活费用，将由基金单独按年划给你，每年不低于一百万美元，直到你生命的终止。"

"我——答应你。"司空炬沉默了半分数，决然答道。

"好，那我们击掌约定。"王是非伸出手掌，跟司空炬拍了一下后，继续说道，"基金会将跟你签订协议，对这笔钱进行管理，根据你提出的预算进行划拨。你想用多少，想怎么用都可以，基金会的作用只是确保钱都用在相关项目上。送你到这儿来的梅西，已经在基金会入职，将充当基金会与你之间的联络人。”

“基金会的管理是应当的，我也会把每一美分都用在项目上。”司空炬问道，“对于项目本身，老先生还有没有什么想法？我记得上次我来融资时，您对读心术表现出极大的担忧。”

“是的，我现在也有这样的担忧，技术是人类带来的，未必总是福音。我开始提出的，提取我的脑电波，寻找哈沁的脑电波，算是一个十分具体的要求了。提高一个层面来思考，人联网，我是说你将要建立的读心平台，一定要设立防护机制。你作为这个平台的创造者和规则制定者，其实是承担了上帝的角色，那么你得有上帝的视角。”

“上帝的视角……”

“总之，一句话：读心术只能用于造福这个世界，你需要把所有可能出现的弊端都考虑到，并提前进行防范。”王是非按动了身旁茶几上的一个红色按钮，一阵轻柔而幽远的古琴声随之响起，“梅西已经在门外了，他会带你到房间休息。以后，具体事务都跟他联系，我不会再过问这件事。你就住在这里，要聊天，可以找我，但不要再跟我谈跟读心术相关的任何话题。我是学历史的，要谈这个，我会很有兴趣。”

告别王是非，回到自己的房间，司空炬坐在沙发上发了半个小时的呆。王是非提出的命题，让他深感无从下手。在浩瀚的时间和空间里，去寻找已经去世四五十年的一个蒙古族姑娘的一缕怨魂，这难度，大概就相当于要一个人徒步从地球走到冥王星；相当于让一个人徒手抓住一道闪电，并将它紧紧揣在怀里。不，也许还要艰难，冥王星再远，也有距离；闪电再快，人的肉眼也看得见。但是，灵魂这玩意儿，在这个世界上也许从来没有人看见过，它或许来自另外一个维度。对于一个从上学开始就接受唯物主义教育，从来没有任何宗教信仰的无神论者来说，尤其难——因为，在他们眼中，意识从来不曾单独存在，而只不过是物质的附属物。

司空炬想起在高中时的政治课上，那位绰号“马吃草”的老师讲辩证唯物主义的场景。“究竟是物质决定意识，还是意识决定物质？唯心论者无法解决的悖论是：如果人的大脑死亡了，意识该在何处寄存？”老师一脸轻蔑，脸拉得更长了，更像一张马脸。要解决这个难题，绝不能仅仅靠技术，更要靠思维方式的革命，靠基础理论的建立。突然，司空炬从沙发上跳起来，迅速打开自己的行李箱，翻出一支笔来；然而，即便他把衣服、护照、钱夹等所有什物都倒在地上，也没能再翻出一张纸。他抓起笔，跳起来，在墙纸上刻下以下几行字。

读心第三定律

读心平台必须有防护机制，读心术只能用于造福世界。

——王是非

灵魂驻波

灵魂驻波是一种电磁波，可以提取，也可以注入。

脑电波指纹

脑电波指纹具有唯一性，跟手指纹、眼睛巩膜一样，具有相同脑电波指纹的两个人在这个三维世界并不存在。

第二十六章

脑波遥控枪

半边寺坐落于两省交界的深山之中，往南是广西乐业县，壮族聚居之地；往北则是贵州望谟县，苗族和布依族聚居之地。之所以得名半边寺，实在是因为寺庙只有半边。外墙只有三面，剩下的一面靠在山体上。准确地说，只修了大门和前殿。这一带地处云贵高原东南麓，属喀斯特地貌，山多溶洞，庙宇的其他部分就与山洞融为一体，根据地形修了些建筑物，可以说是寺中有洞，洞中有寺。

半边寺建于清初，据说是顺治年间定南王孔有德率军进入苗疆时修建的。孔有德笃信佛教，觉得自己带兵杀戮太多，因此打到桂贵边界时，建了这座寺庙，以供忏悔和超度亡灵所用。不过当地人民大多信仰崇拜自然和祖先的原始宗教，虽然后来也曾受过释道的影响，但对来自中土的禅宗并不十分感兴趣，因此，这庙不知从什么年代起就破落了，常年无香火。

这一年，突然从内地来了个大和尚，拿着佛教协会的推荐函，说要将半边寺及周边地块购置下来，重新打造，引入僧人，再续香火。这笔交易很快就达成了。紧接着，扩建道路，引水引电，一辆辆大货车拖着各种各样的建材和设备开了进来。

半年之后，重修完毕，这条临时扩宽的山路又冷落了，各种各样的绿色植物重新占领了道路。有好些地方，道路两侧高大的草本植物甚至在上空纠结交连，形成了一个绿色的甬道。好在此处本来就山路崎岖，人烟稀少，倒也没人觉得不便。而且，从外面来的这群和尚，也并不急着弘扬佛法，对仍旧为零的香火也毫不在意，似乎只满足于在这化外之地诵念佛经，敲打木鱼，沉默地度过余生。

这天，一辆吉姆尼城市越野车开到了进山的路前。车停下来，车上下来一个剃着光头，穿着灰色僧衣的男子。男子下车四处看了看，又上车捣鼓了一阵定位系统，随即拨了个电话，用半生不熟的汉语说道："我用的北斗卫星定位系统，应该十分精确。但是，我到了指定地点，却找不到进来的路口。你来接我吗……马上就到了吗？那好，我等一等。"

十来分钟后，男子数米外的灌木丛传来窸窸窣窣的响动，只见枝条分开了，一个人探出光秃秃的头。随后，两个穿着圆领方襟咖啡色海青和尚模样的人挤了出来。

"Spade，我们又见面了。"为首的和尚说。

"你好，方丈。"开车来的那男子说道，"我没有想到的是，这条路隐藏得如此好，路口完全被植物封锁了。"

"Spade 少校，我来给你介绍一下。"从灌木丛中钻出来的为首的那个和尚说道，"这位就是大副，脑波遥控枪项目的首席科学家，他本名叫陈亦然。"

"隐藏路口，体现了良好的保密性，但这只是本项目管理水平的体现之一。"大副略带矜持地答道，"Spade 少校，等一会儿你会看到实验基地精密的布局和脑波遥控枪样品完美的表现。"

Spade 不是真名，而是"黑桃"的英文，这位少校代号"黑桃 J"，V 国情报部门特工。而"方丈"既是桑中平的代号，也是他现在的身份。陈亦然在寺庙里的身份是知客，但是他却讨厌这个职位，而给自己取了"大副"这个代号。

桑中平认识黑桃 J，早于和李巡洋的见面。当时，V 国情报部门了解到中国有一家民营公司在搞读心术，立即产生了极大的兴趣。抱着试探性的态度前来接触，没想到却一拍即合。在司空炬赴美谈 B 轮融资期间，黑桃 J 已成功策反了陈亦然。

桑中平选择了和陈亦然合作，是因为洞悉他性格上的弱点：意志薄弱，行事靠人言而不靠信念。更重要的原因是，他们都有共同的敌人——司空炬。于桑中平来说，视司空炬为敌，是因为夺妻之耻；而于陈亦然来说，则是因为受不了一个一直是调侃对象的同学，在社会上的财富、地位和声名远远超过了自己。

陈亦然不仅赞同了桑中平跟V国情报机构合作的想法，而且提出：跟李巡洋合作的项目非常不现实，倒不如开发脑电波武器，能在很短时间内见到成效。于是，在司空炬从美国回来的时候，出现了陈亦然带着读心术核心技术资料消失的情形。

一个多小时后，三人汗流浃背，气喘吁吁地站在半边寺前。

“一尘不到心源净，万有俱空眼界清。”黑桃J一字一顿地念着大门两侧的楹联，转身对“方丈”说，“一对万，不对俱，净对清。中国的对联，真是一种无法翻译的艺术。即使把意思译出来了，那种韵味也没有了。我学中文，就是因为喜欢中国的传统文化。”

“这副对联是选自唐代文官唐彦谦的诗，不过书法不是他的，而是出自明末清初一位著名的亲王，也就是修建这座寺庙的孔有德将军。”桑中平道，“孔有德原本是明朝部将，崇祯九年降皇太极，受封恭顺王，带兵征服朝鲜。后入关清剿南明残余力量，改封定南王。世人皆呼孔有德为汉奸，但我以为，当时明朝大势已去，孔有德此举既建功立业，又避免了生灵涂炭，不失为明智之举。”

“是的，他做得很对。”黑桃J道，“你们中国不是有句古话，说‘良禽择木而栖，贤臣择主而侍’吗？”

此时，陈亦然已走上台阶，推开了寺庙大门。黑桃J随着进了大门，立即觉得一阵寒气逼来，凉彻全身。湿透的背上，热汗顿时变作一片冰凉，他禁不住打了个寒战。陈亦然开了灯，眼前的景象更是让黑桃J惊呆了。

寺庙的大殿就是一个天然溶洞，高十数米，广数百平方，石笋高耸，钟乳低垂，七八根石柱撑起穹顶。大殿后方的正中，蹲着一个天然大石台，石台上一尊汉白玉释迦牟尼像，正拈花微笑。佛祖背后，则是天然的石幔、石帐。

石幔、石帐上方，生长着状如白色珊瑚的文石花，其顶端则是纤细的花絮，如发丝，如银针，被灯光照射得熠熠生辉。文石花一簇簇，一丛丛，似乎是佛祖那只扬起的手撒下的。

“太漂亮了。”黑桃J走到壁前，踮起脚仔细观赏了好一阵，“是什么东西的结晶吧？”

“这种文石花，是碳酸钙沉积而成的，从洞壁或石柱上渗出的毛细水中的碳酸钙。”桑中平解释道，“形成这种规模，需要上万年的时间。”

“方丈，大副，你们真会找地方啊。我都羡慕你们了。”

“全靠佛祖护佑。”桑中平两掌合十，“前些日子，寺庙中还发现了优昙婆罗花。那花茎像玻璃丝一样透明，一样细，花瓣像象牙一样瓷白，要用放大镜才能看得清楚。《法华文句》上说，优昙婆罗花三千年一现。《无量寿清净平等觉经》说，优昙婆罗树只结果不开花，有佛出现才会开花。”

“真是吉兆啊。”黑桃J道，“看来这次的样品一定能过关。”

“阿弥陀佛。”桑中平再一次双手合十。陈亦然却似乎有些不耐烦了，对黑桃J说：“Spade，我带你去看看我们住的地方和实验室吧。”

跟着陈亦然走到佛像的右后方，黑桃J这才发现，竟有一个近两米高的溶洞蜿蜒着伸向山体内部。山洞左侧，每隔五六米便有一扇门。陈亦然介绍道：“这都是利用以前废弃的僧房改建的，现在是宿舍、监控室、计算机房和电力房等。”

“以前心通科技公司的技术骨干，很多都到这里来了。”桑中平补充道，“当然，我们还另外用重金聘请了武器技术专家。这会儿，我让他们都在房间里待着。”

这样的房间，共有十来间。走了百来米，山洞被一条横穿的地下河隔断了。听声音，水流并不急。黑桃J伸脚就要往水里淌去，却被桑中平拦住了：“过不去的，这河有四五米深。”

“啪”的一声，灯亮了，黑桃J看到，河有三四米宽，岸边拴着一条玻璃钢做的小船。

“你们还挺节俭的嘛。”黑桃J问道，“这灯是光控的，还是热敏感应的？”

“都不是，是脑电波控制的，不过不是为了节约。”陈亦然答道，“这是我们技术人员闲暇时做的小玩意儿，主要目的是供大家过河时练习对脑电波的控制力。河那边，就是实验室和武器库。”

陈亦然拿起桨，三五下就划到了对岸，停在一扇黑色的大铁门前。“嘎——”大铁门开始缓慢地向一侧移动。

“这也是脑电波控制的吗？”

“是的。”陈亦然答道，“主要是为了安全考虑。就算有人突破了防卫，也进不了我们的核心区域。搞脑电波应用研究的，如果连自己的脑电波也控制不了，他就不配进入这扇大门。”

大铁门完全敞开，一个跟前殿大小相近的厅堂出现在眼前。厅堂正中，铺着两张大桌子，每张桌子上都摆着六把乌黑发亮的枪支。

“如果我没猜错的话，这是乌兹冲锋枪改装的吧。”黑桃J道，“底座加了个圆盘。”

“是的。等会儿就会看到这个圆盘的作用了。”陈亦然说道，“其实，遥控枪并不是我们的独创。我了解到，有几个国家都在对遥控狙击步枪进行概念性设计。这种遥控狙击步枪设想中主要的使用场地是城市巷战。巷战中，进攻方往往具有较为优势的火力，守方一露头，便会被狙击步枪射杀。遥控狙击步枪便是为了改变巷战中守方的劣势应运而生的。有了遥控枪，枪手就不必露头了，可以躲藏在安全地带进行操作，利用在显示屏上看到的场景进行操作。

“前些年伊拉克政府军跟ISIS极端组织激战基尔库克，仗打得非常艰苦。政府军攻克下基尔库克后，缴获了ISIS利用俄制SVD步枪改制的遥控枪。这枪虽然非常简陋，但给政府军造成了很大的麻烦。

“不过总体说来，这种遥控狙击步枪还停留于概念阶段，一是因为狙击是一门专业性非常强的技术活；二是它还有一个致命的缺点。其实，所有的遥控武器都具有这个缺点，包括挪威军工巨头康斯伯格集团为美国陆军量产的M151‘保护者’遥控武器站……”

“是吗？那么大副能不能让我们看看你的武器？”黑桃J打断了陈亦然，不置可否地笑了一笑。

“当然可以。”

陈亦然话音刚落，黑桃J突然发现，桌子上所有的乌兹冲锋枪底座都开始转动，掉了个头，十二只黑洞洞的枪口齐齐指着自己。黑桃J大骇，情急之下忙把双手举起。

“哈——哈——哈——”传来陈亦然狂放的笑声。

“亦然，你干什么？”桑中平大声叫道。

“开了个玩笑，少校不要介意。”陈亦然的语气稍加收敛。随即，十二只枪口齐齐垂下，指向地面。

“大副，你赢了。”黑桃J自嘲地耸耸肩，“现在你可以讲讲M151遥控武器站的漏洞了。”

“刚才我已经演示了，脑波遥控枪底座的360度水平旋转和枪口的升降，都是靠小型直流伺服发动机实现的；而对射击目标的监控，则是靠光电瞄准镜后的摄像头来完成的。在这两方面，脑波遥控枪跟现在各国军队装备的遥控狙击步枪是一样的。不同的是，遥控狙击步枪的狙击手调整焦距、监控画面以及发射子弹，都要通过数据线——而数据线恰恰限制了狙击手的活动范围。如果狙击手因为躲避危险而离开操控仪，他就失去了对武器的控制，相当于赤手空拳。”陈亦然道，“脑波遥控枪恰好与之相反，枪手监控画面、发射子弹，都是通过脑电波远程控制，活动范围更大，不会轻易失去对武器的控制。”

“可是，康斯伯格的‘保护者’并不需要数据线。”黑桃J道。

“我正要说这个问题。‘保护者’的操作者是躲在装甲车里进行操纵的，但装甲车其实并不保险。试想，如果装甲车里的操作者被击毙，备用人员能马上控制操作台吗？”陈亦然胸有成竹，“就算能，那么，操作台被击毁了又该怎么办？它所遥控的武器，不是完全失效了吗？而对于脑波遥控枪来说，每一个枪手都是一个操作台，因为操作台就在他们的大脑里面。只要还有一个枪手活着，他就不会失去武器，不会赤手空拳。Spade，你甚至不用担心你停在路口的那辆吉姆尼会被人偷走，我们的脑波遥控枪正对着它哩。”

“大副，你真是一个天才。”黑桃少校面露欣喜之色，似乎已经忘却了刚才陈亦然对他的羞辱。

“现在，可以实弹射击了。”在一旁沉默了很久的桑中平说道。陈亦然闭上眼睛，凝神静气，只见乌兹冲锋枪底座又开始旋转，同时枪口下降，齐齐指着前方。

“呯——呯——呯——”整齐的枪声传出，瞬间前方石壁、石柱、石笋、钟乳石上碎屑和烟尘飞溅，伴随着叮叮当当子弹壳落地的声音。

“铁门有三十厘米厚，声音传不出去的。”桑中平对黑桃J解释道。黑桃J四下望望，这才注意到，整个大厅里都布满了弹眼，甚至有石笋被打断了头部，钟乳石被打断了乳尖。

“都钻到桌子下躲躲。”陈亦然说，三人随之都蹲了进去。底座继续旋转，枪口则从上到下，又从下到上，一边移动一边射击。顿时，硝烟弥漫，整个空间都笼罩在枪林弹雨中。

“太成功了！请你们立即准备全套技术资料，我带回国去，马上就可以进行量产。”黑桃J十分激动，“我要报告我国情报局，对你们进行嘉奖。”

三个人又从桌子下钻了出来。枪声停息良久，硝烟才散去。

“说到量产，我还有一个想法。”桑中平慢悠悠地说道，“可以把脑波遥控枪通过第三国，卖一些给你们的敌国。”

“你说什么，方丈？！”黑桃J吃惊得瞪大了眼睛，“卖给敌国？我没有听错吧？”

“没错。我先给你讲一个故事。”桑中平继续用缓慢的语气说道，“在两千多年前的中国，有两个强大的国家，一个叫吴国，一个叫越国。越国被吴国征服后，国王勾践也作为人质到了吴国，为吴国国王夫差当了马夫。回国后，勾践一边忍辱负重，向吴国纳贡；一边卧薪尝胆，暗自谋划复仇。在准备得差不多的时候，越国把给吴国进贡的种子全部煮熟了。第二年，吴国颗粒无收，国家大乱，越国乘机发动进攻，打进了吴国的首都，夫差因此自杀。”

“这个故事很好听，但我不知道它跟脑波枪有什么关系？”黑桃J转身问陈亦然，“大副，你听懂了吗？”

“没有。”陈亦然摇摇头，也是一脸茫然。

“脑波枪就是你们的种子。”桑中平解释道，“脑波枪的核心技术，在于它的集成芯片，而芯片是由人的大脑控制的。卖给敌国的枪，芯片版本当然比较低，并且其源代码都在你们手中。一旦两国有战争发生，在战场上，如果敌国使用脑波枪，那你们的脑电波枪手不但可以让对方的枪哑火，甚至可以掉转枪头，向他们开枪。”

“Oh，my God，方丈，你真是一个谋略大师。”已经不能用欣喜若狂来形容黑桃J的表情，此时，他已被桑中平的想法折服且震慑了，“我学中文，学中国历史的时候，就已经知道中国是一个谋略大国，但从来没有想到过，谋略还可以这样用于现代战争。”

黑桃J允诺对桑中平和陈亦然的嘉奖，在两个月后兑现了。这一天，他再次驾着吉姆尼来到半边寺，代表V国颁发了给桑中平和陈亦然的委任状——授予桑中平中校军衔、陈亦然少校军衔。

“祝贺你，中校，你现在是我的上级了。”黑桃J分别跟两人握手，“祝贺你，大副，不……少校，你跟我的军衔一样，我不能再指挥你了，将会有更高级别的人前来跟你们联系。我带来了我们局长——他的军衔是少将——的问候。他希望你们能尽早研制出更高版本的集成芯片来。”

接过委任状的两人表现大相径庭。陈亦然将委任状卷了起来，掸了掸自己的袖口；桑中平则一把推开寺庙大门，冲到门外那块面积约一亩的平地上，对一个挺着大肚子、正在散步的女人嚷道：“格格，我有军衔了，我是中校了。”

那孕妇正是颜安格，她淡然地抬起头，说：“哦。是谁给你授的衔，总参的李巡洋中校吗？”

“不，是Spade。”桑中平的脸色有些难看了。

“哟，原来还是外国的？”

“外国的怎么了？中国给了我什么？！”桑中平提高了语调，愤愤不平地嚷道，“你知道吗，我生下来就是个农民，受了多少歧视？为了变成城市户口，我吃了多少苦，流了多少泪，你知道吗？生意做大了，为了拿到项目，跟那些达官贵人一起饮酒作乐，称兄道弟，我明白他们还是瞧不起我，就因为我只是个无职无权的土老肥。我受的羞辱，我心里的恨，你都知道吗？！

“我做这些，还不是为了你，为了我的孩子将来不再吃我吃过的苦！虽然你肚子里的孩子不一定是我的，但我也要把他当作自己的孩子，我也想让他将来不被人轻视。你知不知道？到底知不知道？！”桑中平抓着颜安格的肩膀，推搡着，颜安格没有回答，只是怔怔地望着他，眼神空洞。

“我是中校了，跟李巡洋的军衔一样，他配给我授衔吗？”桑中平拂袖而去。颜安格走到悬崖边，蹲下，用手轻轻抚着石头缝中的一朵黄色的小花。过了好一阵子，伸手把花下面的两块石头拿了起来——两块石头，以及它们缝隙中那朵娇柔的黄色小花。

“石头花，石头花。”颜安格喃喃自语道，“它明明是一朵花，却偏偏要装成两块石头。”她手一扬，那两块石头，以及它们缝隙中那朵娇柔的黄色小花，飞了起来，在空中依然是一个整体。然后，坠下了悬崖。

“不要站在岩边，站进来一点。桑总的孩子要是有个闪失，我可担待不起。”在颜安格背后十米远，一直盯着她的那个戴着墨镜的瘦削男人说道。

他是哑巴。

第二十七章

“捞波”工程

蜻蜓，在低空飞行，平滑自如，线条优美，就像一架红色的战斗机。突然，机身开始震颤，机翼大幅度地上下扇动。双翼收拢，一头栽了下来，如同被导弹击中而坠毁一般。但是，倒在地上的蜻蜓依旧挣扎不休。

画面略微停顿了，随即镜头拉近，放大。现在可以看到了，蜻蜓背上还有一对小翅膀也在扇动。在翅翼形成的密网中，能够分辨出黄黑相间的条纹。

再拉近，再放大。是一只马蜂，骑在蜻蜓的背上，六只脚紧紧地抓住蜻蜓的背。蜻蜓挣扎得也非常厉害，试图再度起飞，但飞离地面不到一米，再次一头栽下。蜻蜓开始了疯狂地翻滚，竭力要把马蜂从背上掀下来。

再拉近，再放大。一根粗大的螯针从马蜂的尾部伸出来，狠狠刺进蜻蜓细长扁平的腹部。蜻蜓最后颤抖了一下，不动了。马蜂张开大口，将蜻蜓的脑袋咬了下来，用两只前腿拨弄着，像在把玩一颗半透明的珍珠。突然，它扑上去，开始大嚼起来。

“这只马蜂也太贪吃了。它不知道，用毒针蜇了蜻蜓自己也可能死吗？”司空炬说。此时的他，躺在一张乳白色的医疗床上，头顶上包扎着一块巴掌大的白色纱布，有少许血渍。床旁的遥感心脏监测设备上，反映着心率的波线正有规律地起伏着。室内还有四个穿着白大褂的人，一个白人中年男子和一个亚洲面孔的年轻女子站在床前，观察着心脏监测仪的数据及司空炬的反应；而一台电脑显示屏前，则坐着一个年轻男子，显示屏上的画面，马蜂已经将蜻蜓的脑袋啃了一半。

“所长，你刚做完手术就跟‘眺望者’联网，还是有危险性的。”说话的那个亚洲女子是小青，司空炬开精神分析所时的助手。半年前，司空炬请王是非为她办了签证，将她从中国请到了洛杉矶，继续做自己的助手。

“没关系的。我问过梅奥医生，手术后醒来，立即启动‘眺望者’系统，我成为植物人的可能性只有27%，不过四分之一强一点；死亡的可能性更是不到13%。”此时的司空炬，依然戴着眼罩。眼罩下面，是术后苏醒以来一直没睁开过的眼睛。

白人中年男子梅奥医生向身旁的小青摊摊手，意思是说：你看，他这么固执，我也没有办法。

接受王是非的委托之后，司空炬把自己关在房间里，冥思苦想数月，捣鼓出了几个数学模型，随后立即开始着手建立“捞波”系统。这个“捞”字，来自汉语里“大海捞针”的说法，不过，这次捞的是脑电波和灵魂驻波。虽然取名字的时候，司空炬借助了“大海捞针”这个比喻，但他明白：二者的难度绝不可同日而语。大海再广阔，毕竟是有限的；针再小，也毕竟是有形的。但脑电波，以及基于它之上的灵魂驻波却是无形的，它可能散布于整个宇宙空间，也有可能在现代人无法触及的另一个维度。

从硬件上来说，“捞波”工程的核心部分是对脑电波进行分析处理的信息中心——由存储了巨大数据库的高速计算机矩阵组成；而在其前端，则是搜集脑电波信息的“打捞者”——这一部分工作是由王是非协调完成的，通过NASA向距离地面一百英里的太空，发射了七颗“舒曼卫星”，环绕着地球一圈又一圈地飞行，搜集散失在宇宙空间的、古往今来的人类脑电波，并进行高密度存储。“舒曼卫星”每隔半年返回一次地球，把数据提供给信息处理中心。

“舒曼卫星”取名于德国物理学家舒曼在1952年提出的“舒曼谐振”理论。

舒曼认为，地球上存在着各种类型的震动频波和电磁波，在传播的过程中，有的会越走越弱，直到完全消失；另外一些，则因为发生了谐振而保持着稳定的强度，它们环绕地球一圈又一圈，从终点回到起点，步调却始终一致。这种被称作“舒曼波”的电磁波，其波长相当于地球的圆周，其频率为7.83Hz。它可以穿透地球上的任何物质，包括人的大脑。

“舒曼波”不会漫无目的地“散步”。在距离地面一百英里的上空，环绕着一层电离层，它与地球表面刚好形成一个巨大的空穴谐振器，产生着“舒曼谐振”。这一环电离层，就是“舒曼空间”。按照舒曼的理论，地球上所有的生命都在此空间的影响之中，而这些生命产生的电磁波，也都将聚集于此。而且，若无特殊原因，这些电磁波也将永远存在。

舒曼的理论，与那位发明了交流电的神秘科学家特斯拉不谋而合。在“舒曼谐振”理论提出前11年就已经去世的特斯拉甚至走得更远，他认为整个宇宙都处于各式各样的电磁波振荡之中。这种宇宙谐振的层次远远高于“舒曼谐振”，其波及范围更是不可同日而语。

特斯拉曾告诉记者，他发明了一种装置，可根据需求调整自己大脑的电磁振荡，从而进入“平行世界”，与地外文明建立沟通。但是，几乎所有读到过那条新闻的人，都把他视作疯子。1895年采访特斯拉的那位《纽约时报》记者，尽管貌似态度公允，字里行间却也暗藏玄机，向公众暗示这是一个妄人。而特斯拉只留下了这样一首诗，来为自己辩解——

听啊

那从地心发出的轰鸣

那900亿光年外传来的秋虫啁啾

那3333万种频率汇成的交响乐

那无尽生命与非生命都在舞蹈，狂欢

那——上帝敲出的鼓点

舒曼和特斯拉关于谐振的理论，让司空炬最感兴趣的是，舒曼波的频率是7.83Hz——这与人类大脑在安静闲适时发出的 α 波频率完全一致。因为有长时间研究脑电波并开发相关产品的经历，司空炬认为，这种一致不会是巧合，绝不可能有这样的巧合。应该是有舒曼波先存在，而人的大脑之所以会产生相同频率的 α 波，则只是为了与它适应。

司空炬决定把搜寻范围确定在舒曼空间。外太空和平行宇宙的事，则不是他的能力范围和王是非的资金实力所能考虑的问题了。特斯拉的宇宙谐振，还是交给 NASA 或者几百年后的科学家去研究吧。

司空炬甚至想告诉王是非：如果乌仁哈沁的灵魂驻波当真存在的话，很可能就曾游荡于洛杉矶上空一百英里的电离层，俯视过内蒙古老知青那颗被愧疚煎熬的大脑中萦绕的脑电波。只是，这种沟通是单向的，她怎么想，王是非不会知道。现在，他还毕竟不能当面对她说声对不起。司空炬最终作罢。

在“捞波”工程之下，还有一个叫作“天眼”的子项目。这个项目的实质，在于通过已经锁定的“脑电波指纹”，跟踪脑电波主人，根据截获到的脑电波分离出思维信号、视觉神经信号、听觉神经信号，并将其转换为图像、文字或声音。其中，图像的转换需要的技术最高，也最直观，所以是主攻方向。

对应于“舒曼空间”项目的“捞波”卫星，“天眼”子项目的信息搜集者则是一个个活人，他们被称作“眺望者”。“眺望者”眼中看到的图像，通过脑电波传送到信息中心，再用高速计算机解码、翻译，形成图像，展现在显示屏上。

司空炬搞“天眼”这个子项目，是有一些自己的打算在里面的。

第二十八章

▼

超级大脑芯片

1920 年，生物学家沃特 · 赫斯用电流刺激猫的大脑，成功地改变了一只猫的性格。它原本十分温顺，但被电流刺激后，突然变得凶狠好斗，好像是疯了一样。

1950 年，脑科专家胡塞 · 戴尔卡多依靠记录斗牛现场的影片一举成名。在片中，一头公牛正奋力向戴尔卡多冲去，在要被牛角顶翻的一刹那，他启动遥控器……公牛突然停止了，显出极为恐惧的神情，随之掉头而去。这部纪录片，是戴尔卡多自己拍摄的。

2006 年，美国生物学家吉尔 · 阿特马完成了一项令人惊异的实验——在一条角鲨脑中植入一个电子元件，以影响鲨鱼的行为。当吉尔 · 阿特马操纵遥控器时，鲨鱼仿佛闻到了某种根本不存在的气味。阿特马介绍说，按下“右”键，鲨鱼大脑中通常处理右鼻孔嗅觉信息的区域就会受到电流刺激，鲨鱼就像真的闻到右边有诱人的食物一样，其大脑灰质细胞开始运作，并向自己发出捕食的指令。于是鲨鱼便真的向右边游去。不过，阿特马同时称，自己目前只能控制鲨鱼的左右转向，还不能让它做出更复杂的行为。

——英国《每日邮报》

三年前，司空炬第一次来到洛杉矶，向 Goopple 风投做 PPT 演示时，用一张星空图和一张大脑神经元图片，阐述了银河系中恒星的连接方式跟人脑中神经元的连接方式的相似性。

三年后，借助混沌理论和模仿人脑神经元处理信息方式的超级大脑芯片被“天眼”项目组研制出来了。超级芯片只有两平方厘米大小，上面却密布着8000万个微小组件，而每一个组件都是一个单独的数字神经细胞，都具备对信息的接收、存储、计算和发射功能。然而，它们却又彼此相连，互为作用，其合力在模仿人类大脑对信息的方式方面近乎完美。正如《圣经 · 罗马书》中的那句话：“我们晓得万事都互相效力。”

研制出来的超级芯片，由脑神经手术权威梅奥医生执刀，移植进了司空炬的颅腔，与其大脑皮层相连。

手术之后五小时，司空炬从深度麻醉中醒来，他不顾众人的劝阻，启动颅内芯片，连通了大型计算机。在闭着眼睛、戴着眼罩的情况下，他在脑海里看到了前方“眺望者”目睹的马蜂猎杀蜻蜓的现场。

事后，助手小青问他感觉如何，他回答道：“刚醒来的时候，我以为自己死过一次。我是第一次做这种全麻手术，在我根本没意识到自己即将失去知觉的情况下，突然就什么都不知道了。我的记忆只停留在麻醉师注射完毕，把针拔出来的那一瞬间——突然失去意识，这跟死亡何异？

“但是，我重生了。醒来的我，已经拥有了当今世界上最强大的大脑。通过脑内的超级芯片，我可以与世界上任何一台互联网上的计算机终端相连，并且控制它们。不，不只是这些，我还可以进入人的大脑，见其所见，闻其所闻，想其所想。唯一的条件是，我要拥有他们的脑电波指纹。”

手术后不到一个月，王是非死于前列腺癌，他留给司空炬的最后一句话是：“给巴雅尔解梦……”王是非弥留之际，司空炬分九个时段，提取了他的脑电波，储存于计算机中。而在此之前，司空炬已提取过他72段脑电波。

司空炬为王是非操办了后事，遵照遗嘱，没有举办追悼仪式。王是非不是基督教徒，也没有请神父来为他祷告。他的骨灰，被存放在一个普普通通的公墓里，看不出有任何特别之处。墓碑正面，刻有司空炬拟定并经他同意的遗言：“我愿用一千年来向你道歉——王亚非。”

墓碑背面，字样如下：

读心第二定律

无障碍的读心，是灾难性的。就像互联网上的电脑，若无防护程序，将很快因病毒入侵而瘫痪。故人心不可窥测，人性不可考验。

读心第三定律

读心平台必须有防护机制，读心术只能用于造福世界。

送别王是非，回到项目组，司空炬立即打开了当年在咖啡馆里为颜安格演示第一代读心机样机时的笔记本电脑，让助手提取颜安格的脑电波指纹。

第五天凌晨一点刚过，司空炬接到了小青的电话：“配对成功。”他立即把电话一扔，坐了起来，打开灯光，掀开身上的毯子，就要下床。当一只脚接触到冰凉的地面时，司空炬清醒了，他拾起电话，对面的小青还没有挂。司空炬说道：“请给我接通‘天眼’控制中心，我立即开启芯片。”

司空炬关了灯，退回到床上，躺下，闭上眼睛。

一百英里上空，电离层。

舒曼空间。

驻波。

调整频率，7.83Hz。

开启心灵感应模式。

传输图像。

北京时间与美国太平洋夏令时间有16个小时的时差。洛杉矶的凌晨一点，北京时间是头天下午五点。此时，司空炬眼前出现了一片青葱翠绿、阳光明媚的场景。地上杂草丛生，稍远处是一丛丛的绿树。没有参照物，看不出有多高。

画面拉近，绿叶丛中有一簇簇的紫红。是花?

再拉近，看清楚了。不是花，是果实。圆圆的，暗红色，像一个个的小球。偶有一两个成熟得爆开了，露出晶莹剔透的果肉来。是荔枝吧? 不会认错的，是荔枝，那么是在中国南部了。

画面向下，那是因为“眺望者”的眼睛朝下了。画面上出现了一对脚尖。一双帆布鞋，平底，松紧的，没有鞋带。这是颜安格的脚吧。司空炬的心脏不由得怦怦跳了起来。是的，是她的脚。颜安格住在别墅里当阔太太时，尽管有无数双鞋，但她最偏爱的就是帆布鞋，她觉得穿起来透气、舒适、行动方便、不受约束。跟着司空炬逃亡时，更是只穿布鞋了。虽然没见过这一双鞋，但那双脚那么秀气，不是她又是谁呢? 司空炬屏住呼吸，对控制台发出了指令:“增加声音模式。”

过了一会儿，画面朝上升起，并缓慢地朝右移动。是“眺望者”在走路了。但是，却没有声音，没听到她说话。

不对，有声音。“增强声音，放大。”司空炬再次向控制台发令。仔细辨听，是流水的声音，是水打在石头上的声音。有瀑布吗?

二十分钟后，画面果然移动到了一挂瀑布上。与一旁的野生荔枝树相对照，看来那瀑布有好几十米高，飞流直下，势头猛烈。若不是“眺望者”离它太远，只怕也是水声如吼，震耳欲聋吧。

让司空炬颇有些失落的是，这么长的时间，他没能听到颜安格说话，哪怕是一个字。长时间的等待，失望，让司空炬不由自主地打起了鼾声，当他在梦中一惊，猛然抽搐了一下醒来时，被眼前的景象惊呆了。画面上，一座大山青翠欲滴。奇的是，那大山却没有顶峰，而是四壁陡峭，顶部平坦，像一张巨大的桌面。山顶上白云缭绕，像是铺上了一床还没来得及套被套的棉被。

找到了? 司空炬不由得一阵狂喜。难道是在河南的平顶山? 不对，河南应该不产野生荔枝吧？司空炬立刻启动颅内芯片联上互联网，一搜索，果然不是，河南平顶山就在市区边上。司空炬在互联网上看了好些图片，除了山形相似之外，并没有太多共同之处。

几分钟之内，司空炬迅速浏览了大量资料，这才知道这种平板状山体叫“桌山”或“方山”，其成因是砂岩层受强风和流水侵蚀。由于形成的条件非常苛刻，在世界范围内都不多。在中国，为人所知的桌山更少，一只手都用不完就数得清楚，除了河南平顶山之外，大抵还有辽宁本溪市平顶山、内蒙古乌兰察布市卓资县平顶山、四川省洪雅县瓦屋山。这几个地点，很快就被排除了，必须获取更加专业的数据。

司空炬用芯片进入了几家大学地质系的数据库，被海量的资料搞得心烦意乱。于是分了个心，再次回到“眺望者”颜安格的视野里。这一次，他看到了一副对联：“一尘不到心源净，万有俱空眼界清。”

画面推远，缩小，司空炬看到了上方的横联——半边古寺。

再推远，再缩小，一座靠山修建的古庙出现在司空炬的脑海里。

野生荔枝，桌山，对联，古庙。凭着这几条线索，应该可以确定颜安格的位置了吧。一阵倦意袭来，司空炬打了个哈欠，强撑着把大脑里超级芯片这一两个小时储存的所有数据传送至“天眼”控制中心，并发出指令：“上午八点整告诉我精确位置。”话音刚落，鼾声就响起了。

第二天上午十点一过，小青接到了司空炬打来的电话：“位置出来了吗？”

“出来了。东经 106 度 21 分，北纬 24 度 96 分。”

“我不是说过早上八点整告诉我吗，为什么不给我打电话？！”话筒那边，司空炬的声音变得严厉起来。

“准确定位，五点多才分析出来。我看你早上两三点才关闭大脑芯片，怕打扰你休息。你又才做了手术不久，”小青很是委屈，“所以早上八点给你发了短信。”

司空炬打开信箱，里面果然有一条短信，是两个数字——106.212527，24.968987。

好家伙，精确到这种地步了。司空炬喜不自禁。

第二十九章

解密

手机响了，桑中平有些诧异，这个手机是到半边寺后新换的号，仅供偶尔下山时联系，平时没有人打。现在人在寺内，手机却响了。拿起来一看，却是一个本地号码，他更疑惑了。接通电话，传来一个熟悉的声音："桑总，好久不见。"

"你是谁？"

"听不出来吗？"

"怎么会听不出来，不是司空炬老兄吗？"桑中平已经恢复了镇定，"你在哪儿啊？要不要来坐坐？"

"当然要来。我已经到了你那个被植物完全遮蔽的路口。要不是怕被乱枪打死，我就自己进来了。怎么，不派人来接接我吗？"

是哑巴来接的司空炬。

两人相见倒并没有分外眼红，都十分平静，好像他们之间并没有发生过生死追杀一样。哑巴对司空炬全身上下进行了仔细搜查，确认他没带武器，这才拨开拦在隐秘入口的荆棘，带司空炬进了那条最多能通过一辆越野车的临时山道，到了半边寺。

桑中平站在寺前迎接，见了司空炬，一个拥抱："真是'度尽劫波兄弟在，相逢一笑泯恩仇'啊。"

"恩恩怨怨都过去了。我这次来只有一个目的，"司空炬开门见山，"带颜安格走。”

“你马上就会见到她的。”桑中平不置可否。

在黑桃J观看过脑波遥控枪表演的山洞大厅里，颜安格见到了阔别已久的司空炬。眼前的他，已经看不出逃亡时的惊惶落魄，曾经胡子拉碴的脸，修饰得光光生生，五年前那个讲究生活品质、开着豪车到精神分析所上班的司空炬博士又回来了。不，也不完全一样。那时的他，春风得意的表情其实掩盖不住心中的狂傲和脆弱，而此时却神色平静安恬，似乎不知自己身处虎狼窝。

此时的颜安格，却不免让人心酸。云贵高原的紫外线，已让她脸上多了两块大红斑，活像乡间艺人为了登台演出而打的“摩登红”。脸浮肿着，把眼睛挤得只有以前一半的大小。身材臃肿，挺着大肚子，看来离预产期也就一二十天的时间了。司空炬心中那曾经有品位的文艺女青年、富家少奶奶的形象，如今已荡然无存。肚子里的孩子应该是我的吧?

“你来了。”颜安格这句话，算是招呼。

“来了。”司空炬应道，“我是来带你走的。”

“博士，当真不把我放在眼里？”桑中平脸上有些挂不住了，“说带走就带走？”

“桑总，事情到了这一步，已不是什么面子的问题了。”

“那是什么问题？”此时的桑中平，剃了个光头，穿着件深黄色的僧衣，眉眼间却露着凶光，全然没有和尚应有的大度与慈悲。数年间，那纵横捭阖、波澜不惊的儒商形象也全无踪影。话音刚落，桌上那十二支由乌兹冲锋枪改装，围成一圈指着上空的脑波遥控枪也放了下来，齐齐地指着司空炬。

“不要急嘛。桑总上次想让人杀我没杀掉，”司空炬道，眼睛转向站在一旁的哑巴，“担心你着急，这次我就自己送上门来了。”

“那次让哑巴带人去找你们，不是想杀你，只是想请你回来继续做事。唉。”桑中平叹了一口气，语气转缓，“知我者谓我心忧，不知我者谓我何求？”

“哦？”

“你看，格格回来之后，不是跟我又过得很好吗？我对得起她，给了她锦衣玉食的生活。同样，我也对得起你。你看，她肚子里的孩子，我还不知道是你的还是我的。总之，我想让她把孩子生下来，跟她好好过日子。至于那孩子，不管是谁的，我都会把他养大。我们做了 B 超，是个儿子。我会送他到国外念书，给他最好的教育，等他长大继承我的家业。可是，你们对得起我吗？”桑中平越说越气愤，“你借着给弟弟看病的机会，睡了我的女人。我给你投资，让你把读心术研发了出来，你却去羌寨调查我，还跑到常青陵把坟墓都挖开了。你以为你这些小动作，瞒得了我吗？”

原来格格肚子里的孩子，也不一定是我的。我们分开九个月了吧？司空炬心念一动，随即道：“桑总对我的一举一动了解得这么清楚，看来，自从我们一起搞心通科技时，桑总就一直提防着我了？”

“当然。在公司里，你周围都是我的眼线。我做生意闯社会，早就习惯被人设计了，提防人是本能。不仅如此，我还提防你用读心机偷窥我的想法。”看着司空炬略显吃惊的表情，桑中平很有些得意，“你以为我现在剃着个光头，就是为了装和尚？不，我做生意时每天飞来飞去，没时间洗头，早就习惯剃光头了。我有四五个发套，跟你在一起时戴的那个发套，里面有个金属头盔，可以屏蔽脑电波，让你的读心机无用武之地。”

“那为什么格格能读到你的梦？在梦里有个女人，舞着一把刀，把自己砍成了一段一段的。我们也正是因为这个梦，才开始怀疑弟弟他妈妈的死因。”

“唉，狮子也有打盹儿的时候。”桑中平唉了口气，“我睡觉的时候是不戴那个发套的。”

“我这次回来，就是要为我们这些年的恩恩怨怨做个了断。我想问你，上面说的那些，就是你设计陷害我，说我侵吞公司财产的理由吗？”

“你没说错。睡我的女人，给我戴绿帽子，已经够可恶了。还要跑去挖坟，这不仅是羞辱我了，而是要毁掉我，让我死。”桑中平用手指头点了点眼前的杯子，等哑巴拿着水壶上来加了水，喝了一口，接着说道，“是该有个了断了。今天，不妨把一切都说清楚，藏着掖着，也不利于今后我和安格过日子。至于你，既然自己送上门来，恐怕是出不去了。”

“既然桑总这样说，我也希望把心里的疑点搞清楚。古人说‘朝闻道，夕死可矣’，就是死，也要让我死得明明白白嘛。”司空炬道，“我有几个问题，不知道桑总愿不愿意回答？”

“你问吧。”

“第一，那个叫弹哥的记者，是你干掉的吗？”

“没错。是哑巴开车把他做掉的，”桑中平咬牙切齿道，“给了他那么多钱，他还不满足。人心不足蛇吞象，弄得我修好的别墅都被炸掉了，多好的房子啊。他毁了我的基业，就该有好下场吗？我一个大山里出来的穷孩子，到城市读书，饭都吃不饱，冬天连件防寒的衣服都买不起。后来做绿化生意，为了找工地、找客户，全省的塔吊中一半我都爬过，连命都不要了啊。我走到那一步容易吗？可是都被那个弹哥毁掉了，他还不该死吗？挡我路者，就得死！”

“弹哥那车祸出得蹊跷，你是利益相关者，连我都会怀疑你，你就不怕法律的制裁吗？”

“法律？”桑中平冷笑道，“法律是讲证据的。他们有什么证据，说人是我干掉的？法律有时候就是保护杀人者的。只有在没有法律的地方，才能够只凭怀疑就把我抓起来毙掉。再说，掌管法律的那些人，平时我也喂饱了，没亏待过他们。年轻人，你还嫩了点。”

“这个理论真是让我长见识了。”司空炬面带讥讽，“既然如此，你为什么还在监狱里待那么久呢？据我所知，没有证据，就该放人，你是被超期羁押了吧？看来还是关系不过硬。”

“年轻人，所以我说你还嫩了点。监狱对我来说，是没有门的，我想进去就进去，想出来就出来。”

“此话怎讲？”

“我待在看守所里，不过是给自己放个假而已，看看你怎么表演。我要是不待在监狱里，怎么跟外界失去联系？不失联，又怎么让心通科技破产？”

“那么冰冰突然出现，说是可以全权代表你，还给了密码让我取钱，也是你安排的？”

“正是。”

“桑总这次是真的让我佩服了。”从那恍然大悟的表情看得出来，司空炬说佩服，并不是讽刺，“这么说，陈亦然把技术资料全部带走，把公司的电脑和服务器全部格式化，也是你安排的了？”

“正是。”

“果然如此，我印象中的他，是个缺心眼的大男孩，有酒有女人就满足了，没有这么心狠手辣的。桑总能够离间我和他的关系，真是让人景仰得五体投地了。”讥讽的表情，又浮现在了司空炬的脸上，“如此深的心机和谋略，连我的读心术也是读不出来的。那个时候的我，的确是嫩了点。不，是差得远，差得不是一点半点的。”

“不必客气，彼此彼此。”

“亦然呢？”司空炬又问道，“老同学来了，也不出来见见面。我知道他在这里。”

“他脸皮薄，不好意思出来。何况他说他胆子小，怕见到血。”桑中平阴笑道，“不过没关系，我也学会控制脑电波了。对着你的枪，是我们研发出来的，还给它取了一个很高科技的名字，叫脑波遥控枪。这可是你开发的技术，博士，你这算不算自己挖坑自己跳呢？”

“我好像回到了中学时代。真是像解几何题一样，越来越有趣了。”

“那我就陪你把几何题解到底。”

“我先说好，等题解完了，我还是得带格格走。”司空炬悠然笑道。

“跟谁走，还是问安格自己吧。再说，你走得出去吗？”桑中平转头，问坐在一旁的颜安格，“你跟谁走，表个态嘛。”

“你们两个男人，都把我当成筹码，当成交换的物品。你们有没有问过我同不同意？”一直面无表情、默不作声的颜安格突然发作了，歇斯底里地叫道。

“该结束了。司空炬，你想知道的都知道了。”桑中平脸色一变道，“你刚才不是说‘朝闻道，夕死可矣’吗？我成全你。这些脑波遥控枪，马上就会把你射成蜂窝。三——二——一——”

但是，并没有子弹发射出来，尽管桑中平涨红了脸，捏紧了双拳，好像这样可以帮助发射脑电波一样。突然，最边上的一支枪开始转动，指着他时，停下了。桑中平大惊失色，连忙向旁边一歪身子，那枪口也跟着转动了一尺，依然指着他。

“哑巴。”桑中平大叫道。

就在哑巴掏出手枪，要向司空炬射击的时候，另外两支枪已经转向他。一声枪响之后，哑巴倒在了血泊中。颜安格第一次看到，桑中平脸上露出了惊惶又绝望的表情。

那钟乳石、石笋、石柱等构成的山洞大厅里，无比死寂，如宇宙坍缩，连脑电波的流动也没有了。

“你要杀了他吗？”最终，颜安格说话了，她向司空炬问道。

“这么阴险狠毒的人，留着他干什么？”

“放他走。”

“不。”

“放他走。”颜安格手中突然多出了一把刀子，对着自己的心脏，眼神无比空洞，“你要不放他走，我就捅进去。”

“好吧。”对着桑中平的枪转开了，司空炬凄然道，“原来你还是爱他的。”

“我谁也不爱，这世上没有一个好人。”颜安格把头转向桑中平，此时他已瘫坐在地上，“我问你，曹国英是怎么死的？”

“是……是我……杀……杀……杀的……”

“结发夫妻，你怎么下得了手？”

“她一直碍我的事。结了婚，她嫌我穷，她全家都嫌我穷。我在外面累死累活，她又嫌我不陪她，用我的钱偷男人。我带弟弟做了亲子鉴定，弟弟不是我的——不是我亲生的——”桑中平歇斯底里地叫道，随即又哭了起来，“我奋斗了大半辈子，连个自己的儿子也混不上吗？呜——呜——”

“就为这个理由？”

“其实，曹国英的死是个偶然事件。”桑中平稍许镇静了些，“有一天深夜，她翻看我的短信，发现我在外面有了女人，就跟我大吵大闹。说马上要跟我离婚，还要分我公司一半的股份。我没理睬她，自己到酒窖里开了瓶酒，她又跟着来了，冲到我身边，说我是个伪君子，威胁要去告发我，要把政商之间的那些秘密全部抖出来……”

“就勾引外国间谍，不仅提供机密技术，还亲自开发武器这一条，就够你死一万次了。”似乎觉得有什么不对，司空炬停顿了一下，“那时还没这些事。不过估计你搭上夏太平这个掮客之后，干的坏事就比较多了。随便捅一件出去，就会身败名裂的。对了，那个黑桃J，也是夏太平给你搭的线吧？”

“她还抓住我的手臂撕咬……”桑中平没理司空炬，又接着自己开始的话说道，“我又怕，又急，又气，又恨，一时没忍住，就一酒瓶砸在她头上。”

“然后，你想到过不了尸检这一关，被人发现的话你就完了，于是一不做二不休，干脆用刀把她的尸体分成了碎块？”司空炬开始了自己的推演。而颜安格再次想起了桑中平半截梦境中被分尸的女人和那只疯狂挥舞的手。

“是的。”

“弟弟半夜听到了你们的打斗，没有叫醒保姆，一个人顺着声音跑来看，却正好看到你在分尸。”司空炬继续推演，“于是，受到惊吓，从此以后就再也不说话了。是这样的吗？”

“是的。”

“然后你就让哑巴去杀了个不相关的人，冒充曹国英，制造车祸的假象？”

“没错。”

“那曹国英的尸体到哪儿去了呢？”

“那段时间流花溪正在扩建游泳池，就拌在混凝土里，打了地基。”

“现在，题已经解完，你可以走了。”司空炬说道。随即，封住山洞大厅的那扇由脑电波控制的大铁门缓缓打开了。

“我也有一个问题。”桑中平指着桌上的脑波手控枪道，“为什么这些枪失灵了？你身上没有任何设备，为什么能控制它们？”

“我也给你当一回老师，解答一下你的问题。就在这里面，”司空炬哈哈大笑，指指自己的脑袋，“我安装了超级芯片，不需要读心设备了，我自己就是设备。我可以毫不费力地侦察、拦截、改变你们的大脑对设备发出的脑电波信号。同我这台人肉设备相比，你那些设备根本就是个渣。”

“既然这样，那我输得口服心服了。”桑中平开始挪步，朝大门外走去。

“等一下，我也有问题。”颜安格叫住了他，“那个女人是冰冰吗？”

“这……你是怎么知道的。”

“冰冰那么美艳的年轻女人，却又那么低调，不打扮，不谈恋爱，一定是心有所属，一定是有一份隐秘的感情。我从她看你的眼神，就猜出来了。”颜安格眼中透出无限幽怨，“可是，你为什么又要娶我？”

“我那时认为……像拥有我这种身份和财富的人，有两个女人算不得什么。”

“最后一个问题，”颜安格眼睛死死盯住桑中平，“你——爱——过——我——吗？”

“我爱你，是真的。不过，我配不上你。”桑中平眼睛转向司空炬，“祝你们幸福。”

说完，桑中平继续挪步向洞外走去。颜安格没再说什么，直接用刀子捅进了自己的胸口。鲜血立即喷了出来。

“格格——”司空炬朝倒在地上的颜安格扑了过去。一把脑波遥控枪迅速转向，指着桑中平。“呯——呯——”将他击倒在地。

“格格。”司空炬抱起颜安格，泣不成声。

“一切都该结束了……这……这世界上……人心太复杂……我……我……搞不懂……”颜安格大口大口喘着气，眼睛里的光越来越微弱，“如果……有……有……来生……我……我……不……不要……有……什么……读……读……心术……”

“格格……”司空炬抱着已经闭上眼睛的颜安格，痛哭失声。颜安格胸上的鲜血不断涌出来，浸透了他的衣裳。

十二把脑波遥控枪疯狂旋转着，在山洞大厅的上方毫无目标地射击。所有的灯都被打碎了，整个空间一片漆黑。只听得乱石飞溅，弹壳叮当。

当这些纷乱的声音终于平息下来，只剩下司空炬的哭诉：“我没来得及问，你肚子里的孩子到底是谁的。我甚至没来得及用脑电波监测，你到底爱不爱我。呜——呜——读心术有什么用？大脑芯片有什么用？呜——呜——”

黄昏时分，司空炬背着颜安格的尸体，从山洞大厅里出来，上了船。

在走过长长的隧洞时，他看到，所有的房间都门洞大开，一片散乱。除了他，没有一个活人。

尾声

香港，他心通全球首发。并没有排队购买的长龙，偌大的体验店内店员比顾客还多。第一位购买者是个时髦的白领女孩，她掏出了信用卡。他心通定价两万八千港币一台，这是基础价，还不带插件。她选用了一款“情人心”插件，还得另加五千港币。总共的价钱，已经是她月薪的两倍了。女孩子没有那么多的现金，她用信用卡刷卡购了一部，准备在半年内用分期付款的方式还清。

女孩购机出来，坐上港岛线，不到十分钟就到了 MCL Cinema（JP 广场店），她跟男朋友有约，要在这里看一场电影。女孩到达影院时，同样年轻的男孩已经买好了爆米花和可乐，正等着她。刚接过爆米花，男友又变戏法般将一个哈根达斯递到了眼前。女孩又惊又喜，凑上去，在男友腮上留下了一个吻印。

看的是侯孝贤导演的《刺客聂隐娘》，影厅里只稀稀落落坐了不到十个人。影片调子有些沉闷，不是女孩喜欢的类型，她研究了一下舒淇的衣服和张震的发型，就搬起座椅之前的扶手，斜靠在男孩肩上，玩起了刚买的他心通。男孩却对电影有极大的兴趣，有时甚至忘记了把停在嘴边的爆米花送入口中。他一直以为女孩在玩手机，并没有在意。

“你爱我吗，老公？”女孩突然问道。

“当然。”男孩答道，没回头。

“那你爱舒淇吗？”

“嗯，我一直就挺喜欢她的。”男孩依然没回头，眼睛盯着屏幕上的舒淇。

“我觉得你不爱我。”女孩的语气已有些不快了。

“怎么啦？”

“你看着屏幕上舒淇的大嘴，心中却想着亲吻它。”

“你不要冤枉我。”男孩有些吃惊，回头看着女孩。

“我问你，你们公司里的那个大胸女是怎么回事？”

“啊——”男孩没有回答，脸红了，虽然在夜色里看不到，但他知道自己的脸有些发烫。女友刚提到的那个大胸女，是公司里刚来的前台。前几天，几个男同事在私下开玩笑，怂恿他去追，而自己的确有些心动。他嘴上说自己有女朋友了，同事却说拿下做个炮友有什么大不了，弄得他着实有些心动。但是，这种小范围的戏谑和自己心中隐秘的想法，女友是怎么知道的呢？

“你喜欢她，想去追她是不是？”见男孩沉默着，女孩又追问道。

“没有的事。”男孩嘴硬。他记得朋友间曾讨论过，要是劈腿被老婆或女友发现了，一定不能承认，就算在床上被抓了现行，也要说只是在聊天，什么也没发生。

“你早就有其他想法了。”女孩子不依不饶。

“没有啊。我都有你了，还能有什么想法？”

“我问你，你昨天拿了三万块钱的提成，为什么只跟我说拿了一万？”

“好啊，你查我的银行账户，去公司里打听我，还……”男孩气得话都说不出来了，“还……还……胡乱猜测我的想法。”

“我没查，也没去你们公司。”

“那你怎么知道的？”

“他心通告诉我的。”

“他心通，什么破玩意儿？”男孩站起来，“我受不了你了，分手！”

男孩拂袖而去，剩下女孩子一个人在座位上抽泣。

刚上市的他心通，开发有数种插件。除了用于侦察情侣是否真心的“情侣心”，还有用于家庭的“孝顺心”，用于商业的“诚实心”和用于职场的“忠诚心”。

“孝顺心”，是父母用来考察儿女是否孝敬的，看他们是不是有了自己的小家庭就忘记了原生家庭。特别是让老妈用来想明白那个终极问题：在自己跟儿媳同时落水时，儿子会先救谁?

“诚实心”，用来考察谈判对手是否靠谱。在你想谋算对方利息的时候，看看对方是不是想连你的本钱也吞了。而对同一家公司的股东来说，至少可以保证你被其他股东卖了的时候，不会帮着别人数钱。

“忠诚心”，是用来考察下属到底忠于哪个上司的。

“每一个跛扈的将军，都统领着一些深怀野心的士兵。”作为一家跨国公司的人力资源总监，马 Sir 非常赞同这句话。马 Sir 大学毕业后就进入了这家公司，从一个普通的 HR 爬到现在的职位，花了他差不多十年时间。公司内部，中国人与鬼佬，中国人与中国人，鬼佬与鬼佬之间的纵横捭阖、合纵连横、楼起楼塌，这十年他见了无数。那些鼻孔朝天、翘着尾巴进来，却哭丧着脸、拖着尾巴出去的名校毕业生，他也见了无数。开局、过程和结束都一样，走马灯般在眼前晃动的，只是不同的面孔而已。

初入职场的菜鸟。总是在下班之后捧着《杜拉拉升职记》，恨不得从一到四都能背下来。这些家伙，以为精读了这套职场小说，就能够像杜拉拉一样做各种 EXCEL、各种 PPT，像她那样拼死拼活不分昼夜地干，像她那样伶牙俐齿口若悬河，再加上点小计谋，就可以畅行无阻了。马 Sir 早年也奉杜拉拉为神明，在职场待的时间久了，也就觉得她那一套稀松平常，没抓到职场要义，甚至根本就没入门。再听到刚进公司的人谈论杜拉拉，他就忍不住要在心里发出冷笑。以马 Sir 这十年的人事经历，升职的秘诀无非三条：第一是跟对人，第二是跟对人，第三还是跟对人。跟对了人，就能得到公司各种资源的倾斜，再做出点小业绩就能升职；没跟对人，就要被挑剔，被边缘化，甚至被扫地出门。

什么叫跟对人？对员工们来说，自己效忠的上司不倒台就算跟对了人。而对马 Sir 这样的人力资源总监来说，下属跟上司能否契合，有没有相同的价值观，相同的话题，近似或能互补的气质和性格，才是能否跟对人的基本要素。忠诚重不重要，当然重要，而且是最核心的。但是，忠诚不是从天而降的，所有的利益结盟都是可以被瓦解的，只有具备了那些基础要素，从内心对上司认同甚而敬佩，忠诚才不会成为无源之水，无本之木。

比如说，如果部门经理小肚鸡肠，马 Sir 就得在简历中找出一个谨慎小心的家伙，来给他当下属任主管。反之亦然。

再比如说，马 Sir 多年来爱读《论语》，受了些“刚毅木讷”的教诲，再加上这些年的历练，越发显得大智若愚。如果把爱说、爱动、爱激动的杜拉拉本人派给他当人事经理，他一定会天天担心她会不会随时给自己捅个漏洞。最终的结局一定是，杜拉拉即使再能干，但过不了试用期，就会被自己找个借口踢出门。

下属跟上司对不对路，关马 Sir 什么事？当然关他的事，一言以蔽之：每一个员工被扫地出门，都算马 Sir 一份失职；而每一个员工升职，马 Sir 在公司内部都多了一份奥援。

因此，对公司里上司和下属的关系操碎了心的马 Sir，在得知他心通这种产品的第一时间，就立即入手了一台。每次跟招聘对象面谈，马 Sir 总会根据他心通的产品特性设计问题，并依据其判断结果进行取舍。

效果果然不错，马 Sir 很快就要升为主管人事和后勤的副总经理了。现在，他唯一担心的是：要是应聘者也揣着一台他心通来见他，该怎么办？

越来越多的人开始使用他心通。

有的人，靠它做成了大生意。

有的人，靠它找到了心灵契合的终身伴侣。

有的人，靠它避免了难以承受的重大损失。

每个使用者都觉得它是自己最好的朋友。

人们已经不需要开口说话了，因为他心通已经帮他们实现了语言不可能实现的高度沟通。

接着，一个令人恐慌的时代来临了。

首先是猎头公司倒闭了，因为包装的简历再也骗不了拥有他心通的人事经理。

房屋中介也倒闭了，租房不再需要中介，因为用他心通就可以直接找到业主或房客。

优秀的销售人员一批一批失业，因为不能说谎他们就失去了利器。只有那些最木讷、最愚笨的销售员才能生存。

骗子抓狂了，从最原始的金元宝骗局、健力宝骗局到最复杂的理财陷阱，都没有人理睬了。所有的骗子都转战到了他心通不能发挥效力的互联网上，现实生活中那些表情最生动、言语最甜蜜的老千，开始了艰难的转型。

股东们提前翻脸了，因为他们现在总算明白了：只要有利益就不可能做朋友。

医生的检查单和药方开不出去了，因为病人已经用他心通读出了这张检查单或处方的回扣是多少。

大学里，最先关闭的是跟语言相关的院系。不管是母语还是外国语，都不需要了，直接心灵沟通。翻译人员自然是最直接的受害者。

政府不开招商会了。

总统选举不必演讲了，选民都知道你要说什么。然后不必选举总统了，因为谁都不合格。

国家与国家之间的折冲樽俎免去了，合纵连横术已毫无存在价值。战争代替了谈判，要么瓦全，要么玉碎。干脆。

友谊这个词从字典中消失了，因为谁都难容忍和心思如此肮脏的人做朋友。大家都只跟他心通存在友谊，因为它帮自己认清楚了身边人的真面目。如果人与人之间还有友情的话，也只存在于互联网和移动客户端上的社交媒体里。

爱情，甚至比友谊消失得还要早很多，因为它更脆弱。很少有人结婚了，性工作者生意一天比一天火，因为单纯的做爱不需要心灵沟通。人们甚至懒得开口，直接就用他心通谈好了交易价格和地点。而越来越多的失业者，加入了性工作者的大军。

开始，心理医生的诊所客满了，但后来就没人再去了，被他心通变成病人的那些人，很快就知道那些医生其实什么也不懂，只晓得从弗洛伊德、荣格和阿德勒著作中弄些名词来吓唬人。

政府开始立法，禁止读心术的开发和他心通的生产。

一开始，只是在重要的政治会议上增设了对他心通的安全检查，后来，几乎所有的行政会议和商业会议也禁止他心通入内了。

城市正在死去，往昔的繁华都化作了沉默和冷漠。人类最具有活力的地方，是辽阔的、人烟稀少的农村、草原、高山，甚至沙漠和冰川。

很多和尚尼姑还俗了，因为没有了香火。但渐渐地，越来越多的人信仰宗教，因为如果放下了他心通，就只有《圣经》《金刚经》《古兰经》《道德经》能让他们心安了。而信了宗教的人，则开始祈祷上帝、佛祖、安拉、老子、孔子、孟子，毁灭他心通。

所幸的是，这一切都没有发生。

王是非用读心第三定律，为读心术这个潘多拉盒子加了一把坚固的大锁，而拿着钥匙的司空炬，没有再去打开它。甚至，他连钥匙都扔了，扔到没有人能找到的地方去了。

李巡洋中校多次找到司空炬，希望在原半边寺实验室的旧址上重建读心术实验基地，交由司空炬主持。但是，国家利益和个人前途的说辞都没能打动司空炬。

司空炬不仅销毁了读心术所有的数据，也用超级大脑芯片远程格式化了被黑桃 J 带回 V 国的相关资料。然后，他再一次动了外科手术，取出了大脑里的芯片。

颜安格和桑中平死后，司空炬带着三个孩子回到了青池山，请了两个保姆来照顾他们。当年，他就是从这里起步，开始研发读心术的。这三个孩子，一个是蛋蛋妹，她的母亲但蒙死于乳腺癌，司空炬将她从儿童福利院里领了出来；一个是弟弟，经过司空炬的治疗，他已经能开口说话，只是语速很慢，很多时候是一字一顿的，他不是真的自闭症患者，只是曾经用沉默把自己锁闭在安全的黑暗里；最小的那个，是司空炬背着颜安格的尸身进了镇医院，从已经死亡的颜安格腹中抢救出来的，一个男婴。司空炬没带男婴去做亲子鉴定，始终不知道他的生父是自己还是桑中平。颜安格的死，让司空炬开始相信“难得糊涂”“水至清则无鱼”这些祖宗遗训的正确性了。

司空炬希望一直住在青池山，与树、与花为伴，跟它们交流。因为树不会猜疑另一棵树，花也不会算计另一朵花。但是，他最终还是搬回了市区，因为三个孩子需要上学。虽然司空炬最初想自己教他们，但孩子需要跟人交流，需要生活在社会中。当然，假期他也会带孩子们上青池山。到了暑假，有了更长的时间，他也会带孩子们到洛杉矶附近王是非留下的那栋别墅里度假。

每隔上三个月，司空炬还会单独带上蛋蛋妹去监狱探望陈亦然。他这位老同学和曾经的合伙人，因间谍罪、危害国家安全罪、盗窃公司机密罪，被判处无期徒刑。